田山花袋事物事典

五十嵐伸治
伊狩弘
千葉正昭
編

鼎書房

田山花袋事物事典 目 次

三　花袋と外国作家

執筆者一覧（五十音順）

芦川貴之　阿部弥生　有元伸子　五十嵐伸治
伊狩　弘　市川浩昭　宇田川昭子　大本　泉
大和田茂　奥山文幸　加藤秀爾　神田重幸
岸　規子　栗原　悠　黒澤佑司　五井　信
小林　修　小堀洋平　沢　豊彦　須藤宏明
関塚　誠　高野純子　竹浪直人　千葉幸一郎
千葉正昭　出木良輔　永井聖剛　根岸一成
馬場重行　山本　歩　依田　博　渡邉正彦

凡　例

1　本書は、田山花袋の作品から七十数編の作品を選び、各作品の事項を整理することで、花袋研究の一助になることを主眼とし、外国作家についても花袋が影響を受けた主な作家を取り上げ、参考となるように配慮した。また「作品への窓」は、田山花袋の代表的作品で現在、主に文庫等で入手可能な作品を選び、花袋研究の入門手引きとなるように編纂した。

2　事項は、関連する作品の初出等で概ね古い順に配列した。従って、作品等から検出する際には、巻末の「索引」（五十音順）を参考に逆引きするとよい。

3　引用文等は、原則として原文のままとし、旧漢字は現代漢字表記とした。

4　作品名（単行本を含む）には全て『　』で統一し、紙誌名は「　」とした。

5　作品等の発表年月日は算用数字で表記し、元号については、明治・大正・昭和・平成・令和のそれぞれを明・大・昭・平・令に略し、中黒「・」を用いて分割した。例えば（大8・5）は、大正8年5月を示す。

6　各項目の執筆者は、各項目の末尾にその姓名を明記した。

7　本書に掲載した写真等は、編者で検討し、選択した。

序にかえて

田山花袋研究は徐々に深化して来たが、それが広く浸透しているかと言うと必ずしもそうは言えない。それには幾つか理由がある。まず本文の問題で、定本花袋全集二八巻別巻一冊は重要な基礎資料だが、依然として不十分な面があるのでいろいろな工夫や努力をしないと花袋文学の全貌を明らめ、本文を確定することは難しい。その事情の一端は定本花袋全集別巻月報13（平7・9）の紅野敏郎氏の文を読むと理解できる。

次に勉強に欠かせない研究書や雑誌の類が膨大で、それらをいつでも自由に皆が活用出来るわけではなかろうという点である。例えば小林一郎氏の花袋研究や宮内俊介氏の書誌の数々が手許にないと十分な研究は覚束ないだろうが、そのような条件に誰もが恵まれているとは限らない。

また、旅する作家であった花袋は日本全国と朝鮮、中国大陸などを小説に採り入れているので、ある程度実際に現地を見ないと実のある研究は出来ないように思う。羽生や弥勒を訪れないでは『田舎教師』研究は出来そうもないし、『重右衛門の最後』は三水村赤塩を抜きにして語れない。そのような地理的問題が研究のネックになっているのではなかろうか。

更に花袋論が『蒲団』と自然主義論及び事実と虚構論に偏った気味があったこともいろいろ影響があっただろう。そのような諸事情が花袋研究を少しばかり壅閉して来たと思う。そこで此度、花袋研究の展望が誰でも手軽に開けるように『田山花袋事物事典』を企画した。歴史小説や紀行文にはあまり触れられなかったので完璧な事典とは言えないが、今までなかった花袋必携のようなものが出来たと自負する。本書の活用によって花袋研究がより広がりと深まりを持つことを期待して序文とする。

（編者）

一　作品への窓

①『重右衛門の最後』（明35・5 新声社）

『重右衛門の最後』単行本表紙

■あらすじ

ある席上、ツルゲーネフの作中の農夫そのままの人物に邂逅したことがあるとして、「自分」（富山）は次のような話をした。――「自分」は東京に遊学した際、信州山中の塩山村出身の青年達と知り合ったが、彼等は皆田舎に帰った。五年後、「自分」は塩山を訪れ、彼等と再会する。自然美に囲まれた平和な村を期待した「自分」は、意外にも放火騒ぎに接することとなる。それは、重右衛門とその情婦の「娘っ子」によるものという。その夜、「自分」は実際に火災を目撃する。旧友根本は、重右衛門の来歴を次のように語った。――重右衛門は中農の家柄に生まれた。先天的障害をもった彼は、祖父母の溺愛の下に育った。長じて彼は放蕩し、家も徐々に没落した。一時、彼は勤勉な労働者となるが、結婚後、妻が不義を働いたのを機に、再び身を持崩した。その後、放火と賭博で二度投獄されて今に至った。――翌日、再び放火があると、村人達は重右衛門に私刑を加えて殺害する。さらに次の晩、「娘っ子」は村に火をかけ、自らも焼死する。その火災の光景に「自分」は「自然」の姿を見た。――それから七年、村からの上京者の話で、重右衛門とその少女の墓が村の寺に建てられたと知った「自分」は、「自然は竟に自然に帰つた！」と結論する。

■読みどころ

次項の研究史に明らかなように、読みどころとして、明治三〇年前後の農山村における近代と反近代、語り手の強調する「自然」の概念、複雑な語りの構造などが挙げられる。本作におけるゾライズムとニーチェイズムの関係も、比較文学・思想上のテーマとして意義がある。それに関連して、大きくリアリズムとロマンチシズムのいずれの観点から本作を評価するかも、文学史への本作の位置づけを左右する重要問題である。

■評価と新視点

本作は新声社より「アカツキ」第五(明35・5)として刊行された。従来稀覯書だったが、「リプリント日本近代文学」の一冊として復刻(平27 国文学研究資料館)され、本文参照が容易になった。同時代評では、平尾不孤『五月の小説壇』(明35・6「文芸界」)が主題を「性慾の満足の最後は終に悲劇に了らざるべからざる」ことと見、重右衛門の性格形成の原因を整理。長谷川天渓『芸苑管見』(明35・7・5「太陽」)は、本作の自然主義が「我慾主義」に帰する点を遺憾とした。中内蝶二『不具者と罪悪』(明35・7「文芸倶楽部」)は、障害者への同情を本作に見た。研究史上、早い時期に塩田良平『花袋と自然――「重右衛門の最後」を中心として』(昭10・11「文学」)は、感傷的・景物的自然観から物質的自然観への作者の転換を指摘。吉田精一『自然主義の研究』上巻(昭30・11 東京堂)は、「ツルゲーベール・ゾラデルマンの作」(ツルゲーネフ、フローベール、ゾラ、ズーデルマンの影響)と総括、主人公が主我主義者となる経路に合理的説明を附そうとした作と見た。一方、片岡良一『自然主義研究』(昭32・12 筑摩書房)は、ロマン主義から継承された「人間解放のための闘い」の姿勢を強調。相馬庸郎『日本自然主義論』(昭45・1 八木書店)は本作の「自然」を本能、人工に対する天然、形而上的・超越的自然の三種に分類し、この観点は戸松泉『花袋と〈内なる自然〉――「重右衛門の最後」前後――』(昭56・9「日本近代文学」)に継承された。岩永胖『自然主義文学における虚構の可能性』(昭43・10 桜楓社)は、素材との比較に基づいて農村の封建制との対決回避を指摘しつつも、文学史上の社会的抵抗性を高く評価。小林一郎『田山花袋研究―博文館時代㈠―』(昭53・3 桜楓社)は従前の研究の総まとめとして多面的分析を含むが、作品の神秘性を強調したところに特徴があった。新たな展開として、高橋敏夫『パノラマの帝国――「重右衛門の最後」論への序――』(平2・3「国文学研究」)は、パノラマ的まなざしを中心とした「高さ」としての「近代」を析出。さらに渡邉正彦が、構造主義的な『田山花袋「重右衛門の最後」論――火と水の闘争――』(平7・3「群馬県立女子大学国文学研究」)、山口昌男『文化と両義性』(昭50・5 岩波書店)の「異人」概念を利用した『田山花袋「重右衛門の最後」再論――異人論的視座から――』(平8・3 同誌)を発表。藤森清『明治三十五年・ツーリズムの想像力』（平9・5「メディア・表象・イデオロギー――明治三十年代の文化研究」小沢書店）と深津謙一郎『「重右衛門の最後」――〈近代批判〉と地図の想像力――』（平11・9「日本文学」）は文化研究の代表的成果で、この方向は渡邊英理『織り込まれた断念　田山花袋「重右衛門の最後」における物語の力学』（平16・10「言語態」）へ展開した。これとは別に、佐々木雅發『独歩と漱石―汎神論の地平―』（平17　翰林書房）は、花袋における「現象学的還元」の方法を指摘した。本作の表現構造については、川上美那子『自然主義小説の表現構造――田山花袋・「重右衛門の最後」から「生」へ――』（平2・3「人文学報」）、五井信『描写としての〈聞く〉こと――田山花袋「重右衛門の最後」の構造――』（平12・3「十文字国文」）などを受け、永井聖剛『自然主義のレトリック』（平20・2　双文社出版）が、「見る／見られない」関係による現場中継を装おう口語的エクリチュールの獲得、あるいは『遠野物語』と相似的な「経験」と「伝聞」からの「事実」の構築を指摘し、そこに花袋の一人称から三人称への跳躍を見た。近年では、松村友視『近代文学の認識風景』（平29・1　インスクリプト）が、象徴主義・新ロマン主義に親和的な「後自然主義」の主張における「大自然の主観」への花袋の志向の反映を指摘。永井も『〈自然〉のインターテクスチュアリティ――田山花袋はニーチェをどう読んだか――』（平30・6「日本文学」）でニーチェとの関連を強調した。なお、Henshall, Kenneth G.. *In Search of Nature: The Japanese writer Tayama Katai 1872-1930*. Leiden, Boston: Global Oriental, 2013.も、親個人的・反社会的なドイツ後期自然主義の影響を重視している。

（小堀洋平）

②『蒲団』（明40・9「新小説」）

『蒲団』初出雑誌表紙

■あらすじ

孤独と不遇をかこつ中年作家・竹中古城（時雄）のもとに、若く、ハイカラな横山芳子が弟子入りのために上京してきた。「先生！」と慕ってくれる芳子に時雄は心惹かれるが、翌年、芳子に恋人ができた。京都の同志社に通う、文学志望の田中秀夫という青年である。田中と芳子との関係に嫉妬して身悶えする時雄であったが、師として「神聖なる恋」の「温情なる保護者」の役割を担うこととなり、ますます思いは乱れるばかりであった。のちに田中が上京してきたと知ると、時雄は芳子の父親を田舎から呼び寄せ、二人の関係を問い質そうとする。追い詰められた芳子が「私は堕落女学生です」と告白すると、断然時雄は彼女を郷里に帰すことに決めた。再び荒涼たる生活に引き戻された時雄は、芳子の残した蒲団を引き出すと、天鵞絨の襟に顔を埋めて心のゆくばかりなつかしい女の匂いを嗅いだ。性欲と悲哀と絶望とがたちまち時雄の胸を襲った。戸外には風が吹き暴れていた。

■読みどころ

『蒲団』が背負わされてしまったのは、「『破戒』から『蒲団』にいたる道は滅びにいたる大道であった」という歴史的コンテクストであった（中村光夫『風俗小説論』昭25・6　河出書房）。西洋リアリズムの系譜を日本近代文学に当てはめ、そこに個人＝主体の未成熟という欠陥を見いだし、さらにその起源を「私小説の濫觴」としての『蒲団』に求めたのである。こうした評価は、現在においてもなお、『蒲団』の〈読み〉を縛っている。

『蒲団』の特色が、当時としては大胆な告白性にあったことは疑えないが、そのことと、「作者即主人公という奇妙な定式」（『風俗小説論』）の成立とは、本来別次元のことである。そこで、上記の通説を大きく転換させ、『蒲団』研究の活性化を促すメルクマールとなったのが、柄谷行人『日本近代文学の起源』（昭55・8 講談社）である。「隠すべきことがあって告白するのではない。告白するという義務が、隠すべきことを、あるいは「内面」を作り出すのである」（「告白という制度」）。「真実」と呼ばれてきたものが、いかなる制度のもとで成り立ったのか。こうした解釈の地平を得ることで、一九八〇年代以降、『蒲団』の〈読みどころ〉は大きく広がることとなった。

■評価と新視点

『「蒲団」合評』（明40・10「早稲田文学」）における島村抱月の「此の一篇は肉の人、赤裸々の人間の大胆なる懺悔録である」という評が前景化されてきたことで、「今迄自叙体に用ひて居た描写の方法を巧に客観の描写に利用して、一種清新な作風を見せた」（相馬御風）や、「作者は作中の人物悉くを三人称によつて描きながら、主人公を表面にして、その他の人物事件は殆んど主人公の目に映り、主人公の表情を浴びたものとして現はしてゐる」（片上天弦）といった着眼点は長いあいだ周縁化されてきた。ところが、『蒲団』の真実性がいかに語られているかという問題意識に立ったとき、むしろ御風や天弦の同時代評にこそ、「作者即主人公」という定式に回収されない読解の可能性が存在していたことに注目が集まるようになった。

一九八〇年代以降の『蒲団』研究がまず着手したのは、「語り手」の機能を、作者からも主人公からも切り離すことであった。高橋敏夫『「蒲団」―〝暴風〟に区切られた物語―』（昭60・10「国文学研究」）や棚田輝嘉『田山花袋「蒲団」―語り手の位置・覚え書』（昭62・5「国語国文」）などの仕事がそれに当たる。また、渡邉正彦『田山花袋「蒲団」と「女学生堕落物語」』（平4・3「群馬県立女子大学国文学研究」）は、同時代の文化・歴史的コンテクストに着目し、「作者」ではなく読書行為（解釈コード）に軸足を移した解読の可能性を示した。藤森清『語りの近代』（平8・4 有精堂）に収められた「『蒲団』における二つの告白」「語ることと読むことの間」は、如上のパラダイム転換が生んだ重要な成果と位置づけられよう。「告白」が「真実」を生み出すため物語装置だとしたら、「性」もまた同様の機能を担っている。性的なものとは、秘匿

／告白されるべき内面そのものだからである。このセクシュアリティの近代という問題系のなかで『蒲団』を論じたのが生方智子『精神分析以前　無意識の日本近代文学』（平21・11　翰林書房）、光石亜由美『自然主義文学とセクシュアリティ―田山花袋と性欲に感傷する時代』（平29・3　世織書房）である。また、有元伸子『〈作者〉をめぐる攻防―田山花袋「蒲団」と岡田美知代の小説―』（平25・5「日本近代文学」）は、花袋と美知代における〈書くこと〉をめぐるジェンダーの非対称性とその権力性とに着目し、男性作家の告白行為に焦点化して論じられてきた『蒲団』研究の死角に照明を当てている。他には、ヴェルレーヌやチェーホフとの比較を通して『蒲団』の生成過程を追う小堀洋平『田山花袋 作品の形成』（平30・2　翰林書房）が新視点を提示している。

（永井聖剛）

③『一兵卒』（明41・1「早稲田文学」）

■あらすじ

「渠」は歩き出した。脚気に侵された「渠」は不衛生な病院を抜け出し、鞍山站を目指すが、体調は刻一刻と悪化していく。遠く遼陽では大会戦が開始され、その砲声が微かに聞こえる。そうした戦況から「一人取残され」ながら歩き続ける「渠」の脳裏には、故郷の記憶や「軍隊生活の束縛」への無念、そして死の恐怖が去来する。「渠」はなんとか新台子に辿り着くものの、遼陽戦の後備のために雑踏を極めた兵站部では、軍医など望むべくもない。休憩所として指示された洋館で、「渠」は苦しみ抜く。唸り声を聞きつけやってきた兵士たちが「渠」の手帖を覗くことにより「加藤平作」という本名が知れる。だが、軍医が来た明け方には加藤は死んでいた。

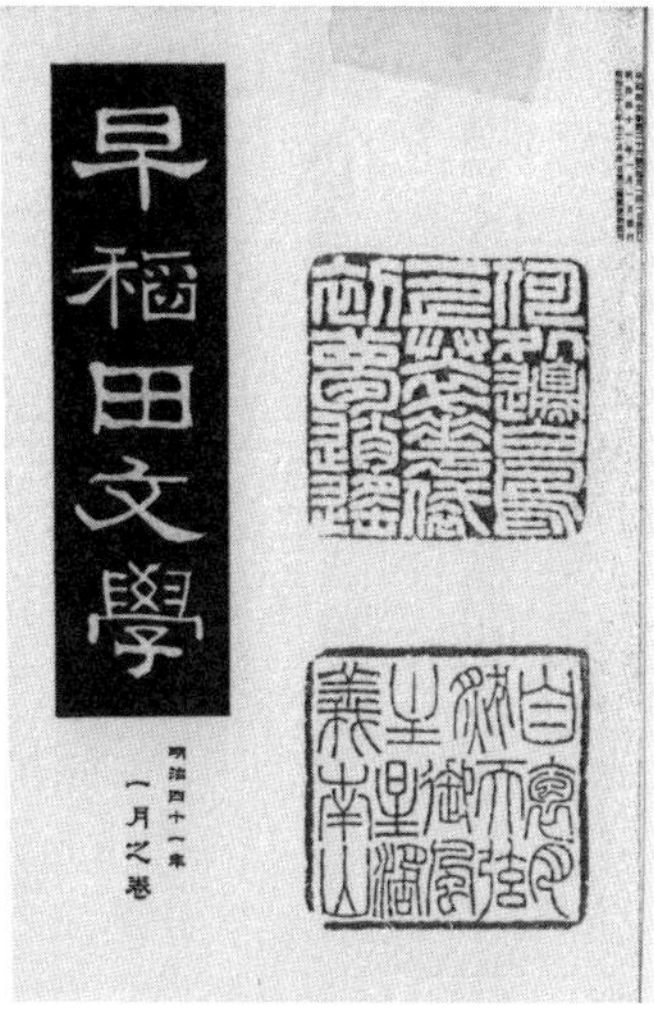

『一兵卒』初出雑誌表紙

■読みどころ

日露戦争を舞台とした戦争文学であり、従軍経験が活かされた作品である。脚気、死、疎外など、同時期の花袋作品に関連するモチーフも複数含んでいる。「渠」の病院からの出奔を愚行だと見なすことは容易い。しかしそれは心身の衛生を求めた「渠」なりの前進であった。後述の渡邉正彦論が述べるように、「渠」は病によって兵士という属性からずれ始め、個として「歩き出」す。その都度、観念的・生理的な「生きることの希求」とでも呼ぶべきものが「渠」を衝き動かしていく。死の直前においても「死ぬのは悲しいといふ念よりもこの苦痛に打克たうといふ念」「人間の生存に対する権利といふやうな積極的の力」が閃く。だから本作は単に、愚かしさの悲劇ではない。より良い生を希求する前進が招く偶然＝自然の結果を受け止めるものであり、花袋が『小説作法』等で小説のプロットに替わり要請した「自然」の「コンポジション」、その描出だったと言えよう。

■評価と新視点

花袋が『東京の三十年』（大6・6　博文館）で述べたように、発表当時から評価された作品であり、その好評が花袋の創作意欲にも繋がったようだ。とりわけ、「技巧の勝れた」（『「花袋集」合評』生田長江「趣味」明41・5）点が無技巧論者としての花袋を見直す評価に繋がると共に、「内面描写」の苦心（『近時小説壇の傾向』長谷川天渓「太陽」同・2）が自然主義文学の可能性を拡充するものと受け取られた。この「内面描写」には「虚心平気」に分析した心理という含意があり、昭和五年に刊行された岩波文庫において『蒲団』の併収に選ばれた際も、前田晁の解題には「作者の主張してゐた客観的描写の好個の一標本」（昭5・7　岩波文庫）とある。

以降の著名な評価としては、まず吉本隆明『言語にとって美とは何か』（昭40・5　勁草書房）が挙げられよう。吉本は本作の内面描写について、「『一兵卒』に移行した位置」からの内的独白と、「作者の自己位置から『一兵卒』の内的意識を描出した」記述の目まぐるしい転換であるとして、その重要性を改めて主張した。他方、小林修は、「渠」＝加藤平作のモデルが加藤雪平であったことなど、モデルとなった事実の検討を行うと共に、やはり単なる内面描写を越えた「一つの意識の流れ」が描出されていることに意義を見出している。これを受けた小林一郎もまた、外的な現実と「回想」「心理」「生理」などの内的なものが混在した「内外融合」の帰結として捉えた。総じて本作の文体への論及は、「内面」なる事項の有する多義性を見据える形で深化してきた。

その後、詳細に論じたものとして、渡邉正彦『田山花袋「一兵卒」論Ⅰ』（小林一郎編『日本文学の心情と理念』所収、平元・2　明治書院）、『田山花袋「一兵卒」論Ⅱ』（「群馬県立女子大学国文学研究」昭63・3）がある。特に後者は戦争文学という枠組みと、その手法の結びつきを論じ尽くしており、描写上の方法論や「死や生理の絶対性、意識の奔放性という認識」が戦争や国家に回収されない個を描き出し得たのだという見方を提出した。

近年のものとして挙げられるのは、小堀洋平『田山花袋　作品の形成』（平29・2　翰林書房）で、本作がガルシン作・二葉亭四迷訳『四日間』の強い影響の下で書かれたことを実証的に論じている。

（山本　歩）

④『生』（明41・4・13～同・7・19「読売新聞」）

単行本の内表紙

■あらすじ

若くして夫を亡くした母は、子供達を育て上げ、六十を越した今、腸の癌で死の床についている。長男の鐐は下級官吏で、最初の妻を出産の際の子癇で亡くし、二番目の妻お雪は、赤子を死なせた為離縁した。今回再度再婚することになり、お桂が嫁入りして来る。次男の銑之助は文学者で、先日お梅と結婚した。三男秀雄は軍人で、弘前の第八師団第三十一連隊付となって赴任していた。母は病床にありながら、鐐夫妻の仲の良さに嫉妬し、家の中は衝突が絶えなかった。母の死が近付き、娘のお米が田舎から看護に来るが、今度はお米とお桂が衝突する。ごたごたした中で母は死んで行く。翌年、秀雄は弘前の光子と結婚して、上京し、翌々年、お桂、お梅と女児、光子と男児の五人は、記念写真を撮りに行った。

■読みどころ

花袋は『「生」を書いた時分』（『東京の三十年』）の中で「『生』の題材に対する苦痛もかなり大きかつた。兄も嫂もまだ生きてゐたので、それに対する解剖にも気がひけた」云々と言い、「モーパッサンの所謂『皮剥の苦痛』」を味わったと述べている。また、『「生」に於ける試み』（明41・9「早稲田文学」）で平面描写論に言及している。「読売新聞」への連載小説執筆は文壇の晴れ舞台に立つことであり、花袋としても相当の意気込みで書いたと思われる。その為も手伝ってか「聊かの主観を交へず、結構を加へず、たゞ客観の材料として書き表はすと云ふ遣り方」から逸脱した叙述も幾つか見られるのだが、母の生と死の無残を直視し書き洩らさず、そこを軸に繰り広げられる息子たちやお米そして嫁等の葛藤を赤裸に剔抉しているところが読みどころである。明治四一年は藤村が四月から八月まで「東京朝日」に『春』を連載した年で、同時代評も『生』と『春』を比較した論が多く見られる。『春』が青春の悲惨を詩的に描いているのに対し、『生』の方は人間の絶対であるところの生と死、誕生と死亡、人生の初めと終りをパースペクティブに描いている所に花袋らしい妙味が出ている。

■評価から新視点へ

明治時代の末頃に自然主義・自然派文学が隆昌し、半封建的な日本社会を批判する文学が出現した。大正時代半ばから昭和初期にかけて大正デモクラシーの流れを受けたプロレタリア文学が出現し社会的影響力を持ったが、官憲の弾圧により壊滅し、転向文学や文芸復興、国策文学に取って代わられた。というような文学思潮隆替の分類整理の仕方はもう一時代も二時代も昔の論で、今日的には何らインパクトがない。そのような文壇パラダイムは自然主義文学やプロ文が盛んであった当時そして敗戦後という日本の大転換の時期には説得力があったかもしれない。それは簡単に言えば社会や文化が未熟だったからだ。そしてその未熟さの故に、花袋のような素朴で一途な作家の文学は貶められたり持ち上げられたりした。その一例が戦後の一時期の私小説≒花袋＝戦争の原因のような短絡的な議論であろう。花袋は過小評価されてきた。日本の近代文学は鷗外・漱石は言うまでもなく藤村でも西欧文化崇拝の枠から自由になれなかった。常に西欧に対する劣等な日本という思いが先に立った。花袋もまた西洋文学を大いに摂取した作家であった。『生』の銑之助の「にきび文学」は西欧文学が元になったセンチメンタリズムやアイデアリズムである。しかし花袋は西欧第一主義ではなかった。独自の文学境を開拓しながら進んだ。『生』は喜久井町の窪地に住む明治中期の中下層家族の生死を活写し、非常に狭いながらも一種の宗教的境地に達しているとも見得る。この辺りは第一期で(『私のやって来たこと』大9・11「文章世界」)それから徐々に花袋は第二期、第三期、第四期へと進展したらしい。ともかく花袋は生きて旅をして自分の前に居る人間を凝視して、迷い、模索して花袋ワールドを創造した作家であった。西欧文学に憧れながらも日本の風土と人にどこまでも泥んで、青臭い感傷に浸ることも厭わず書き続けた。

(伊狩　弘)

⑤『田舎教師』（明42・10　佐久良書房）

『田舎教師』単行本表紙と箱

■あらすじ

埼玉県利根川沿い羽生の町に、中学校を卒業したばかりの林清三は、小学校教員として赴任する。貧しい家の事情ゆえでもあった。しかし、上級学校に進む同級生たちに対する羨ましい思いや、自身の田舎に埋没することを納得しない感情が、清三の心を覆った。それゆえ仲間との同人雑誌の刊行などで理想を追求しようとする。のち音楽学校への受験も試みるが、すべて失敗する。やがて遊郭通いを覚えるが、想う女性が他人に身請けされたりと、うまくいかない。その後清三は、結核に蝕まれ、日露戦争のさ中、世間が戦勝気分に酔う時分に世の片隅で静かに息を引き取っていく。

■読みどころ

義兄太田玉茗の示唆で花袋は、羽生に在住していた一人の青年の日記や墓を目にして感興が渦を巻き、小説を構想するようになった。主人公・林清三のモデルは、実在した小林秀三。花袋は、小林秀三の実地調査を重ね、明治三〇年代の知識人青年像を描こうとした。中学を卒業した清三は、強い向学心に燃えながらも、家の貧窮ゆえ小学校教員となった。清三の三年間の煩悶は、文学創造や上級学校進学という方向にあったが、すべて挫折する。物語の背景となる利根川中流羽生周辺の自然や風物を美しく悠然と紹介する場面などは、なかなか巧みでもある。とりわけ相馬庸郎は、ゆったりした風景描写を清三のはかない死と対比させた妙があると解説する。

■評価から新視点へ

花袋は『東京の三十年』（大6・6　博文館）で、「志を抱いて田舎に埋もれて行く多くの青年たちと、事業を成し得ずに亡びて行くさびしい多くの心とを」と記している。あるいは『東京の近郊』（大5・4　実業之日本社）で、「館林は私の故郷だ。私はそこに十六までいた。関東平野を吹荒る丶風、その平野の周囲を取巻いた山、遠い遠い赤城の山火事、そういうもの、体に沁みるような気のするのは、その為だ」と述べている。ここに花袋の風景描写についての血肉化の自負があった。のち窪川（佐多）稲子は、『「田舎教師」の感銘』（昭17・5　「文芸通信」）で、「主人公が息をひきとるとき、あたかも町は遼陽占領を祝う万歳の声が満ち、提灯行列は幾度となく賑やかに通った、というあたりへくると、私は、声を上げて泣いた」と述べた。これは当時の大東亜戦争の情況があったためであろう。戦中の銃後奉公のありようにも重なって多くの人々の共感をよんだ。のち戦後実在の小林秀三の日記について、岩永胖『田山花袋研究』（昭31・4　白楊社）、ならびに小林一郎『田山花袋――「田舎教師」のモデル』（昭38・12　創研社）で、丁寧な翻刻がなされる。この昭和三〇年代、かつて花袋の右腕として「文章世界」の編集に携わった前田晁が、「解説」（昭33・4　岩波文庫）で、ゴンクウルの手法である「主人公の生活を、ぽつん、ぽつんとちぎっておいたように、短く、印象的につらねていった形」をとったものだと述べた。あるいは同時代評の具体的新聞名などはないが、「平面描写に最も大事な印象が、ヴィヴィッドに描かれて、生きた人生をそこに再現しているからだ」という形容を前田晁は紹介している。並行して尾形明子が「解説」（平30・3　岩波文庫）で、これまでの評価史を展望していて興味深い。

他に永井聖剛が『田舎教師の復讐』（平18・5　「日本近代文学」）で、花袋が起稿まで五年間の空白の要因を解明し、また「文章世界」投稿欄にも視点を置きながら、従来の作品解釈に疑義を示し、新たな解析を試みている点は、今後の作品解釈に影響を与えることになるといえる。伊狩弘は『「田舎教師」の考察――死者に寄り添う花袋の無常と近代――』（平26・7　「日本文学ノート」第49号　宮城学院女子大学）で生者よりも死者に寄り添う傾向を顕著にし、廃墟や滅びに対する親近感を強めたと『田舎教師』の作品的意義を示す。小堀洋平は『田山花袋作品の形成』（平29・2　翰林書房）で、「文章月暦」や「旅の日記帳」を取り上げ、風景描写の文体上の特徴を解明し、花袋の文章修練の結果があると結ぶ。また、沢豊彦が『田山花袋の「伝記」』（平21・10　菁柿堂）で花袋が在学したという明治会学館に焦点を当てて『田舎教師』の創作動機に触れている点も新たな指標として見逃せない。

（五十嵐伸治）

⑥『東京の三十年』（大6・6　博文館）

『東京の三十年』単行本表紙

■あらすじ

回想であるから特にあらすじというものはない。巻頭「その時分」は田山録弥が一一歳の明治一四年二月、館林町から上京し、農業書肆有隣堂に丁稚奉公した時の思い出である。それから月日は流れ、最後の第六二段「飛行機」は明治末から大正初期、飛行機や飛行船が日本の空に出現した頃のことである。大正二年三月二八日、所沢で陸軍機が墜落し、木村鈴四郎・徳田金一中尉が死んだ。花袋は「S中尉」として書いている。その前後、飛行機や飛行船は度々人々の目を驚かせたようで、花袋は米人スミスの曲芸飛行に驚嘆し、拍手したと書いている。しかしスミスは大正五年六月一六日、札幌で愛機が故障し、墜落して負傷したのである。このように『東京の三十年』は花袋の一一歳から四六歳まで、三五年間にわたる回想である。文学的回想録は明治のものや、それ以降のものなど数々あるが、『東京の三十年』ほど真率に田舎文士の思いを吐露したものはなかろう。これを書いた頃、花袋はいろいろの理由で文学と人生の危機に直面していた。その思いがこの回想録になったと見ていい。第五八段「四十の峠」は藤村渡仏を知った時の花袋の心中を物語る。花袋は藤村が日本の生活を捨ててフランスに行くことが羨ましかった。そしてその決断の元になったらしい女児と妻の死もある意味羨ましかった。「私には子供の死すらなかつた。妻の死すらなかつた。精神を動かして、一路新生に入つて行くやうな刺戟は何物もなかつた。私は平凡と単調とを呪つた。」という述懐は、藤村渡仏の理由を知らない花袋の羨望から出たものだが、こま子の妊娠に懊悩した藤村の逃亡的外遊が花袋の危機意識を振盪してこのような自己確認のための回想録を執筆させ、また出家隠棲に近い日光の寺籠りや西長岡鉱泉のような湯治場での宗教的感慨に繋がったとするならば、こま子や代子は近代文学史の立役者であると言ってもよかろう。因みにこま子は藤村とは二一歳違い、代子は花袋とは実質一七歳違いである。

■読みどころ

読みどころは多々ある。二六段「丘の上の家」は花袋と独歩の交友の始まり、玉茗と共に独歩を訪ねた明治二九年一一月一二日の出来事で、第二七段「KとT」は、日光照尊院の寺籠りの記録、明治文学史の記念碑のような一節である。独歩と信子と治子、さらに奥井君子のことは第四一段「独歩の死」に詳しい。このように花袋は明治初期から大正の文壇と世相の裏表を隈なく観察記憶し、白鳥のようにニヒルにもならず、独自の歩みを刻んだ。だから『東京の三十年』は回想というより花袋という文学的現象あるいは明治大正の時代と文学が偶々花袋の筆を借りて描き出した文学的絵巻物だとも言える。そして『東京の三十年』の流布本の一つに宮内俊介編の『東京の三十年』（平10　講談社文芸文庫）があり、花袋回想録の全貌が簡便に分かる初学者必須本である。それは巻末に付された人名、作品・雑誌・新聞、事項の索引が便利で分かりやすいからだ。例えば、「KとT」で、「K」が国木田独歩、「T」が田山くらいは誰でも分かるが、「Kの卓の上には、K社の原稿紙」の「K社」は索引により民友社であると分かる。「K書店」は金港堂、「K新聞社」は国民新聞社で、同じ「K」もいろいろであるから索引があると便利である。が、分からないところもある。例えば「KとT」の中の「Y新聞に批評壇を受持つてゐる大学出身のAといふ批評家」の「A」は未詳である。管見だが、足立荒人北鷗が強いて言えば該当するようだ。田村江東や「頴才新誌」投書家の土持綱安など幾つかの人名は宮内の索引に加えて小林一郎『田山花袋研究—館林時代—』（昭51・2　桜楓社）を参照しなければならないが、この索引を活用すれば『東京の三十年』は花袋、独歩、乙羽、湖処子ら、その他大勢の文士、書肆庶民らが生き生きと動くライヴ映像のように我々の前に立ち現れるに違いない。

■評価から新視点へ

『東京の三十年』は単なる回想記ではなく、日本の文壇と文学そして東京の変遷についての広範な知見の集合体で、花袋の叙述は単純素朴、淡白のようでいて奥が深く味わい深い。そして細かいところまで観察と記憶が正確である。文学史や文壇史、作家論など多岐に亘り縦横に書いており、明治大正文学史のライヴ映像にも似ている。花袋の目を通して明治大正の文壇や世相がリアルに現前する感がある。例えば第二三段「H書店の応接間」は、花袋の人生と文学に重要な意味を持つ博文館と大橋家がかなり大胆に花袋的に暴露されていて、そこに書かれている作家の研究と花袋研究と両方に役に立つと思われる。宮崎湖処子が「癪で仕方がないけれど、たうとうあの応接間へ行つた。金が欲しいんでね。仕方がないね。」と言ったというエピソード。乙羽が博文館の婿になり「其羽振りは凄しい勢」であった。「乙羽君は、艱難を経て来た人だけに、思ひやりの深い人であつたけれども、洒脱な、人を馬鹿にしたやうな、瓢箪鯰でつかみどころのないやうな態度」であったという乙羽評は、乙羽を語るとともに花袋自らを語るものであろう。また第一三段「私の最初の翻訳」は丸善の二階の外国文学の思い出に始まり、明治二六年の夏、江見水蔭の勧めで『コサアク兵』を翻訳し三〇円を得た回想である。原稿一枚が五銭という低価格に驚くと共に、第三〇段「丸善の二階」を合わせて読めば、『或阿呆の一生』に「ボウドレエルの一行にも若かない」の名文句を残し、花袋を軽んじた感のある芥川が花袋より先に死んだことの意味も何やら考えさせられる。則ち『東京の三十年』は回想以上の含蓄に富む文学である。主要参考文献についても宮内俊介作成の一覧が有用であろう。

（伊狩　弘）

⑦『近代の小説』（大12・2　近代文明社）

■あらすじ

明治一〇年代、維新の痕跡がなお残る世に新しい潮流が起こり、文化が混沌としたものと感じられた時代から、大正一二年、自然派隆盛の時代に少年期を過ごした若い世代の人々による作品が次々と刊行されるに至るまでの文学的変遷をその時代を生きた一作家の立場から著した作品。言文一致に代表されるような文体の変革、外国文学からの影響への言及もあり、写実主義、浪漫主義、自然主義、人道主義、プロレタリアなど様々な思潮とそれに関わる作家達が取り上げられていく。

最後の六三章には花袋が少年時代に読んだ欧陽修「送徐無党南帰序」が引用され、約千年前に書かれた文章に既に「実行と芸術」が暗示されているという見方が示される。人間の存在自体は儚いものであるが、それでもなお大切なものがあり、その人生は意義あるものなのだという考えを示して、夥しい数の作家達が登場し、時代ごとの文学的推移が綴られた『近代の小説』は締めくくられる。

『近代の小説』単行本表紙

■読みどころ

文学思潮、文体、様々な面で変化が著しかった近代を「本当のもの」をどのように掴み、「新しい」作品を世に送るべきか模索が続いた時代と捉え、時代的な課題と向き合った作家達と作品が取り上げられている。同時代に読まれた外国文学も、多数の作家と作品を具体的に挙げ、日本文壇への影響関係を記しており、外国文学受容に関する一証言ともなっている。また作家達の人生にも深い関心が寄せられている。新しい時代の前には前時代を担った人々の死があるのだという。尾崎紅葉、高山樗牛、大橋乙羽ら、大家三人の死が次の時代の幕開けをもたらし、後年には、川上眉山、国木田独歩、二葉亭四迷らが新時代の圧迫の中で死を迎えたという見方が示される。

一度埋もれて、それでも残るものでなければ本当のものではない、あるいは「時」を経ても価値が認められるものがあるという主張が示されるところに、変遷の渦中を生きた作家が掴んだ「真実」がある。

■評価から新視点へ

刊行後「一種の日本近代の小説史と見るべく又花袋その人の芸術観人生観を窺ひ得るもの」（大12・3・15「東京朝日新聞」朝刊）と紹介された。この刊行時期に関し、大正九年の生誕五〇年祝賀、大正一二年から翌年の花袋全集刊行会『花袋全集』全一二巻出版をふまえ「花袋文学の整理の時期」であり、他方文壇的には「その終結をも意味しかねない状況」にあった花袋が「過ぎし時代への感慨」を反映し「時代の環境を記録」する意図で著したという見解が示されている（和田謹吾『近代の小説』注釈『日本近代文学大系　第60巻』昭48・2　角川書店）。

『東京の三十年』（大6・6　博文館）や『インキ壺』（明42・11　佐久良書房）との比較による評価も与えられてきた。吉田精一は「『東京の三十年』と姉妹編」をなす作とする（『近代の小説』「解説」昭28・9　角川文庫）。平岡敏夫は『明治大正文学回想集成3　近代の小説』（昭58・4　日本図書センター）「解説」中で「個人性」が『東京の三十年』よりも稀であるが「大正文学・同時代文学への批評意識もあり、この『回想』のモチーフは『文学史』に接近」していると指摘した。また岸規子『花袋と独歩―「近代の小説」を中心に―』（平17・3「花袋研究学会々誌」第23号、『未完の物語　田山花袋作品研究二』平26・12　双文社出版所収）は『インキ壺』と比較して独歩評価の変化を辿り、文壇的評価を獲得した花袋が差異を際立たせ、自己の拠り所を再確認する機会としたと論じた。

近代文明社から刊行時、目次には「混沌とした時代」「言文一致」など一三三項目の細目と頁数が示されていたが、本文に細目は示されず、全六三章の章立てとなっていた。『大東名著選19　近代の小説』（昭16・11　大東出版社）は細目数を増やし、一五三としている。角川文庫『近代の小説』（昭28・9）は大東名著選の細目を本文中の小見出しとし、各章末の注釈および人名、書名及作品名、事項索引を附している。前掲『日本近代文学大系』では四〇～四七章の抄録で和田謹吾による注釈がなされた。全章を網羅する注釈書としては、花袋研究学会編『田山花袋「近代の小説」注釈書』全三巻（Ⅰ巻平28・6、Ⅱ巻 平29・3、Ⅲ巻 令元・11）がある。Ⅰ巻には「田山花袋年譜」、Ⅲ巻には人名、作品名、事項、紙誌名の本文索引・脚注索引が収録されている。

（高野純子）

⑧『東京震災記』（大13・4 博文館）

箱 復刻版 平成3年12月 博文館新社

表紙

■**あらすじ**

主人公「私」は、地震の時代々木の自宅で「この世の終りかと思つた」と記す。はじめの二、三日は聞き書きで、のち「じつとして家にゐることは出来な」く、実地踏査のルポルタージュに、加えて回想的場面と、文明批評的なところというような複数の側面を持って筋が展開する。主人公「私」は、代々木の自宅から四谷、神保町、お茶の水まで歩く。翌日は本所深川まで焼跡の悲惨なさまを報告する。とりわけ隅田川に架かった橋付近の描写は、凄惨な様子が詳述される。この惨状から作品の筋は、復興の希望と都市の再生とを希求する方向へと、転じていく。

■読みどころ

花袋は、序文で震災の「本当の光景や感じや気分」を「描写」の方法で、この作品を記そうとしたと決意を述べる。それは花袋が、実際にその「光景」を見て「感じ」た所謂ルポルタージュの体裁になっている。ただ全編が、このかたちで統一されているわけではない。花袋を彷彿させる「私」は、「本所には知つてゐる」女性らしき人を探しに赴くところに、「いろいろな恐ろしい風説」を交えながら切迫感を募らせていく。「私」は、歩く途中で例えば犠牲になった被服廠跡の惨状を、「よく見るに忍びなかつた」と紹介するが、これは作者による作為だろう。花袋の中に見る覚悟がなくて、客観的な描写は出来ない。帝都東部の低い土地でようやく愛人の安否を確認した「私」は、この心境から仏教的「金剛不壊」という迷い打開の方策を語りだす。大正一〇年代は、花袋にとって小説家の行きづまりを既に脱していたわけで、謂わばそれらを相対化して記そうというところにいた。惨状から再生へ、庶民のいくつかの嗜好を取り入れながら新しい東京を夢想する方向で、作者は作品をまとめる。

■評価から新視点へ

この作品は、比較的よく売れた。それは、現代のように写真雑誌や週刊誌及びテレビやラジオそしてスマートフォンのようなものが無かったからと言えばそう説明できるかもしれない。が実際は、作者田山花袋が実地踏査したことと、その中に現実的に安否を問う女性がいたことによると断言してよい。勿論実際に遭遇した報告だけではなく、花袋が静かに回想したり批評的言辞を用いたりして現象や事物に客観的視線を投げかけ、そして惨状から未来へ希望を綴ったことによるといえるだろう。

単行本『東京震災記』の表紙を飾ったのは、奥村土牛であった。それは、「震災によって荷馬車や子供を背負って逃げ惑う人たちの様子を極めてダイナミックにとらえた姿が描かれ、本体の装画は、ぎらぎらと無気味に照りつける太陽の下に焼けただれ倒壊して行くビルディングや樹木などを配し、裏表紙にはすべてが焼きつくされた隅田川の流域の真黒な木々の上を塒をいそぐ鳥の群を描き」「正に花袋が言及したドイツ表現派のタッチである」（小林一郎「解説」『東京震災記』平3・8　現代教養文庫）というもので花袋の意を酌むものでもあった。小林一郎は、この「解説」で、花袋は「「被服廠」の黒焦げになった人間の頭が炭団のように積み重なっている悲惨な姿」を考え、あるいは派生した「甘粕事件」「亀戸事件」に憤りを覚えるのではなく「人間の抱く『虚栄』から来るもの」と判断し、「不忍池」に「焦土となった中に咲く蓮の花」に

「大災害の救いの場」を確認し、「九段坂下の牛が渕公園から俎橋に来る途中に噴き出している撒水井に感動し」「『再生』への希望を抱かせる象徴と見ている」という。

この観点に注目した研究に丸山幸子「『東京震災記』周辺―廃墟から新しい芽―」（「花袋研究学会々誌」第19号　平13・3）がある。

平成二三年三月一一日に、東日本大震災が起こる。これは、数百年に一度の大地震と津波だともいわれ太平洋側の東日本一帯に大変な被害をもたらした。とりわけ福島県浜通りの原子力発電所の水素爆発が世界の耳目を集めた。地元浜通りの人々の不安と困惑は、形容しがたいものであった。が首都圏は早くも復旧したため、この状況を相対化すべく過去の関東大震災の記録をいくつか復刻化した。とりわけ田山花袋の『東京大震災記』を、河出書房新社が文庫（平23・8）でこれを復刊した。その「解説」を、ノンフィクション作家の石井光太が綴った。

石井光太は、花袋が見たものは「想像もしていなかった光景や臭いや音だった」、それは「それだけの破壊力のあるものの連続だった」という。加えてその作家像は、「焼け野原のなかで狼狽し、打ちひしがれ、這いつくばるようにして立ちながらも、祈るように希望を見出そうとする」姿だったと綴る。大きな災害が起きた時求められるのは、花袋のような「次世代の希望と戒めになる本を著す人間」だと断言した。

のち石井正己は、『文豪たちの関東大震災体験記』（平25・8　小学館）で、花袋は愛人飯田代子の安否をたずねて歩いたため状況を実に率直に読み手に報告できたと解説した。これは情況の雰囲気が、鷲づかみにされた文章があるという説明であった。

更に千葉正昭は、「『東京震災記』の「描写」」（「花袋研究学会々誌」第35号　平30・6）でこの作品が何故売れたかを描写の問題から解説した。

この作品はルポルタージュとは言え、その底に花袋の愛人飯田代子への安否を問うという現実的な課題があった。それが作家の筆を走らせ、読者はその方向へ視線を向けさせられたということもあった。結びの「再生」への希望は、巧みな作品構成となっているとも言える。

（千葉正昭）

⑨『東京近郊　一日の行楽』（大12・6　博文館）

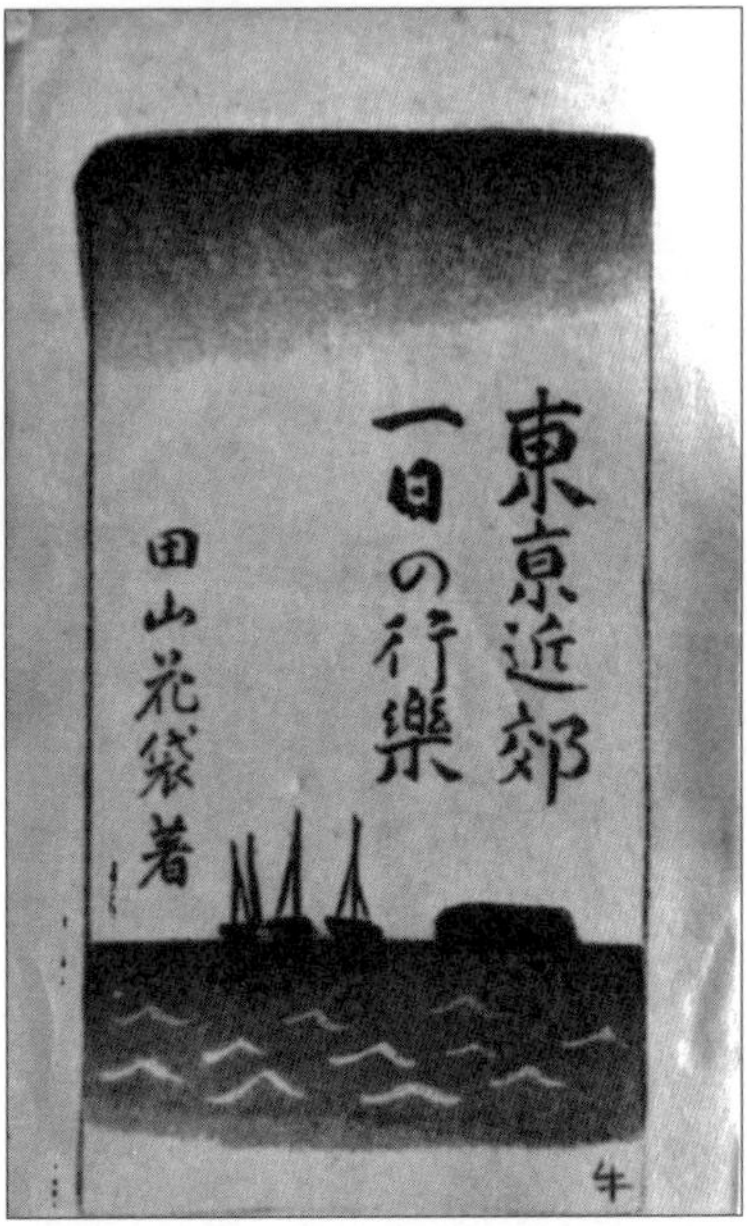

『東京近郊　一日の行楽』単行本表紙

あらすじ

この書は、先に刊行された『一日の行楽』（大7・2　博文館）の増補版である。『一日の行楽』収録の一三四項目全てと、新たに七〇項目が追加されている（追加された作品中何篇かは、大正11年刊行の『温泉周遊　西の巻』に収録されたもの）。

「凡例」に「東京を中心にして、日がへり乃至一二泊の旅行をするもの、ために此の本を書いて見た」とある。確かに内容はその通りであるが、題名とは少しずれるような点もある。地域としては宮城県、長野県にも及んでいる。交通網の発達で東京の郊外は膨張していたかも知れないが、果たしてそれらは「東京近郊」だろうか。最初の総論的文章「日がへりと一日二日の旅について」に、「松島も前の夜の夜行で行けば、旅舎に泊らずに安直に見て来ることが出来た」とある。花袋自身、その方法を試みたのかも知れないが、当時としてはかなりの強行軍だったと思われる。或いは、このタイトルについては、同年の四ヵ月前に刊行された『京阪一日の行楽』（大12・2　博文館）と、体裁を整える意味もあったのだろうか。『京阪一日の行楽』も、タイトルには「京阪一日」とあるが、項目の最後は「大社へ」で、そこは島根県である。ここでは花袋自身も「余りに遠く行き過ぎた。山陰地方を京阪一日の行楽の中に入れるのは、何うかと思ふが」と、その範囲には疑念を呈している。が、このタイトルについては他の例も見てみると、博文館から大正一一年に刊行された、河井酔茗の『東京近郊めぐり』も、「東京の近郊で一日又は二日三日の旅行で行ける地は漏れなく記載してある」（田山花袋『京阪一日の行楽』

の巻末広告頁）とあり、ここでも、三日を要する地域であっても「東京近郊」になるのである。要するに出版社としては、この種の刊行物を「近郊」「一日」といった手近なものとして宣伝したかったのかもしれない。

近年復刻された『東京近郊　一日の行楽』（平3・2　現代教養文庫　社会思想社）は、タイトルと内容が合致している。この書は、『東京の近郊』（大5・4　実業之日本社）の上編「東京と其近郊　一～八」と本書の二〇四項目中の三〇項目が取り上げられ、それに「解説」が加わっている。ここでは、タイトル通り、東京の近郊で、一日で行かれる範囲がまとめられている。

■読みどころ

その特色の一つに、会話文が多く用いられていて読み易い、という指摘がある。その具体例を一つ挙げてみる。本書の「小諸の古城址」は、『東京の三十年』（大6・6　博文館）に、同じタイトルで収録されている。両作品を検討してみる。

私は急に思ひ立つて、島崎君をその信州の山の上に訪問した。（中略）小諸の停車場を下りて、耳も手も切らるゝやうな風に吹かれながら、凍りつくした大路を静かに馬場裏の方へと行つた。（中略）

「島崎といふ家は？」

かう度々訊いて、遂に私は畠の中と言つても好いやうな処に、一軒藁葺の家のあるのを発見した。前には菜の霜がれた畠などがあつた。

そこに島崎君は住んでゐた。（『東京の三十年』）

ある冬の日、私は島崎君の小諸にゐるのをたづねた。停車場を出ると、路は凍つてゐて、ツルツル滑る。寒さは骨に徹する。雪は其処此処に残つてゐた。

「S君《ママ》の家は？」

かう私は其処此処できいた。（中略）さびしい冬の町、火山の麓に眠る都会、住民は寒さうにして山袴を穿いて彼方此方から出て来た。私はまた訊ねた。

「学校の先生だつぺ」

かう言つてその人は教へて呉れた。島崎君は残雪の畠を前にした百姓家らしい藁葺の家に住んでゐた。（中略）

「や、めづらしい」

かう言つて島崎君は出て来た。（『東京近郊　一日の行楽』）

この様に、同じ題材を扱っているが、後者には「ツルツル滑る」と擬音が用いられていたり、「山袴を穿いて」と、そこに暮らしている人達の着衣が描かれている。読者に対して、その地方を分かり易くする工夫と思われる。そして会話である。前者には花袋の発話しか描かれていないが、後者には、その土地の人の「学校の先生だつぺ」の言葉が出て来る。そして藤村の発話である。読者はここで信州小諸にいた藤村の声を聞くことになる。因みに、花袋が小諸の藤村を訪ねたのは、明治三七年一月である。

■評価から新視点へ

先に紹介した、現代教養文庫の『東京近郊　一日の行楽』の他にも、本書と同じタイトル、または類似した内容の書籍が刊行されている。それらについて簡単に付記して置く。

・『田山花袋　東京近郊　一日の行楽』（平16・2　文元社）。これは、現代教養文庫の復刻版である。但し、最後に花袋の略歴が記されている。

・『東京百年散歩　田山花袋「東京とその近郊」編』（平23・11　歴史街歩き同好会　辰巳出版）。これは、現代教養文庫を底本として、その中の「東京とその近郊　一～八」を掲載。そこに新たに五枚の地図（現在のもの）と、序文「百年前と現在、そしてさらなる過去にもつながる東京をあるいてみませんか」と、花袋の写真が掲載されている。

これらの復刻本をみても、花袋の紀行文、案内記は、現代人に受け入れられていることが分かる。それは花袋がこの種の文章を書くときに心掛けた「踏査」が、その跡を百年後の人達が辿っても、そこに生きていることを感じ取れるからではないだろうか。

（宇田川昭子）

二　事項解説

（花袋文学を読み解くための人名・地名などの解説を、概ね関連する作品の初出の早いほうから並べた。）

① 川俣温泉（奥鬼怒）

川俣温泉は奥日光の旧下野国栗山村川俣、現在の日光市川俣にある。鬼怒川の左岸（北側）の激流に沿い、帝釈山地、太郎山・於呂倶楽山などの日光連山に挟まれた地域。更に西に入ると奥鬼怒温泉郷、鬼怒川の源流の絹沼がある。東武鉄道鬼怒川線で鬼怒川温泉駅下車か、東武日光駅下車霧降高原経由か、或いは夏・秋期には戦場ヶ原、湯元などを経る山王林道を北上して行くことが出来る。川俣温泉には現在四軒の温泉宿がある。

【関係する主な作品】
『窮山深谷』（明29・5・20「太陽」）、『山の鳥小屋』（大6・7・15「中央公論」）、『宿の娘』（K温泉という名を使用）（大15・6・1「令女界」）

【作品等との関連】
花袋は明治二八年九月末から一〇月末まで日光照尊院に滞在した折りの一〇月に、一〇日ほどかけて鬼怒川の水源絹沼を目指す山の旅に出た。この山旅は『日光山の奥』（明29・1・5、1・20、2・5「太陽」）、『秋の日光山』（明31・11・25、12・10、12・25「中学世界」）に文語体美文で描かれている。彼は「栗山の奥の奥、極の極なる絹沼の原野」に達し、絹沼の岸頭に立ち、周囲の山々を眺望し、「ああゝ深山窮谷の中、誰かかゝる霊境のあるを思はんや」と述べている。帰途は金田峠を経る現在の山王林道から照尊院に帰った。花袋の川俣温泉行はこの一度だけである。花袋の初期小説『深山窮谷』は川俣温泉への旅の生々しい経験に基づいた文語体小説である。深刻小説の系統に属する社会派的作品だが、鷗外は「小説にあらず」と酷評した。他に『山鳥の小屋』、『宿の娘』。

【参考文献】
森鷗外『鷸翮掻（しぎのはねがき）』（明29・6「めさまし草」）、小林一郎『田山花袋研究―危機意識克服の時代(二)―』（昭57・6 桜楓社）、丸山幸子『田山花袋紀行年表』（昭61・12「文学研究パンフレット花袋とその周辺」第五号）

（渡邉正彦）

② 柳田國男と家系ほか
（松岡鼎・静雄・輝夫・中川恭次郎・松島嶸・伊勢いね子・大竹たき）

【関係する主な作品】
『わが船』（明30・9「太陽」）、『かた帆』（明30・12「文芸倶楽部」）、『みやま鶯』（明33・8「文芸倶楽部」）、『野の花』（明34・6 新声社）、『梅屋の梅』（明35・8「新天地」）、『春潮』（明36・12 新声社）、『白鳥』（明39・1「太陽」）、『アリユウシヤ』（明39・12「太陽」）、『マウカ』（明40・5「趣味」）、『ネギ一束』（明40・6「中央公論」）、『八年前』（明

40・6「文芸倶楽部」）、『弟』（明41・3「新潮」）

【作品等との関連】

柳田國男は明治八年七月三一日、松岡操、たけの六男として飾磨県神東郡辻川村（現在の兵庫県神崎郡福崎町辻川）で生まれた。父は幼名を賢次といい、天保三年六月一二日に生まれ、維新の後に操と改めた。雪香あるいは約斎と号し、家業である医業に従事しながら国学や漢学なども修めた。母は尾柴家の出で、天保一一年六月一四日に生まれ、万延元年賢次に嫁した。明治二〇年九月、國男は長兄の鼎が医院を開いていた茨城県北相馬郡布川村（現・利根町）に預けられることになる。明治二三年八月、次兄の井上通泰が帝国大学医科大学を卒業して下谷区御徒町に井上眼科医院を開業すると、同年一一月頃に上京して身を寄せた。

上京した國男は、通泰や父方の又従兄である中川恭次郎の勧めにより、松浦辰男（萩坪）の門をくぐった。その時期については、明治二三年（後狩詞記）、明治二五年（定本柳田國男集）という説もあるが、明治二四年六月とするのが主流である。また、松浦を通じて花袋と國男が面識を得ることになるのだが、その時期についても①明治二三年の冬（小林一郎）、②明治二四年六月頃（柳田國男全集）、③明治二四年の冬（木村龍生）、④明治二五年一月（定本柳田國男集）という四つの説がある。上記を踏まえると、二人が知り合ったのは早くても明治二四年六月以降とするのが妥当であろう。

明治二六年二月、鼎が千葉県南相馬郡布佐町（現・我孫子市布佐）に転居したため、同年九月に第一高等中学校へ入学した國男は、長期休暇の際に、避暑のため布佐へ赴くようになった。國男は明治二九年にたけ（七月八日）と操（九月五日）を相次いで失う。翌年七月八日のたけの一周忌の日に一高を卒業し、九月に東京帝国大学法科大学政治学科へ進学した。大学進学後も「文学界」や「帝国文学」へ新体詩を発表するが、明治三二年六月発行の「帝国文学」に「野上松彦」の名で「別離」と「人に」の二篇の詩を発表したのを最後に詩作を断つ。翌年七月に大学を卒業し、農商務省へ入省するが、その後も文学への関心を捨てず、また花袋との交流も続いた。明治三九年八月から一〇月にかけて、國男は北海道と樺太へ出張するが、その間の見聞が『アリユウシヤ』『マウカ』の下敷きとなっており、それぞれの主人公「僕」のモデルは國男だと目される。國男の後半生については贅言を要するまでもないので割愛するが、昭和五年五月一六日の花袋の葬儀にあたって友人代表を務めたことだけは付言しておく。

ところで、花袋は帝大生時代の國男をモデルとした「恋に悩む大学生」（岡谷公二）を主人公とする小説も数多く発表している。宮内俊介が指摘するのは『わが船』の「われ」、『かた帆』の谷口芳雄、『みやま鶯』の黒田繁雄、『野の花』の宮崎定雄、『梅屋の梅』の「自分」、『春潮』の「僕」＝

佐々木定雄、『白鳥』の「僕」＝楠雄などであるが、岡谷は明治二九年に続けて発表された『大洪水』（明29・7「文学界」）の内海惣一郎と『わすれ水』（明29・8「国民之友」）の木崎鐘一も國男がモデルだとする。また、それらにはしばしば大学生の兄弟が登場する。例えば、『野の花』の宮崎定雄には兄と二人の弟、『春潮』および『白鳥』の「僕」には兄がいる。この兄のモデルが長男の鼎であり、二人の弟は七男の静雄と八男の輝夫である。

鼎は万延元年一〇月三日の生まれで、國男より一五歳年長である。明治一一年、神戸師範学校を卒業して出身地・辻川の昌文小学校の教師となるが、明治一四年に職を辞して上京し、東京大学医学部別科に入学する。大学卒業後の明治二〇年二月に茨城県布川で済衆医院を開き、同年九月に國男を引き取った。二年後には両親および七男の静雄と八男の輝夫を呼び寄せ、面倒を見るようになる。明治二六年二月、利根川を挟んで布川の対岸にある千葉県布佐へ移り、凌雲堂医院を開いた。その後、千葉県医師会の会長や東葛飾郡会議員、布佐町長を務め、昭和九年一月二八日に七五歳で亡くなるまで地元の医療や行政に携わった。

静雄は明治一一年五月一日の生まれで、國男の三歳年少に当たる。明治二八年一月に海軍兵学校へ入学し、三〇年一二月に第二五期生として首席で卒業した。海軍のエリートコースを歩み、日露戦争や第一次世界大戦に参戦する。大正五年に大佐へ昇進するが、病を得て大正七年に退役する。その後は神奈川県藤沢町（現藤沢市鵠沼海岸）へ隠棲し、自らの興味に従って学問に邁進した。『太平洋民族誌』（大14・10　岡書院）『日本言語学』（大15　刀江書院）など民族学や言語学などに関する書籍を多く著し、昭和一一年五月二三日に五九歳で逝去した。

輝夫は明治一四年七月九日の生まれで、國男より六歳年少である。幼少期より歴史画を好み、私立郁文館中学へ入学すると初めは橋本雅邦に、後に山名貫義に師事し、大和絵を学んだ。明治三二年に東京美術学校へ入学し、三七年に首席で卒業すると、四一年からは同校の助教授となった。大正七年から昭和一〇年まで教授を務め、その間、文展や帝展に多数出品して大和絵の刷新に努めた。代表作に「室君」（大5　第10回文展特選首席）、「平治の重盛」（昭4　第10回帝展出品、帝国美術院賞）があり、帝国美術院会員や帝国芸術院会員にも選ばれている。昭和一三年三月二日、五八歳で死亡した。

ところで、『野の花』には、主人公の宮崎定雄が思いを寄せる染子、亡き母の友人で染子に裁縫を教えている「をば様」、故郷の兄の隣家に住む幼馴染の小島お秀、定雄が胸の内を打ち明ける従兄が登場する。これらのモデルは順に、伊勢いね子（戸籍名は「いね」）、大竹たき、松島蝶、中川恭次郎である。また、『野の花』の続編とも言える『春潮』では、主人公の大学卒業の年に肺病で死んだ川上雪子がいね子に、兄の隣家に住んでいる愛子が蝶に該当する。以下、順不同に略述する。

中川恭次郎は明治元年四月八日に播州神崎郡甘地村に生まれた。前述の通り、國男とは又従兄の関係になる。医家に生まれ、医学を修めるために明治一九年に上京したものの結局医者にはならず、雑誌「文学界」の発行に従事した。その後、小田原、片瀬（藤沢市）、由比（静岡県）、池上（東京府）などに住み、「医書の編集や代筆、中古の歌集の校訂、翻刻などによって生計を立て」（岡谷）、昭和一七年に亡くなった。

伊勢いね子は明治一五年三月三一日、三吉、よしの二女として生まれた。実家は「つるや」といい、魚の仲買や仕出しを行う店であった。明治二八年六月一七日に母を、三〇年一〇月三日に父を無くし、自身も三三年三月九日に結核のため一八歳で夭折している。戒名は「頓誉貞寿清信女」で、布佐の勝蔵院に眠る。

大竹たきは凌雲堂医院の近くに住んでいた未亡人で、仕立物をする傍ら近所の娘たちに裁縫を教えていたらしい。そして、松島蝶は鼎の隣家の素封家の娘として生まれ、後に婿を取ったという。二人の生没年月日は明らかでない。

【参考文献】

柳田國男先生喜寿記念会編『後狩詞記』（昭26・10 実業之日本社）『定本柳田國男集』別巻5（昭46・6 筑摩書房）、木村龍生『「その年の冬」をめぐって—柳田國男と田山花袋の出会い』（昭51・3 「常民研究」3号）、小林一郎『田山花袋研究—博文館入社へ—』（昭51・11 桜楓社）、同『自然主義作家 田山花袋』（昭57・12 新典社）、『松岡五兄弟』（平4・10 姫路文学館）、兼清正徳『松浦辰男の生涯』（平6・7 作品社）、宮内俊介『田山花袋全小説解題』（平15・2 双文社出版）、岡谷公二『柳田國男の恋』（平24・6 平凡社）、小田富英編集『柳田國男全集 別巻1 年譜』（平31・3 筑摩書房）

（千葉幸一郎）

柳田國男

③ 渡邉寅之助ほか

明治一九年七月、兄実弥登が修史局（後の東京大学史料編纂所）の書記に採用されたので、一家を東京に呼び寄せる。花袋は、麹町区中六番町の速成学館に入る。この学校は、主に陸軍士官学校、同幼年学校の試験対策のものであった。住まいは市谷富久町一二〇番地であった。花袋は、ここで後の半生の友となった信州上水内郡赤塩村出身の渡邉寅之助・武井米蔵・禰津英輔とめぐりあう。

【関係する主な作品】

『吾妻川（わがつまがわ）』（明27・2「東京文学」）、『重右衛門の最後』（明35・5　新声社）、『悲劇？』（明37・4「文芸倶楽部」）、『秋晴』（明39・11「文芸倶楽部」）、『村の話』（明39・5「新古文林」）、『東京の三十年』（大6・6　博文館）。

【作品等との関連】

花袋と、渡邉寅之助・武井米蔵・禰津英輔たちとの伝記的概要は以下の通りである。花袋は、明治二一年陸軍幼年学校を受験し、学科は合格するが近視のため不合格になる。渡邉は学科で不合格、武井は学資が続かず、禰津は実家からの迎えで赤塩に帰ることになり、渡邉も郷里に戻る。同じ二一年に花袋は、神田仲猿楽町の日本英学館（のち明治会学館）に入り英語を学ぶ。この年二葉亭四迷のツルゲーネフの翻訳『あひびき』を読み、こころ惹かれる。明治二三年には太田玉茗、柳田国男と交流。二四年には尾崎紅葉をたずねる。さらに明治二七年夏、北信濃を旅し三水村付近をたずね渡邊らと旧交を温める。ここで花袋は、『重右衛門の最後』の素材を得ることになる。それを語ったのは誰か。この三人か村人か、詳らかではないが、花袋は刑事事件を知ることになる。『重右衛門の最後』は、障害者が主人公になっているが、岩永胖は『自然主義文学における虚構の可能性』（昭45・7　桜楓社）で、作者花袋が他人の語りに拠りかかっているものの事実より「著しく異常な」「誇張」を持って描いたと主張。この点については小林　郎も『田山花袋研究―博文館時代㈠―』（昭53・3　桜楓社）で、花袋のデフォルメを認めている。事実そのままではないという。ただ岩永胖は、「重右衛門は渡邉寅之助の庭先の池でリンチされた」ことを「村民口碑に残っている」と記す。曖昧な部分はあるものの、渡邉寅之助らが実際関わった村の封建的閉鎖性を語っている。このところに力点があるのだ

秋晴、（明治39年）のモデルでもある成文こと
渡邉寅之助（渡邉寅造）の家

ろう。『重右衛門の最後』は異常な障碍者が、勝手し放題の果てに集団のリンチに遭って死すという悲惨な物語として終わるのだが、一方でこの村が置かれている文化的な後進性と貧困性を、花袋は暗示的に別の小説で語っている。この貧困性という形容は相応しくないかもしれないが、『村の話』では小説家らしい「僕」が肺病で亡くなった友人山田文三の墓を北信濃に訪ねるという設定になっている。この山田文三とは、武井米蔵がモデルになっている。ようやく資格をとって村の小学校の教員になったが肺病で四〇歳にもならずに他界したという物語である。作家のような男が、旧友をたずねてその後の「村の話」を聞くという小説である。小林一郎は、ツルゲーネフ『猟人日記』が元になっているという。何となく寂しい「村」の人たちの、なりわいを語っている。かつて障碍者を袋叩きに加担した村人たちの一人が、今度は思いもかけない死に至る病に倒れ、残された家族が寂しさを語って余りあるように描かれる。『悲劇？』の主人公桜井仙造は、『村の話』の桜井の前歴男と読めなくもない。教員桜井仙蔵は、細君を貰ったことに、中学教員になれず小学校教員に不満で、校長や児童が自分に冷淡であったことに不服で、というふうに超克ができない自分を悲劇だと嘆かせる。この主人公のモデルが、武井米蔵なのだ。

渡邉寅之助は、『秋晴』の主人公渡瀬虎造は、渡邉寅之助がモデルと言われている。『秋晴』の中で、「虎造は二十四歳、此時まで東京の認可学校に籍を置いて、巧みに兵役を免れて居つたが、日清戦争が起こつたので、忽ち召集されて戦場に」と紹介されている。小林一郎によると「寅之助は世事に長けて居るし、「実際」に走りやすく、成功のためには何でもやるという性格の持主である」「これは、当時の明治の青年共通なもの」（『田山花袋研究―博文館入社へ―』昭51・11　桜楓社）と明治二〇年代の青年の特徴を解説している。ただ凱旋帰国後に、明治三八年八月に狂死している。

禰津英輔は、伝記的には花袋と明治二〇年以降離れた土地に住みながらたびたび短歌や小説について書簡のやり取りをしている。細やかな点で、二人とも気心が通った面があったのかもしれない。とりわけ明治二七、二八年頃、花袋は、結構長い書簡を禰津に対して送っている。小林一郎は、これ等書簡を読み、「「理想」と「現実」、「芸術」と「実生活」との矛盾の中にある花袋をやはり見るのである」（『田山花袋研究―博文館入社へ―』昭51・11　桜楓社）と解説する。

【参考文献】

岩永胖『自然主義文学における虚構の可能性』（昭45・7　桜楓社）、小林一郎『田山花袋研究―博文館入社へ―』（昭51・11　桜楓社）、同『田山花袋研究―博文館時代㈠―』（昭53・3　桜楓社）、宮内俊介『田山花袋全小説解題』（平15・2　双文社出版）

（千葉正昭）

④ 藤田重右衛門

名前の呼び方について、田山花袋の『事実の人生』（明39・10「新潮」・『通俗作文全書3　美文作法』明39・11　博文館に再録）や『通俗作文全書24　小説作法』（明42・6　博文館）の『第二編私の経験』の中では「重右衛門」に「ぢうゑもん」とルビが付けられている。改造社『現代日本文学全集』（昭5・2）の田山花袋年譜の稿を起こした前田晃も作品名に「ぢうゑもん」とルビを付けているが、新潮文庫（昭27・3）及び角川文庫（昭32・4）では作品中の「重右衛門」について「ぢゆゑもん」と付けている。ちなみに元号が平成になってからの新潮文庫の奥付では作品名に「じゅうえもんのさいご」とルビを振っている。また宮内俊介が『田山花袋全小説解題』（平15・2　双文社出版）で作品名を「じゅうえもんのさいご」としていることを踏まえ本稿では名前の呼び方を「じゅうえもん」とした。

鎮守の社

住居は、明治二六年八月三〇日に死亡した時の除籍簿に従い、長野県上水内郡三水村乙八百六拾番地（現　長野県上水内郡飯綱町赤塩）とする。

禰津栄輔（根本行輔）家の座敷より見た高杜山、三峰、鎮守の森

【関係する主な作品】

『重右衛門の最後』（明35・5　新声社）

【作品等との関連】

花袋は『重右衛門の最後』の執筆について『事実の人生』や『小説作法』の「第二編私の経験」の中で実際に生じたことを目撃し、その事実を素材にして書いたことを言っている。このことを踏まえ、岩永胖は作品の舞台となった当時の長野県上水内郡三水村で除籍簿や寺の過去帳を調べ、村人の口碑も含めた論攷を発表し、「主人公藤田重右衛門が実在の人物であり、単に口碑ばかりではなく、溺死という記録によってもこの小説が実際の事件を根拠にして作られていることは明かである」（『田山花袋研究』昭31・4　白楊社）と述べ、小林一郎も『田山花袋研究—博文館時代㈠—』昭53・3　桜楓社）で岩永胖と同様の手続きを経て考察し、岩永が作品の内容との事実関係について言及していない部分に疑念を示し、「実際、リンチが行わ

れ、放火があったのを花袋が目撃したかどうか」という点において、花袋は実際を目撃したわけではなく口碑的なものを聞いて書いたのではないかと推論する。

藤田重右衛門は、実際した人物で、作品でも実名のまま用いられていることは、これら二者の論拠で明かである。作品上では藤田重右衛門について、村の老婆が幼い頃は悪い餓鬼でもなく、重右衛門の祖父の育て方に問題があったと語り、第八章で重右衛門の「大睾丸＝不具者」という生い立ちからその成長過程の中で悪事を働く無頼漢へと堕落する姿が描かれ、作品の主要部分の事件が起こる時には、年齢が「四十二三」で「放蕩者《どらもの》で、性質《たち》が悪くつて、五六年も前から、もう村の者ァ、相手に仕なかつた」と設定される。

藤田重右衛門は文久二年一一月二一日、藤田重作、さた（「さだ」の説あり）の長男として誕生している。重作三七歳の時の子供である。重作、さたについては、作品上で重右衛門の祖父母には「血統を帯びた子」がなかったことから「芋沢のさる大盡の次男」を養子に迎えて跡継ぎとし、「村の杉坂正五郎といふものの三女」を妻に迎えたと設定されているが、小林一郎は、前掲の論考で戸籍上では養子縁組の記載がないと訝りながら、祖父富吉と重作の年齢差を取り上げ、「十五歳しか年齢の開きが無いから、養子であることはほぼ間違いあるまい」と推測している。しかし、実際の除籍簿上の年齢差は二〇歳であるはずで、重作が養子縁組で藤田の家を継いだとすることにはある程度疑念が残る。

明治一一年に母親さたが病没し、その二年後、一三年一月一一日に一八歳だった重右衛門は四歳年上の丸山ち勢と結婚するが、九年ほどの生活後、二二年二月に離縁している。離縁の原因は分からないが、作品では結婚一年後には重右衛門の傍若無人ぶりが増幅され、結果、妻も猟師と密通するという混濁した情況が書かれている。これは当然作者の虚構であって事実とはかけ離れていると見てよい。岩永胖も重右衛門は、ち勢と離縁した約二ヶ月後の明治二二年三月二七日に一八歳の岡田サキを入籍していることから作品の虚構性を指摘している。しかし、二年後の二四年二月七日にサキは逃亡する。この原因について、岩永胖は、重右衛門が勝教寺の寺男大川長之助の妻ゆし（俗称おちよう）と姦通し、金銭を貢いだこと等が誘因となっていると考察する。また、このサキの逃亡について、小林一郎も父重作が明治二二年一一月二五日に四六歳の馬島なをを入籍したことに関与すると見ている。サキが逃亡した約六カ月後に継母なをが離縁されていることから、若妻サキと継母なをとの関係の軋轢があったと推理する。その他に祖父富吉が、重右衛門を溺愛するばかりに五七歳だった重作を隠居させ、二〇歳の重右衛門に家督を継がせた背景なども重右衛門の二人の妻の暗所に不協和音を起こしていたと見てよいだろう。

作品では、次々に傍若無人な悪事を起こす藤田重右衛門は、最後に「村で成敗するより仕方が無えだ」と村人の暗黙の意思疎通の中、手傳酒で酔ったところを集団暴行に遭い田池で溺死することになる。岩永胖は除籍簿と勝教寺過去帳に明治二六年八月三〇日溺死の記載があり、藤田重右衛門は実在の人物でかつ作品内容と同様の死亡情況から実際の事件を根拠にして作品がつくられたと述べる。小林一郎は八月三〇日と九月七日死亡記載の除籍簿が二種あることに着目し、作者田山花袋の三水村での滞在時期を推測しながら、花袋は実際に事件を目撃したのではなく、明治一九年に「速成学館」で知り合った友人武井米蔵、渡辺寅之助、禰津栄輔ら村人の口碑によって事件を知ったのではないか推論する。

また、岩永は戸籍によると重右衛門には姉が一人、妹が一人いて、口碑では姉がおはつ、おその、妹におとめの三人がいたと言うが、小林が資料として提示した除籍簿に「父重作二女とめ明治元年八月九日生」の記載があり、岩永の姉妹がいたということは疑いのない事実であると言える。

【参考文献】

主に岩永胖著『田山花袋研究』（昭31・4　白楊社）、小林一郎著『田山花袋研究―博文館時代㈠―』（昭53・3　桜楓社）では、実際の調査で獲得した情報を基準に作品の解釈・分析をしている。『「重右衛門の最後」とエキゾティシズム』（平8・3　藤森清「花袋研究学会々誌」14号）及び、渡邉正彦の『田山花袋「重右衛門の最後」再論―異人論的視座から―』（平8・3「国文学研究」16号　群馬県立女子大学）、高橋直美の「『重右衛門の最後』異説―田山花袋と柳田國男との比較から―」（平22・3「花袋研究学会々誌」28号）及び、小堀洋平の『紀行文送稿「笠のかけ」から「重右衛門の最後」へ―二つの共同体―』（『田山花袋　作品の形成』平30・2　翰林書房　初出「文藝と批評」平26・5）は、小林一郎の考察にはない視点で『重右衛門の最後』を究明している。岸規子は『田山花袋「重右衛門の最後」を読む』（平29・6「花袋研究学会々誌」34号）で一人称語り手の「富山」に視点を置いて内容分析を試みている。

（五十嵐伸治）

⑤ 赤塩村

長野県上水内郡三水村大字赤塩（現　長野県上水内郡飯綱町赤塩）

【関係する主な作品】

『北信の遊跡』（明32・7「文芸倶楽部」）、『重右衛門の最後』（明35・5　新声社）、『小詩人』（明26・7「小桜縅」）、『悲劇？』（明37・4「文芸倶楽部」）、『村の話』（明39・5

「新古文林」)、『秋晴』(明39・10　「文芸倶楽部」)、単行本『村の話』(明41・2　如山堂)

【作品等との関連】

「赤塩」ものと言われる作品の代表は、やはり『重右衛門の最後』である。主人公が「僕＝富山」であり「自分」という実質的には一人称で、信濃の一山村で起こった出来事を小説家仲間に語るという形式で書き始めている。麹町の速成学館という私学で、主人公は、信濃の牟礼の奥にある「塩山村」(赤塩)から出てきた山形行三郎、根本行輔、杉山と知り合う。二年の交際後、この若者たちはそれぞれの理由で故郷に戻り、その五年後に主人公は、その若者たちの故郷を訪れ、先天的不具である大睾丸を持った藤田重右衛門の無法で狼藉乱暴な行動で村が混乱している状況を目の当たりにする。この重右衛門の育成から村の厄介者となっていく過程を含め、山村の共助的で共同体意識の強さと一種独特な社会風習も交えて、実際に生じた事件性の高い悲劇的な死を迎えるまでの内容を、ツルゲーネフの『猟人日記』の手法を意識しながら描いたとも言われる花袋の初期作品の代表と言える。

『小詩人』に表出する信州の友人もこの『重右衛門の最後』に登場する人物と同じであり、『北信の遊跡』も明治二六年八月に禰津栄輔、武井米蔵と花袋の三人で旅をした時のものである。

花袋は、明治二六年八月一日に北国街道の宿場町「牟礼」まで鉄道を利用し、そこから三里の道のりを歩いて赤塩を訪れている。明治一九年に「速成学館」で出会った渡辺寅之助や武井米蔵、禰津栄輔に会うためである。特に禰津栄輔とは書簡を交わしていて、この時の親交の深さが窺える。

三水村・牟礼村付近『日本歴史地名体系　第二〇巻　長野県の地名』(昭 54・11　平凡社)

この時に花袋は、『重右衛門の最後』の素材を得ており、先の三人がモデルとして描かれている。作品中の根本行輔は、禰津栄輔で、山形行三郎は武井米蔵、杉山は渡辺寅之助である。因みに『秋晴』の渡瀬虎造のモデルは渡辺寅之助で、『悲劇?』の桜井仙造や『村の話』の山田は、武井米蔵がモデルである。

赤塩の様子を花袋は、『重右衛門の最後』で独立峰の高社山や斑尾山、戸隠山を背景に広がり、信濃川に流れる鳥居川の支流を流れる渓流「尾谷川」（実際は斑尾川）の涼やかさと美しさ、そしてそれらに架かる水車や点在する茅葺きの家々の配置も含め「仙境」、「静かな村」と表現し、『悲劇?』や『秋晴』では「一幅の名画」のようだと表現している。

この時代の赤塩村は、世話役といった年長者を中心に時事や治安に至るまで、村独特の共同体意識によって保守されていたことが作品から読み取れる。特に『重右衛門の最後』における藤田重右衛門の溺死は、このことに外ならない。

また、『重右衛門の最後』にあるように「殊に此村には一種の冒険の思想が満ち渡つて居」て、とか『村の話』には、「東京に出て一旗挙げやう、うまい儲口を見付けて、折がよかつたら巨万の身代を拵へやうといふ冒険思想は、越後が近い丈けに成功したものが多く居た」と叙述されるように境遇に恵まれない者や、村の風習や慣習に馴染めない若者や、村といった閉塞的な空間に飽き足らない若者が志を持ち、村から出て、新しい生き方を求めようといったフロンティア的精神が暗黙の中で許容されていた特異の村落だったこともあげられよう。

その他に花袋は、この一連の赤塩ものといわれる作品の中で、となりの上水内郡信濃町柏原出身の小林一茶を取り上げながら赤塩村の信濃の位置関係も示していることも紀行文作家としての花袋の特徴のひとつと言えよう。

現在、赤塩の三水第二小学校の附近に単行本『村の話』の序文が刻まれた「田山花袋文学碑」が建立されているほかに、倉井には『北信の遊跡』に叙述した2人の友人と村から少し離れた今田原という高原から眺めたことが刻まれた「自然主義文学のふるさと」文学碑がある。

【参考文献】

主に小林一郎著『田山花袋研究』全10冊（桜楓社）の『博文館入社へ』の巻には一連の赤塩ものと言われる作品が書簡と併用して詳細に提示されているが、新典社の『日本の作家43　田山花袋』（昭57・12）に『重右衛門の最後』について手短に意図と問題点が示されている。他に、『有島武郎と同時代文学』（平5　川上美那子　審美社）の『自然主義小説の表現構造―「重右衛門の最後」から「牛」へ―』（初出昭64「人文学報207号」東京都立大学）や『「重右衛門の最後」とエキゾティシズム』（平8・3　藤森清「花袋研究学会々誌」14号)及び、渡邉正彦の『田山花袋「重右衛門の最後」再論―異人論的視座から―』(平8・3 「国文学研究」16号 群馬県立女子大学)、高橋直美の『『重右衛門の最後』異説―田山花袋と柳田國男との比較から―』(平22・3 「花袋研究学会々誌」28号)及び、小堀洋平の『紀行文送稿「笠のかけ」から『重右衛門の最後』へ―二つの共同体―』(平30・2 『田山花袋 作品の形成』翰林書房 初出 平26・5 「文藝と批評」)は、小林一郎の考察にはない視点で『重右衛門の最後』を究明している。また、古い論考とはいえ、塩田良平の『田山花袋と自然―「重右衛門の最後」を中心として―』(昭10・11 「文学」)や赤塩村での事実調査を基にした岩永胖の『田山花袋研究』(昭31・4 白楊社)は、先達の研究として目を通す必要がある。また、『秋晴』については長谷川良明の『「秋晴」試論』(平12・3 「花袋研究学会々誌」18号)がある。

(五十嵐伸治)

⑥ 尾形兼雄ほか

【関係する主な作品】

『ふる郷』(明32・9)『良夜』(明34・8 「新文芸」)。小林一意については『渡頭《わたし》』(明31・9 「新小説」)の「われ」、『月の夜』(明33・6 「太平洋」)の「われ」、『憶梅記』(明34・2 「文芸倶楽部」)の「山県静雄」のモデルと見做される。

「憶梅記」の主人公山県静雄のモデル小林一意と妻たつ、および長男潔雄

【作品等との関連】

花袋は明治一〇年七歳にして館林東学校下等小学第八級に入学したが、一四年一一歳で退学して足利の薬種問屋小松屋に丁稚奉公に出た。後に上京し有隣堂の丁稚小僧になったが不祥事によって解雇されて館林に戻り、中等小学四年後期に復学した。満年齢で言えば一〇歳であるから現在の小学四年生に復学したわけだ。それから約四年間、花袋は中等科から高等科で学ぶとともに、放課後には吉田陋軒の休休草堂で漢学を学ぶなどして、明治一九年七月、一家で上京した。この四年間が花袋の人格と学力の基礎を養った時間であった。その後『ふる郷』執筆までに館林を訪れ

たのは、翌年の七月、徒歩で館林に帰省し、友と再会、陋軒の墓参をしたのが一回目。二回目は、明治二二年八月一日に帰省し一八日に帰京した。この頃は日本英学館(後、明治会学館に改称)に在籍したが、未だ志を得ない日々であった。三回目は明治二七年一〇月末、福島、仙台、高擶、山形梵行寺などを廻った帰りに寄った。このように見て来ると、『ふる郷』は二回目の帰郷の記憶を元にしたものと思われる。『ふる郷』中に旧友の記述を拾うと、「多き学友の中にても、最も意気相投じたるもの五人ありて、皆われと同じく、この郷先生の許に通ひぬ。一人は野村鎮太郎といひて、学校にての主席は、いつもこの男に占められたるが、尤も数学に長けて、性質はいと快活なりき。一人は桜井重太郎といひて、性質いとやさしく、言葉も荒々しからず、わが五人の中にて、最も温厚の君子と称せられき。一人はわが前なる機屋の長子にして、学問はやゝ前の二人のものに劣りたれど、性質機知りて、万事に抜目なく、大人と会談しても、更に臆したる色を顕はさゞるを以てわが党の中に重んぜられぬ。ひとりは林幸太郎といへる絵画に工みなる少年なるが、誰もその巧なる画を見れば、行末はゑらき画工にならんと驚かぬはなかりき。性質はやゝ沈み勝なれど、臆病なる処ありて、いとやさしかりき。これに、活発らしくしてしかも活発ならざる大村と、鋭敏らしからずして鋭敏なる我とを加へて、われ等の所謂六人党なるものは組織せられぬ」と書かれている。ここに出る野村のモデルが平野初午郎、桜井が桜井時次、機屋の長子の尾沢兼太郎が尾形兼雄、林が小林一意《いちい》(名前の読み方は断定できない)、大村が逢坂正男、平山芳太郎が花袋ということになる。

それぞれの友人について順不同に略述すれば、逢坂は余り活発でないと評されているが柳田泉も「頴才新誌」の投稿詩などから老成じみたところのある少年であると判断している。老成は早世につながるらしく東京の中学で学ぶも明治二二年一月一九日に一九歳で亡くなった。逢坂正男は浪月と号し、逢坂為弥とさくの長男である。正男には三人の弟妹がいるが、これらはすべて父と後添いのせきとの間の子である。せきの入籍は明治一一年二月二七日で、じつはせきは小林一意の実母で、一意を生んだ後不縁になって実家に帰り、後に逢坂為弥に再嫁した。小林も継母に育てられたわけで、それぞれが家庭的にやや複雑であった。平野は小学校卒業後、東京の開成中学に入り、同志社に学び、明治二二年に東京に戻って事務関係の仕事に就き、大正一一年に五一歳で亡くなった。号を畔松といい、漢文をよくした。桜井も「頴才新誌」の投稿仲間である。父親は政次郎といい、富山から館林に移った皮革商である。小学校の成績が良く、萩原という人に認められて学資を得て、東京帝国大学工科大学を卒業、萩原家の入り婿になり、工学博士の学位を得て、八幡製鉄の所長にまで出世した。没年

は明治一七年とあるが、昭和一七年の間違いであろう。鉄鋼建築技術関係の資料などに萩原の名前が残っている。(注)

小林一意は幾つかの花袋初期小説のモデルとなった重要な友人である。一意は明治五年七月五日に小林忠男とせきの長男に生まれ、明治一三年に館林東校に入って花袋と交わるようになった。小学校卒業の後しばし故郷に躊躇したものの画才が旧藩主秋元公の目に留まり、明治二二年、東京の藩邸に引き取られ、翌年に東京美術学校に入学した。卒業後は専ら絵の教師として幾つかの学校に奉職した。初めは群馬県の伊勢崎染色学校、次いで安中に設置された群馬県尋常中学碓氷分校に移った。花袋は明治三一年夏、柳田国男とともに三重県の一身田に玉茗を訪問し、柳田と別れた後、木曾福島の藤村を訪ね、さらに安中で小林に会い、磯部温泉で旧交を温めた。花袋の交友の広さ、行動の広がりを感じさせるエピソードである。その後小林は前橋中学教諭心得、高崎中学教諭、奈良県立中学教諭、京都府立第一中学を歴任し、そこを退職した後は神戸の親和高等女学校に昭和六年一月に六〇歳で亡くなるまで勤めた。親和高女の校友会雑誌「親和」の追悼文を見ると、独特の芸術家肌の先生であったようだ。

尾形兼雄は花袋より二年の年下で、父親は機屋に奉公して修行した尾形正美である。館林辺りは養蚕や繊維産業が盛んで上毛モスリンという会社も有名である。兼雄は学問には向かず、繊維関係の実業に進み、財を成したようで、『ふる郷』にも機屋の荷車引きの男たちが「兼的は養蚕とかにて、暴利を為したるよしなるが、真実にや」という噂話をしていてこれがかの兼太郎(兼雄)のことかと思う処がある。家格では田山家より下の尾形家がしだいに上昇機運に乗るのを花袋は穏やかならず思っていたようだ。ところが兼雄は日露戦争に出征して明治三七年六月一五日に歩兵三等看護長として戦死した。この時は花袋も従軍していたわけで、「六人党」の頃の兼雄、商売で成功した兼雄そして日露戦役に斃れた兼雄の運命は花袋に大きな感銘を与えたものと思量される。墓は館林市加法師の法輪寺にあり、明治三九年一〇月一五日に尾形正美が建てたものである。

(注)「官報」(大4・2・24)の学位授与の一覧中に萩原時次の名がある。また「鉄と鋼」第2回通常総会記事(大6・4・25)の評議員の中に萩原時次の名が記されている。「近代鉄鋼技術の発展と労働力」という飯田賢一の報告(昭56)にも萩原の名が見える。

【参考文献】

柳田泉『田山花袋の文学 一』(昭33・9 春秋社)、小林一郎『田山花袋研究―館林時代―』(昭51・2 桜楓社)、岸規子『田山花袋作品研究』(平15・10 双文社出版)、同『田山花袋作品研究 二』(平26・12 双文社出版)

(伊狩 弘)

⑦『名張少女』のお園

【関係する主な作品】

『名張少女』（明38・6　「文芸倶楽部」）、『奈良雨中記』（明38・9　「新古分林」）、『髪』（明44・7〜11　「国民新聞」）、『椿の花』（大2・5　「ホトトギス」）、『京阪一日の行楽』（大12・2　博文館）

【作品等との関連】

「名張の少女のお園」が主体に描かれている作品は『名張少女』である。宮内俊介『全小説解題』では「なばりおとめ」と読みが記されている。『名張少女』は、妻の語りで物語が進められている。私・自分を語りの主体にした告白体ではない。『髪』『椿の花』は夫である私の語りであり、花袋の常套手法である。その点、『名張少女』は特徴的であると言える。

ある時、妻は唐突に夫から「私に…情婦があるのだ。そしてそれが、もう死ぬと言ふのだ！」と告げられる。その情婦というのは、夫が奈良に旅をした折、名張まで足を伸ばして投宿し、そこで下働きの少女と昵懇になり、その後東京にまでやってきて囲っていた少女である。普通なら妻は激怒するはずだが、妻は妾宅まで看病に行き、最後は情婦である名張の少女に「奥様、許して…妹にして下すつて…。」と頼まれ、心から同情し姉となることを誓い、少女を看取るというラストシーンである。情婦と告白されて、最終的に「妹」として認める不思議さを持つ小説である。しかしこれは、小説の最初の場面で、尾崎紅葉『朧舟』（明25・2　「読売新聞」）のラストシーンに対する妻の「女の心、実に弱いのは女の心、女でければこの心が本当に解らぬのでせう」と思いが、話の結末の論理の無さ、不思議さの伏線を張っていると考えるべきであろう。

基本的には、客観的に少女を分析した小説と言える。この物語の下地となっている紀行文『奈良雨中記』には、「僧と思ひしは、若き尼なりしよ。呼留められて、さと染めたる顔の紅潮、胸なる乳の高きにもそれと著るく」と尼さんをも、女性として客観的に観察している描写がある。客観分析は自然主義の特徴とも言えるが、これはあまりにも女性性を特化した田山花袋の個人的感情分析である。このような観察視点が、この小説の「名張の少女のお園」の描写手法にも頻出している。

『椿の花』も名張の宿の女中との耽溺が描かれているが、年齢的、風采、仕草、物言いが大人びており「少女」のイメージからは遠い。『髪』では、女中は脇役的に回想場面で登場するだけであり、物語の中心的存在ではない。ただ『椿の花』での「薄く化粧をした艶の好い白い顔がやがて其処に来た。／「あなた、坊さんある？」と、『髪』の「肌の白い目付の可愛い、やさしい口の利き方をする女であつた。

「あんた、もうぼんちがあるだつしやろ」」という描写はほぼ同一である。同一人物をモデルにしていると考えてよいだろう。『椿の花』と『髪』は「名張の女」とのイメージを持つ。対する「名張の少女のお園」の可憐で薄幸のまま死んでいく「名張のおとめ」の印象とは遠い。『奈良雨中記』は『名張少女』の風土地形的背景となっている紀行文であり、同様に『京阪一日の行楽』は『椿の花』と風土的関連となっている紀行文である。

宮内は『椿の花』の「およね」、『名張少女』の「お園」のモデルは「飯田代子か」と推測している。だが、『名張少女』が発表されたのが明治三八年で、飯田代子と会うのは明治四〇年の九月であるから、時期が少し外れている。また、『名張少女』という小説の「お園」は東京で少女のまま死ぬという設定になっており、「およね」とは質を異にする。しかしながら、『名張少女』と『椿の花』は奈良の旅館の場面設定、描写が近似であり、両作品の関係、登場人物の重なりは大きい。

【参考文献】

剣菱「今日の小説」（「読売新聞」明38・7・15）、小林一郎『田山花袋研究—博文館時代(一)—』（昭53・3 桜楓社）、宮内俊介『田山花袋前小説解題』（平15・2 双文社出版）

（須藤宏明）

⑧ 花袋と家系

（祖父田山穂弥太、祖母田山いく、父田山鋿十郎、母田山てつ、兄田山実弥登、長姉田山いつ、三姉かつよ、弟富弥）

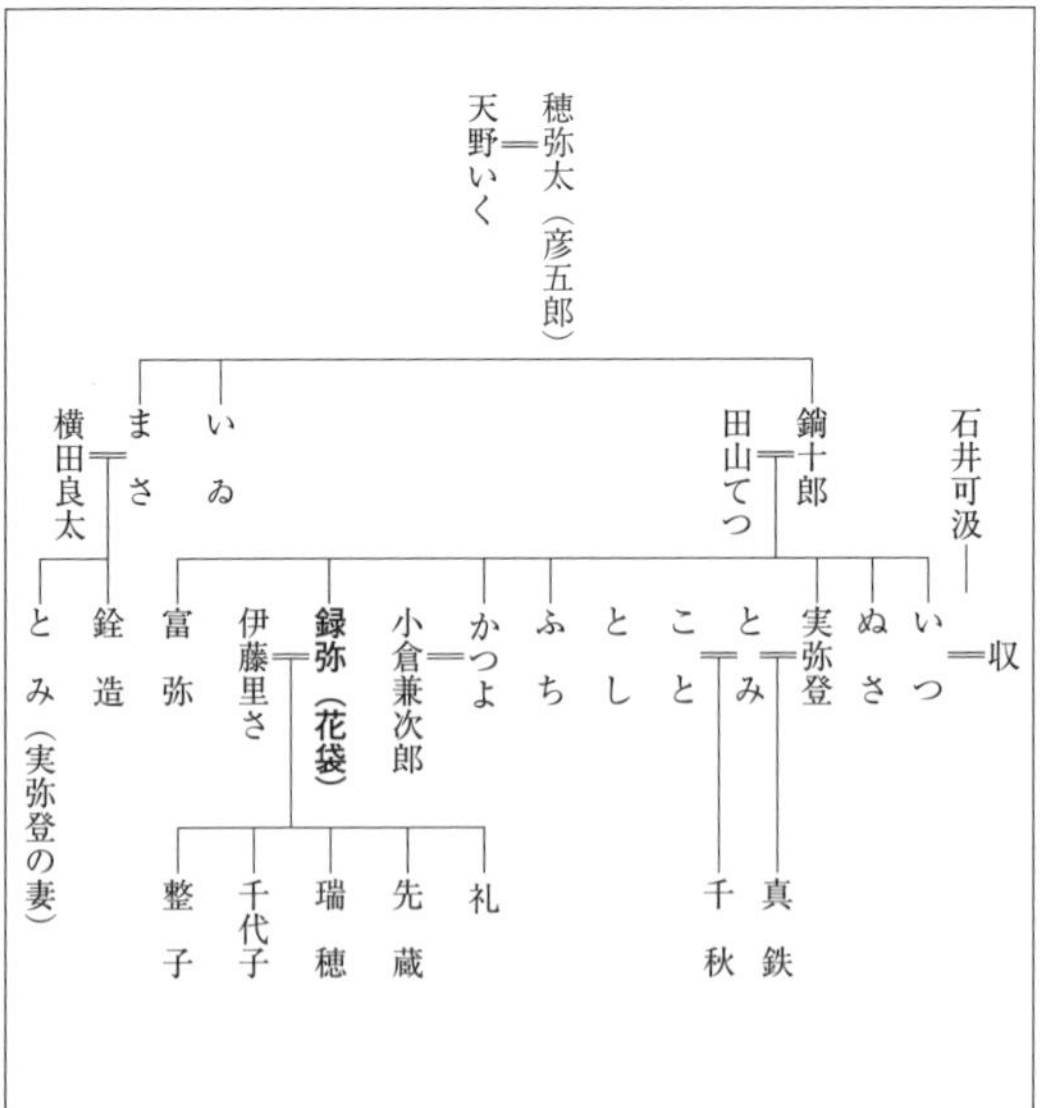

「文豪花袋のふるさと」館林市教育委員会
平成9年3月（一部削除）

【関係する主な作品】

『生』（明41・4〜7「読売新聞」）、『兄』（明41・4「太陽」）、『妻』（明41・10〜42・2「日本」）、『姉』（明41・1「中学世界」）、『朝』（明43・7「早稲田文学」）、『祖父母』（明41・4「中央公論」）『時は過ぎゆく』（大5・9 新潮社）

【作品等との関連】

田山家は、江戸時代の譜代大名・秋元家に仕えた武士の家系である。秋元家は慶長六年に上野国総社（現在の前橋市）城主となり、寛永一〇年に甲斐国谷村（現在の都留市）、宝永元年に武蔵国川越、明和四年に出羽国山形、弘化二年には館林へと転封し、明治維新を迎えた。しかし山形時代の高《たか》擶《だま》（現在の天童市）・漆山（現在の山形市）の計四六、二七〇石余は、館林移封後も飛地領として廃藩まで秋元家が管理した。田山家が召し抱えられたのは、秋元家の谷村城主時代で（程原健「田山花袋周辺の系譜」）、最後の禄高は一七俵二人扶持の下級武士であった。

花袋の祖父穂弥太は、文化八年に綾見七右衛門の三男として山形城下に生まれ、綾見彦五郎穂弥太と名乗ったが、のちに田山運蔵の養子となる。穂弥太の明治六年の「石高表」（田山花袋記念文学館資料T42-15）には、文政八年に「跡目兵隊」とあり、この時運蔵の家督を継ぎ藩に出仕したものと推定される。その後、天保七年に、天野長七の長女いく（文政元年生）と結婚する。この経緯については花袋が小説『祖父母』に書いている。二人の間には花袋の父となる長男鍋十郎（天保九年生）、長女いゐ（同一二年生）、二女まさ（弘化元年生）の三人が誕生した。穂弥太は高擶陣屋内の屋敷に住み、この陣屋と、後に開設された漆山陣屋に出仕した。穂弥太は勘定方としての才覚に優れていたため、家老の矢貝高実や岡谷繁実の信頼を得、のちには代官所に出仕したという（小林一郎『田山花袋研究―館林時代―』）。また花袋の「祖父母」にも「飛鳥も落とすやうな江戸家老の御気に入りで、万事家老の下にあつて、目覚ましい働きを為た」と書かれている。しかし、先に示した「石高表」には、天保一五年忍廻リ、嘉永三年具方附属、同五年中間頭、安政二年徒士、同四年普請掛リ、文久三年地方下吟味を経て、明治二年二月に免職されたと記されている。穂弥太が繁実に仕え大変懇意にしていたことは繁実の著書『館林叢談』などで確認できるが、小説の記述が真実かは疑問である。

田山家では穂弥太の長女いゐ、二女まさの夫・青山（横田）良太も岡谷繁実に仕え、その様子は『時は過ぎゆく』に詳しい。特に良太は、維新後に繁実が譲り受けた角筈の旧秋元家下屋敷（角筈邸）に夫婦で住み込み、繁実の経営する「寒香園」の開墾に尽力した。『時は過ぎゆく』では、良太は農民出身で、代々藩の家老を務める家に住み込んで足軽となり、のちに藩の侍分の家に養子に入り込んだとある。しかし、贄田太二郎「花袋を語る」によれば、良太は天保一〇年に館林町の商人・横田吉五郎の次男として誕生、時期は判然としないが、秋元家家臣で繁実に仕える青山量平（一六俵二人扶持）の養子となったという。良太は慶応元年にまさと結婚し青山家の夫婦養子となったが、同年青山家に嫡子慶治が誕生したため、離縁される。このため、良太は明治八年に、まさは明治一九年にそれぞれ青山家から離縁して実家の戸籍に復籍し、一九年一一月に再婚という形となっている（岩永胖『田山花袋研究』）。

花袋の祖母いくについては小説『祖父母』に詳しいが、三七歳の時に火災が原因で失明した。夫妻はとても仲がよく、穂弥太が盲目の妻の世話をしていたという。

花袋の父・田山鋿十郎は、安政二年頃から、郡村願伺指令や他藩からの往復日記、管内の酒造改めなどを行う「郡方物書」として漆山陣屋に出仕した（塩谷良翰『回顧録』）。安政四年には高揃に住む田山賀蔵の二女てつ（花袋の母）と結婚する。小説『ふる郷』（明32　新声社）には、鋿十郎とてつとの出会いを彷彿させる場面が描かれている。翌五年には長女いつが誕生するが、難しい舅姑との生活に、てつの不満は募っていく。小説『生』には、母が酒に酔って「お前の父様などは気難しくて来たくはなかった」と息子に嘆く場面が描かれる。

穂弥太一家は、文久二年六月に穂弥太の実母の住む館林へ移住する（程原健著『田山花袋以前』）。二女を妊娠中のてつと盲目のいくの二人が馬に乗せられ館林へ移動する様子は「祖父母」に描かれている。

一方、母の実家・田山賀蔵家は引き続いて漆山陣屋に出仕し、明治三年に館林に移住した（『高揃郷土史』）という。この時すでにてつの父は死亡し、兄が家督を相続していた。一家は明治一二年に現在の太田市八重笠町に移住して帰農する。幼い花袋が母に伴われて外祖母のつまに会いに行く様子は、『幼なき頃のスケッチ』（明44・10「文章世界」）の『母の母』に描かれている。しかし賀蔵家は、明治二〇年には上京し、東京市深川西元町に移住した。また、深川大工町には母てつの実姉・山村はなも住んでおり、『東京の三十年』（大6・6　博文館）の「川ぞいの家」の章には、丁稚奉公に出た花袋が仕事の合間に伯母を訪ねる様子が描かれている。この伯母の文学的素養が花袋に大きな影響を与えたといわれる。

鋿十郎・てつ夫妻は館林で、長男実弥登（慶応元年生）、三女かつよ（明治元年生）、四女ふち（生年不明）、次男録弥（花袋・明治四年生）、三男富弥（同九年生）を授かる。しかし、二女ぬさ、四女ふちは夭折し、館林の常光寺に埋葬された。鋿十郎が建立した二人の姉の墓は、花袋の小説『姉』の舞台となっている。かつよが誕生した明治元年には戊辰戦争が勃発した。館林藩は新政府軍に着き、鋿十郎は磐城平口の戦いに出撃し、旗巻峠で戦功を挙げた。鋿十郎の生真面目な働きと武術上の活動は優れたものであったという。明治に入り鋿十郎は「民政筆生」という職務に就いた（田山花袋記念文学館資料T42-15）が、明治二年の版籍奉還、花袋が誕生した明治四年の廃藩置県により鋿十郎は失業した。鋿十郎は、明治七年一月に単身上京して警視庁の巡査となり、二年後には妻子を呼び寄せ、親子だけでの生活が始まる。てつにとっては舅姑に気兼ねなく過ごせたこの頃が人生で最も幸せな時期であったといえる。しかし、翌一〇年に西南戦争が起こると、鋿十郎は警視庁別動隊に志願して出征し、四月一四日に飯田山麓（現在の熊本県上益城郡益城町）で戦死した。花袋は明治四一年に父の眠る八代の官軍墓地を訪れ、小説『父の墓』（明42・4「趣味」）を執筆している。鋿十郎の戦死により、てつ、かつよ、花袋、富弥の四人は、再び館林に戻り、穂弥太夫妻と六人で暮らすこととなった。

花袋の長姉いつは明治八年に上京し、岡谷繁実の妻光の小間使格として奉公した。翌九年に警視庁で父の上司だった石井収の後妻となり、長女あい（明治一二年生）、長男精一（同12年生）を出産。その後肺結核にかかり、一六年の二女幸の出産の際に死去、幸も翌年死亡した。当時一二歳だった花袋にとって、早世した長姉いつは理想の女性像として花袋の心に残り、姉への思慕はその延長として姪のあいに向けられ、『島の心中』（明34・6「文芸倶楽部」）などの初期作品の女性像に投影されていった。

花袋の兄実弥登は、明治八年に館林東学校を退校して上京し、坂本小学校に転入した。明治一〇年の父の戦死により、母と妹・弟は帰郷するが、実弥登は東京に留まり、義兄の石井収や祖父穂弥太と親しい岡谷繁実らの世話になり勉学に励んだ。明治一三年に小学校を卒業すると、中村峰南の包荒塾に入門し漢文を学んだ。明治一九年には繁実の世話で臨時修史局の書記として就職、これを機に、館林から祖父母、母、弟を呼び寄せた。小説『朝』は、この時、花袋一家が渡良瀬川の早川田《さがわだ》河岸から和船で約三日掛けて上京する様子を描いた作品である。その二年後の明治二一年、祖父母は相次いで亡くなった。この頃、実弥登は弟の花袋と富弥に漢文を指導するとともに、明治二一年一月に漢詩文や和歌の結社「雅友社」を作り、機関紙「言葉之塵」を発行した。こうした実弥登の文学的素養は花袋の作家としての人生に大きな影響を与えていく。翌明治二二年、実弥登は従妹（鋿十郎の妹まさの娘）の横田とみと結婚した。しかし、明治二四年に修史局の廃止により実弥登は罷免され、岡谷繁実のもとで秋元家の編纂事業の手伝いをして生計を立てていた。そのうえ、妻のとみが長男真銕《しげかね》の出産直後に亡くなるという不幸に見舞われた。実弥登は明治二六年から文部省所管の震災予防調査会の嘱託職員として、また、二八年には東京帝国大学に新設された史料編纂所の史料編纂助員として再び勤務する。この間、明治二七年に旧館林藩士の娘川村ことと再婚したが、ことは次男千秋を添い寝中を窒息死させたため、三〇年に田山家を離縁された。三二年五月に長坂としと再婚するが、同年八月に母てつが腸ガンで亡くなる。実弥登の再婚やてつの死については『生』に詳しく書かれている。しかし、岡谷繁実刊行の歴史書『皇朝編年史』(明33)が、修史局編纂の『大日本編年史』の一部を盗用したとして東京帝国大学総長により告訴された。実弥登もこれに加担したとして、東京帝国大学史料編纂所や震災予防審査会の嘱託員を罷免された。失業後、実弥登は繁実がやっていた秋元家の編纂事業を手伝い、細々と暮らしていた。花袋もその生活を支援していたが、肺結核にかかり、明治四〇年に四三歳で亡くなった。その様子は『兄』(明41・4「太陽」)や『死の方へ』(明44・6「中央公論」)に詳しいが、ここには明治維新に巻き込まれた士族の悲劇が描かれている。実弥登の死の翌年に刊行された『埋れ木』は、幕末の「斬髪党事件」で失脚した秋元家の家老岡谷瑳磨介《おかのやさまのすけ》の事績を、その実子である南条新六郎が実弥登に書かせて刊行したものである。これがまとめられたのは、実弥登の失業直後の明治三六年のことである。

三姉かつよは、田山家が上京する以前の明治一七年三月、邑楽郡籾谷村(現在の邑楽郡板倉町)の小倉兼次郎と結婚、館林で機屋を営んだ。『館林紀行』『秋の夕』などの初期作品(稿本)には、花袋が帰郷の折にかつよの家に逗留したことが記されている。しかし、かつよは、家業の不振や夫婦喧嘩が原因で東京の田山家に身を寄せることも多く、その様子は『時は過ぎゆく』や『罠』に描かれている。かつよは大正七年に五一歳で死去したが、存命中に実子九人のうち四人を亡くす。花袋はこれを『罠』で「貧しい夫婦喧嘩の中で死んだ」と記している。

弟富弥は、明治二九年に陸軍士官学校を卒業すると、日露戦争後に新設された第八師団の少尉として弘前に赴いた。ここで木村フサに出会い明治三五年に結婚するが、結婚前に長男武夫が誕生した。この経緯は『生』や『時は過ぎゆく』に詳しく、武夫は富弥の兄実弥登や叔父の横田良太まさ・良太夫妻のもとで育てられた。富弥は朝鮮や敦賀に転任し、大正七年頃に陸軍を退官、弘前に戻り第五九銀行に勤務したのち、昭和七年には木村産業研究所を作った。昭和一二年に死去した。

【参考文献】

塩谷良翰『回顧録』(大7　民友社)、小林一郎『田山花袋研究—館林時代—』(昭51・2　桜楓社)、宮内俊介『田山花袋全小説解題』(平15・2　双文社出版)、『秋元家の歴史と文化』(平29　館林市教育委員会)、程原健『田山花袋周辺の系譜』(平7　上毛新聞社)、程原健『田山花袋以前』(昭61　大葩堂《たいはどう》書店)、岩永胖『田山花袋研究』(昭31・4　白楊社)、贄田太二郎『花袋を語る—「時は過ぎゆく」について—』(『館林文化』第6号　昭35)、田山花袋記念館『田山花袋の姉について—夭折した二人の姉—』(平8「田山花袋記念館研究紀要」第6号)

(阿部弥生)

⑨ 岡田美知代

府中市上下歴史文化資料館蔵
岡田美知代

【関係する主な作品】

『蒲団』（明40・9「新小説」）、『縁』（明43・3・29～同・8・8「毎日電報」）

【作品等との関連】

明治一八年～昭和四三年。小説家、児童文学者、翻訳家。田山花袋に弟子入り。『蒲団』の横山芳子、『妻』のてる子、『縁』の敏子のモデルとされる。ストウ夫人『アンクル・トムス・ケビン』の翻訳『奴隷トム』の著者。長女出産後の明治四二年五月以降は、「永代美知代」名で作品を発表した。

岡田美知代は、広島県甲奴郡上下村《じょうげ》（現・府中市上下町）の生まれ。上下は、石見銀山から瀬戸内に銀を運ぶ銀山街道にあり、江戸時代には幕府直轄の天領として経済の要衝であった。父・胖十郎は、備後銀行の創設者の一人で、県会議員や上下町長を務めた。母・ミナは同志社女学校を卒業。夫婦ともに熱心なクリスチャンであった。美知代の長兄・實麿《じつまろ》は、同志社、慶応義塾を経て、米国オベリン大学に留学し、帰国後は神戸高等商業学校（現・神戸大学）や夏目漱石の後任として第一高等学校（現・東京大学）の教授となった著名な英語学者である。英語教育者としても優れており、多数の英語教科書や参考書の編集・執筆を行い、ことに『英作文着眼点』（大10）は大ヒットし、戦後も改版されて広く読まれた。美知代は、實麿と漱石をめぐって、小説『デッカンシヨ』に描いている。

美知代は、上下高等小学校を卒業後、神戸女学院に入学し、神戸教会で洗礼を受けた。明治三六年、作品を愛読していた田山花袋に書簡を出して入門を懇願。入門が許されると、翌年上京。はじめは花袋宅に寄宿し、その後、花袋の妻りさの姉・浅井かくの家に転居して、津田英学塾予科に通学した。明治三八年、帰省していた美知代は、上京の途上でかねて知り合った永代静雄と膳所を遊覧したが、これが花袋と実家に発覚。花袋は美知代の父・胖十郎と善後策を相談し、翌年、美知代は父によって上下に連れ戻された。美知代の帰郷中に花袋は上下の岡田家に二日滞在して歓待を受けており、この体験は、後年、『日本一周』の「備後の山中」で、「一生忘れられない旅である」と叙情的に回想される。

帰郷後の美知代は、「文章世界」「新声」「新潮」「実業之横浜」といった雑誌に積極的に投稿する。美知代と静雄の恋愛については、花袋の『蒲団』に先行して美知代自身が作品化しており、花袋もそれに目を通していた。明治四〇年九月、花袋が「新小説」に『蒲団』を発表し、女弟子への片思いと性欲を描いた内容が大きな反響をよびおこし、美知代はゴシップの渦中におかれることになる。この時期の作品に、「女子文壇」の「文壇の花」特集最高の天賞を受賞した『侮辱』があるが、これは女学校の卒業生の同性同士の愛と異性愛葛藤を表で描きつつ、自身を監督する花袋への風刺も読み取ることができる。

明治四一年四月、二年ぶりに上京した美知代は、永代静雄と再会して妊娠。美知代の実家が激怒したため、花袋は美知代を形式的に田山家の養女として二人を結婚させた。美知代は長女・千鶴子が生まれたあと、夫婦仲が悪化。永代と別れて、千鶴子を連れて田山家に戻り、四月から花袋の内弟子となっていた水野仙子（服部貞子）と代々木初台の家で共同生活を始める。娘の千鶴子は、花袋の妻りさの兄・太田玉茗の養女として手放したが、その後、永代と復縁した。このあたりの経緯は、花袋の『縁』や、それに反論・対抗する形で書かれた美知代自身の『ある女の手紙』などに文学化された。この頃が美知代の小説家としての最盛期であり、『里子』『岡澤の家』『一銭銅貨』といった佳作が「スバル」「ホトトギス」「中央公論」などの文芸誌に掲載された。また静雄が勤務した「中央新聞」や「富山日報」などにも長短編小説を書いた。

明治四四年三月に長男・太刀男が誕生したが、六月に養女に出した千鶴子が二歳で病死。夫婦で傷心をいやすために九州に長期旅行した。この間に、平塚らいてうが「青鞜」創刊に際しての賛助員依頼の手紙を美知代にも送ったが、旅行で居所不定の時期で届かず返送された。らいてうは、「そんなわけで永代さんと「青鞜」とはついに無縁でおわりました」と記したが（『元始、女性は太陽であった』）、もし依頼状が無事に届いて、美知代が「青鞜」に関わっていたとしたらという想像にかられる。

美知代は、最初の子どもが誕生した明治四二年から少女小説を書き始め、大正期に入ると、「少女世界」「少女の友」「ニコニコ」「家庭パック」「少年倶楽部」などの雑誌に少女小説・童話・歴史小説や軽い読み物を量産した。美知代の少女小説の特色は、同時代の良妻賢母教育とは異なり、一定以上の教育を授かることのできる階層であれば、女性も十分に知的な営みが可能であるというメッセージがこめられていることにある。

大正半ばからは、古今東西の花にまつわる挿話を集めた

『花ものがたり』（大6）、ストウ夫人の「アンクル・トムス・ケビン」の翻訳『奴隷トム』（大12）、ミューラック夫人「ジョン・ハリファックス」の翻訳『愛と真実』（大13）など、創作集や翻訳書の刊行も行った。『奴隷トム』は入稿の直後に関東大震災に遭遇したが、奇跡的に原稿は失われることなく、刊行されると版を重ねた。

大正一五年、美知代は永代静雄と別れ、太刀男を連れて、「主婦の友」特派記者の肩書でアメリカに渡った。カリフォルニアで成功をおさめた従姉妹を頼っての渡米であった。太平洋戦争前夜の昭和一六年に帰国するが、米国滞在中の美知代については、花田小太郎と再婚した以上の詳細は残念ながら不明の状態である。帰国後は、親族を頼って、広島県庄原市で過ごした。晩年は、近所の青年に英語を教えるなどして過ごしたが、昭和三二年ごろ、田山花袋研究者の岩永胖が訪問して聞き取りを行ったことを契機に、花袋との関係や『蒲団』に描かれた時期について回想するようになり、翌年には「花袋の「蒲団」と私」（「婦人朝日」）などの手記を発表した。さらに、「国木田独歩のおのぶさん」「云ひ得ぬ秘密」などの作品を執筆して往時を回想した（生前未発表）。花袋については、「恩は恩、怨みは怨み」という思いを書き残している。

昭和四三年一月一九日、死去。墓は、庄原市川北町にある。美知代の生家は町が取得して改修された後、平成一五年に上下町歴史文化資料館として開館（現在は、府中市上下歴史文化資料館）。美知代の未発表原稿などの資料を収集・展示し、企画展を開催するほか、花袋が上下町を訪ねた折に宿泊した部屋や礼状も保存公開されて、文学者・岡田美知代とその文学の普及を図っている。

【参考文献・web】

Web「広島の女性作家　岡田（永代）美知代」https://okadamichiyo.hiroshima-u.ac.jp/（有元伸子）に、作家紹介、年譜、著作リスト、参考文献案内、リンクが設定されている。著作リストには、著作権継承者の許可を得て、作品本文のＰＤＦファイルを貼っているので、現在判明している美知代作品を読むことが可能であり、参考文献と併せて、まずは参照していただきたい。

『岡田（永代）美知代著作集』（令4・12　有元伸子・府中市上下歴史文化資料館編　渓水社）には、美知代の代表的な小説に加えて、習作、評論、少女小説、無署名ながら美知代作と推定される新聞連載小説、晩年の原稿が収録されて美知代の著作をまとめて読むことができるほか、略年譜と解説も付されている。『新編日本女性文学全集3』（令2・3　六花出版）には、美知代の二作品『ある女の手紙』『一銭銅貨』が収録され、吉川豊子による解説や年譜が付されている。『蒲団をめぐる書簡集』（館林市）は関係者の書簡と小林一郎による解説があり、「蒲団」の成立やその後を知るうえで必見の一次資料である。花袋研究者の宮内俊介や宇田川昭子らによって、書簡や未発表原稿の翻刻など資料紹介や美知代をモデルとした花袋作品の検討がなされている。

作家に関する証言としては、晩年の美知代と親しかった原博己による私家版『晩年の岡田美知代―田山花袋『蒲団』モデル』が貴重。大塚英志が柳田国男と花袋との自然主義観の相剋を考察する過程で、美知代に関しても紙数を割き、花袋が自身の文学観によって美知代を支配しようとする様と美知代による反駁をあぶり出している(『怪談前後―柳田民俗学と自然主義』、『「妹」の運命―萌える近代文学者たち』)。なお、大塚は評論ばかりではなく、原作を担当したマンガ『松岡國男妖怪退治』3~4にも美知代を登場させている。

(有元伸子)

⑩ 永代静雄《ながよしずお》

【関係する主な作品】

『蒲団』(明40・9「新小説」)、『縁』(明43・3・29~同・8・8「毎日電報」)

【作品等との関連】

明治一九年~昭和一九年。小説家、翻訳家、新聞記者。『不思議の国のアリス』の日本における初の翻案作品『アリス物語』の著者。花袋の弟子であった岡田美知代と結婚。『蒲団』の田中秀夫、『縁』の馬橋のモデル。

永代静雄は、兵庫県北谷村(現・三木市吉川町)の生まれ。神戸教会で受洗し、関西学院、同志社、早稲田で学生生活を送った。明治三八年五月、静雄は、友人の中山三郎から名前を聞いていた岡田美知代に白百合のハガキを出し、以後文通。同年七月、関西学院であった夏期学校で帰省中の美知代と会って親しくなり、九月に上京途中の美知代と膳所で遊覧。これが花袋や美知代の実家に知られて、翌年、美知代は父に連れられて上下に戻った。二年後に再上京した美知代と再会し、美知代が妊娠・出産。美知代が花袋の養女となる形で、静雄と美知代は結婚したが、破局。子どもを養女に出した後に、再びよりを戻す。

こうした顚末を、花袋が『蒲団』や『縁』に書いたことで、美知代のみならず、静雄もモデル事件に巻き込まれることになった。花袋は、『蒲団』の田中秀夫を、「京都訛の言葉、色の白い顔」で「基督教に養はれた、いやに取澄した、年齢に似合はぬ老成な、厭な不愉快な態度であつた」と書いている。美知代は、後年、「『蒲団』、『縁』及び私」(大4・9「新潮」)において、永代について、「『蒲団』の中にあるやうな、あんなデレ〴〵した言葉つきの男ぢやありません」と抗議し、さらに「『蒲団』の副主人公だと云はれた其為めに、永代はいろんな社会上の迫害を蒙つて、折角出来かゝつた職業など幾度崩されたか知れません」と花袋を批判している。

静雄は、「旅行新聞」「東京毎日新聞」「中央新聞」「富山日報」「帝国新聞」「東京毎夕新聞」の記者を歴任している。記者として有能であり、「東京毎夕新聞」では社会部長であった。各紙に署名入の記事や小説・児童文学も掲載する傍ら、『アリス物語』（1912、原作はルイス・キャロル「不思議の国のアリス」）や『女皇クレオパトラ』（1914、原作はシェイクスピア「アントニーとクレオパトラ」）などの翻訳、『小説　終篇不如帰』（1912）といったSF小説など数多く執筆刊行している。大正九年に「東京毎夕新聞」を辞職し、新聞研究所を設立し、「新聞及新聞記者」を発行した。大正一五年、美知代と別れ（美知代は長男太刀男を連れて渡米）、翌年、大河内ひでと結婚。昭和八年には新聞社の通信手段であった伝書鳩を飼い始め、翌年には雑誌「普鳩」を発刊した。昭和一九年、五八歳で没。

永代静雄研究者である大西小生は、静雄が自身のモットーを「飛躍的進歩主義」と捉えていたことを紹介し、彼の評価軸を四つ提示する（「永代静雄略年譜」）。①田山花袋の小説「蒲団」「縁」などのモデルであること　②SF的奇想小説の作家としての顔　③文学的活動を終えたあとの新聞研究所長としての業績　④伝書鳩の普及者としての面　である。永代静雄は、種々の側面で進取の気性を発揮しつづけた人物であったと言えよう。


【参考文献・web】

大西小生の『「アリス物語」「黒姫物語」とその周辺』（平10　ネガ！スタジオ）と、web『新「アリス」訳解』（http://shousei.gl.xrea.com/alice/）をまずは参照すること。webには、大西が研究誌「ミッシュマッシュ」18に掲載した永代静雄の略年譜や著作目録等も補遺を含めて掲載されている。他に、広岡卓三『永代静雄伝』（さつき句会、発行年未詳）は早い時期の静雄の評伝。『『蒲団』をめぐる書簡集』（平5　館林市）には、静雄と美知代、花袋との間の書簡が収録されているほか、小林一郎による解説が付されている。横田順彌に、『快絶壮遊　天狗倶楽部』（平11　教育出版→ハヤカワ文庫）など、SF作家としての静雄に着目した文章が複数ある。

（有元伸子）

⑪ 吉田陋軒

【関係する主な作品】

『姉』（明41・1）の「吉川先生」の他、『ふる郷』（明32・9）の「老いた郷先生」のモデルと見做される。関連として紀行文『館林紀行』（稿本　明20・7）にも「先師吉田陋軒先生之碑」との記述がある。なお『姉』本文は、『館林双書』第十巻所収（昭55・3　館林市立図書館編集　長谷川吉弘注釈・解説）に拠った。

【作品等との関連】

小説『姉』は、明治四一年一月「中学世界」(博文館)に発表された。冒頭「この間、故郷に行ってきたよ、君。故郷を出てから二十年、この間にはずいぶんいろいろな事が起こった。日清戦争があった。日露戦争があった。日本が世界の一等国になった。電車が出来た。僕も三人の子の親となった」と同郷の「君」に語りかける、二〇年ぶりに帰郷した花袋が故郷の風物や亡くなった兄弟に取材した最初の短編である。主人公「僕」は故郷の町をさまよい、少年時代の記憶や懐かしい風景とともに、都会化していく郷里の変貌ぶり、人々の様相のハイカラさを幼馴染みの「君」に生き生きとした語り口で伝達する。そして「僕」は最後に、二人の姉が眠る寺を訪問する。夭折した姉たちへの追憶の中で、自身の生がこの姉の生まれ変わりであって、もし姉が夭折しなければ自分はこの世に生まれ出なかったのではないかというロマン的な生命観を披瀝して終わる。この作品は、明治四〇年一一月九日、兄実弥登が肺結核のため享年四三歳で死去した直後、同年一一月中頃に館林町訪問を素材に小説化したものと推定される。作中、「僕」は城址公園を訪れ、そこで一三もの石碑を確認する。その一つが、「吉川先生の碑」であった。この吉川先生のモデルが、花袋の漢学の先生であった吉田陋軒という人物である。年譜によれば、花袋は明治一四年、一一歳で館林東下等小学校を中退し、栃木県足利の薬種問屋に丁稚奉公に出た。後に上京して農業書書肆有隣堂の丁稚小僧となるものの、不祥事により一二歳で館林に帰郷、下等小学校四年後期に復学する。この少年期の数年間を、登校前に和算塾で算術を学び、放課後には吉田陋軒が主宰する漢学塾「休休草堂」で四書五経をはじめとした漢文の素読を熱心に学んでいる。こうした少年期の素養が、花袋文学の基層を形成していくことになる。

「吉川先生」のモデルである吉田陋軒は、文政六年八月、羽州山形に生まれる。諱は憲、字は子憲、通称時太と称し、陋軒と号した。代々吉田家は秋元藩に仕え、時太は幼少期より学問を好み、藩儒・田中弘(字は有文、通称金冶と称し、泥斎と号。藩儒・杉竹外は実弟)の門弟として漢学、特に朱子学を学んだ。田中泥斎は、江戸の儒者林鶴梁と交遊があり、経学に深く周易に通じ、詩文にも長じていたとされている。弘化二年、藩主秋元志朝が山形から上野国館林六万石に転封となったことに伴い、泥斎とともに陋軒らは藩主に従い館林へと移住。藩侯が藩政の改革、学問の奨励に志したため、泥斎らは藩校求道館の創設と、その後の造士書院の設立に奔走した。陋軒は師泥斎のもとで読書助頭取となり、造士書院では儒学師範の一人として藩士教育に尽力する。安政四年、陋軒は江戸在勤となり、安積艮斎の門に入り改めて学問に精励した。艮斎は奥州安積郡郡山生まれ。のち佐藤一斎の学僕となり、その後林述斎の門人となって、昌平黌教授となった儒者。陋軒は江戸在勤を終えると館林に戻り、学問所の師範、藩主秋元礼朝の侍読となる。明治三年には、文学大授業から藩学助教授へと進んだが、明治四年廃藩置県に伴い退職。退職後は、館林外伴木の自宅を私塾「休休草堂」と名付けて青少年の教育に尽力した。明治一九年二月、六四歳で没するまで続けた。

少年時代の花袋は陋軒の近所に住んでいたこともあり、放課後には熱心に陋軒の私塾に通い漢学を学んだ。『ふる郷』の記述には、「老いた郷先生」（吉田陋軒）の風貌を「年齢大凡七十以上とも覚しき、白髪美しき老儒にして、少時江戸に出で丶、安積艮斎の塾に遊び、学成りて後は、藩主の侍講になりたるほどの博学能文の一耆宿なりといへり。姿は威ある中に何処となくやさしき処ありて、隆き鼻、長き額など、いづれも篤学らしき相を充分に備へたりき」と描写し、「学童の其処に通へるもの大抵三四十名、皆われと同郷同学の者のみなるが、われ等は小学校の授業終るや否、早く教りて、早く帰りて、早く遊ばゞやと、先を争ひて、其塾に来り、われ先に、包をその学室に置かんと競ひぬ（包を早く置きたるもの先教を受く）」と、当時の陋軒塾の様子が描出されている。吉田陋軒の人物像としては、『群馬県邑楽郡誌』（大6）によれば、「其の学や程朱を宗とし自ら持する謹厳、朋友に接する信、而して子弟を教ふる諄、郷党其徳を慕へり。廃藩後家居暇あれば香を焚き茗を煮、時に其襟懐を吟誦して以て自適す」と記されている。なお、吉田陋軒の実際の石碑は、『姉』作中の城址公園内にはなく、館林市当郷町善長寺に、高橋済撰文による墓表が存在する。

【参考文献】

小林一郎『田山花袋研究―館林時代―』（昭51・2　桜楓社）、『群馬県邑楽郡誌』（原本大6・12　再刊昭48・3　邑楽郡教育会）『館林双書第十巻』（昭55・3　館林市立図書館）、『館林人物誌』（原本昭15・12　再刊昭55・3　国書刊行会）、『山形市史中巻近世編』（昭46・1　山形市）、『群馬県史通史編6近世3』（平4・1　群馬県）、（『日本漢文学史』（昭59・5　角川書店）、『邑楽館林史帖』（平6・12　みやま文庫）、『邑楽・館林人名事典』（平7・12　青木源作）、『江戸文人辞典』（平8・9　東京堂出版）

（根岸一成）

⑫　加藤雪平《かとうゆきへい》

【関係する主な作品】

『一兵卒』（明41・1「早稲田文学」）に描かれた「加藤平作」のモデルと見做される。

【作品等との関連】

『一兵卒』は日露戦争において、流行腸胃熱のため大石橋の野戦病院に入院中の一兵士が軍医の制止を押し切って病院を出て、鞍山站の先にいる原隊に復帰しようとする途中、その手前の新台子で脚気衝心に斃れるまでの経過を描いたものである。その兵士が最期を迎えようとする時、初めて名前と所属・出身地が「軍隊手帳」よって明示されるのだが、それは「十八連隊の兵」「三河國渥美郡福江村加藤平作」という情報のみである。さらに彼が脚気衝心による悲惨な最期を遂げたのは小説末尾に「黎明に兵站部の軍医が来た。けれど其一時間前に、渠は、既に死んで居た。（略）暫くして砲撃が盛んに聞こえ出した。九月一日の遼陽攻撃は始つた。」という記述から、明治三七年九月一日未明であることがわかる。他方、愛知県渥美郡渥美町（現田原市）の戸籍簿によれば加藤雪平について以下の記載が見られる。「愛知県渥美郡福江村大字畠村五十四番戸　加藤雪平／明治参拾七年八月参拾壱日清國首山堡附近ニ於テ戦死同年拾月弐拾日届出同日受付〇印」。生年月日は明治一〇年一月一〇日、父は加藤庄作、母はふさである。さらに加藤家菩提寺の潮音寺所在墓碑には「一貫正忠居士／陸軍歩兵上等兵勲八等功七級／加藤雪平墓／明治三十七年八月三十一日／清國遼陽於首山堡戦死／明治三十九年九月建之　加藤庄作」と刻まれている。また同寺過去帖記載事項は以下の如くである。「加藤雪平／三十七年征露戦役八月三一日清国於首山堡戦死／第十八連隊九中隊予備歩／一貫正忠居士」こうした資料から、死亡日・死亡場所に若干の相異が見られるものの、『一兵卒』の加藤平作は実在の兵士加藤雪平に依拠して造形されたものと考えられる。

それでは、花袋と加藤雪平との接点を考察してみよう。それは先ず日露戦争以前に遡るが、二人を結び付ける媒介項として、花袋の友人である挿絵画家宮川春汀の存在を挙げなければならない。春汀の郷里は加藤雪平と同じく渥美郡福江村大字畠村三七番戸であり、極めて近接した所である。春汀は明治六年一一月一一日生れ。明治三〇年妻お敬と婚姻、翌三一年春、新妻を伴い郷里に帰省している。他方、共通の友人柳田国男（当時松岡姓）は春汀が兼ねて称賛する渥美半島の風土に惹かれ同年七月から九月まで約二ヶ月間、半島の先端伊良湖崎の村長小久保家に滞在、先を越された花袋も八月末から九月にかけて柳田を追って一〇日程滞在した。因みに加藤雪平が妻ひさえを伊良湖村山本家から迎えたのは同年七月、柳田滞在中のことである。この時点で花袋が加藤雪平を知ったとは考えられないが、渥美半島が宮川春汀を介して訪れた印象深いトポスであった事実は大きい。『一兵卒』で加藤平作が妻の顔や故郷の様を回想する場面は極めて重要だからである。

では、日露戦争における加藤雪平の戦死（戦病死）という事実の取材経緯はどうか。先ず花袋の従軍体験を『第二軍従征日記』から跡付けてみると、第十八連隊との交流も各所に見出せるが、花袋自身も流行性腸胃熱で海城の兵站病院に入院（八月二〇日～九月三日）し、加藤平作が病死した新台子に着いたのは九月四日である。作中に描かれた酒堡のある監視兵の建物に宿しているのだが、加藤雪平の病死が事実であれば、この時、酒堡の主人から、三日前の悲惨な出来事を聞いた可能性も否定できない。加藤雪平が戸籍や墓石・過去帖記載の如く戦死であれば、作品結末は虚構ということになる。いずれにしても、加藤雪平戦死（戦病死）という事実は花袋の従軍中に材を得た可能性が最も高いが、現在のところそれを裏付ける資料が見られない。作品発表時期からみて帰国後の取材であることも考えられる。宮川春汀からの情報取材である。加藤雪平の墓がある潮音寺は宮川家の開基であり、明治三八年暮、春汀の愛児の事故死に際しては潮音寺の住職を東京に招き葬儀を執行している。加藤雪平の墓が父庄作によって潮音寺に建立されたのは翌年九月のことである。

【参考文献】

小林修「『一兵卒』試論」（昭46・12「南日本短期大学紀要」）、清田治「宮川春汀展」図録「解説」（平22・8　田原市博物館）

（小林　修）

⑬ 川　俣（群馬県）

川俣は群馬県館林市の南方、利根川左岸（北側）の土手に南端が接する旧日光脇往還（国道122号線）の旧宿場で、旧邑楽郡佐貫村大字川俣、現在は東武鉄道川俣駅がある館林市川俣。本陣・脇陣があり、利根川水運の河岸、富士見の渡しと呼ばれる渡船場、船橋もあった。そのほぼ南の対岸の土手際には武蔵国上川俣村及び本川俣、現埼玉県羽生市川俣・上川俣がある。明治三六年に東武鉄道が羽生市川俣まで延伸し旧川俣駅が出来たが、四〇年に鉄橋が完成、旧川俣駅は廃止され、館林市に新駅川俣駅が出来た。昭和四年に昭和橋が架かり、船橋も無くなった。

【関係する主な作品】

『古駅』（明39・3「太陽」）、『田舎ゆき』（明40・11「趣味」）、『土手の家』（明41・1「中央公論」）、『再び草の野に』（大8・1　春陽堂）

【作品等との関連】

花袋は日露戦争に第二軍私設写真班監督として従軍の後、明治三八年一二月二二日から翌年一月一〇日頃まで、川俣の元遊郭の貸座敷であった旅店兼料理店「吉川」の奥二階に初めは滞在し、散歩の途中で見かけた「吉川」の隣の田中屋旅館が管理している土手上の二階屋の凝った造りの別荘を気に入って移り、その階下の八畳間で『日露戦争史第三巻』（明39・2）或いは『第二軍従征日記』（明38・1　博文館）を執筆した。花袋が滞在した時はまだ羽生の川俣駅が三六年四月二三日に出来て以来の終点であった。利根川橋梁が完成したのは四〇年八月二七日である。羽生に旧川俣駅が出来、対岸に新川俣駅が出来るまでの旧川俣駅近辺の僅か四年間の栄枯盛衰を描いたのが『再び草の野に』である。

花袋は随想『古駅』で、羽生の川俣駅から対岸の古駅（旧宿場）の川俣まで行く道程とその景観、旅館兼料理屋「吉川」の街道における位置、隣のもう少し上品な旅店「田中屋」、「吉川」と田中屋に一二月三〇日頃からそれぞれ芸者が移って来て、朝からの三味線の喧噪に耐えかね、田中屋の別荘に移ったこと、酌婦・芸者から「色〳〵面白い内幕話」を聞き、「吉川」の一八歳の子守「源」がいつも遊びに来て「天真爛漫で、平気で言つて聞かせる」のを面白く思ったことなどを書いている。この「古駅」は、横須賀から田舎落ちして羽生の川俣駅を下車し、船橋を俥で渡って「吉川」をモデルとする「川井屋」という旅宿兼料理屋に、花袋がいた同年の年末に来た芸者小豊の孤独で侘しい人生を描いた『田舎ゆき』、男女の愛欲が人間を強く突き動かしている様を露骨に描いた自然主義文学の典型的作品『土手の家』の原型となったエッセイである。『土手の家』は吉川屋をモデルに世間的規範や倫理など眼中になくひたすら愛欲を追う乱倫とも言える人々の「事実」の世界を地方的（ローカルな）な特色をよく織り込んで描いている。下流の関宿の川船の青年と二階屋や船内で秘かに逢引して妊娠する子守娘源は花袋のところに遊びに来た同名の源がモデルである。

『蒲団』（明40・9「新小説」）の横山芳子のモデル岡田美知代は牛込区北山伏町の花袋の留守宅から年賀状に関するハガキを「吉川」宛に出し、花袋はすぐ返信している。ちょうどその大晦日、美知代の恋人永代静雄が窮迫し泊まるところもなく一晩中外堀線の電車に乗って元旦を迎えたことを美知代にハガキで知らせている。この挿話は『蒲団』にもある。花袋は七月七日に自然主義文学者の集まり「龍土会」を田中屋の別荘で開いた。

【参考文献】
吉田精一「自然主義の研究上下」（昭30・11、同33・1　東京堂）、小林一郎「田山花袋研究―博文館時代(二)―（昭54・2　桜楓社）、田山花袋記念館研究叢書第二巻「『蒲団』をめぐる書簡集」（平5・3　館林市教育委員会文化振興課）（渡邉正彦）

⑭ 館　林

群馬県邑楽郡館林町（現・群馬県館林市）

明治四年の廃藩置県で、館林藩は邑楽郡一円を区域とする館林県となるが、間もなく栃木県に編入（よって花袋出生当時は栃木県邑楽郡館林町）。さらに明治九年には群馬県に編入された。昭和二九年、近隣七村との合併により館林市となった。

【関係する主な作品】

『祖父母』（明41・4「中央公論」）

【作品等との関連】

花袋の祖父・田山穂弥太と祖母・いくが、山形から館林の地に移り住んだのは、文久二年のこと。秋元藩の転封に伴うもので、このとき、祖父は五二歳、祖母は四五歳であった。

『祖父母』は、いわば館林生まれの作家・田山花袋のルーツを書き綴った趣向の短編である。花袋自身とおぼしき「私」は、祖父についてこう語る。「祖父は藩では其生立《そのおひたち》は軽い身分だツた。けれど後には祖父の名を藩で知らぬものはない位に立身した。飛鳥《とぶとり》も落すやうな江戸家老の御気に入りで、万事家老の下にあつて、目覚ましい働きを為た」――あたかも難業を為遂げた祖父を讃え、士族としての矜恃を示すかのような口調だが、全体のトーンはそれとは異なる。むしろ、その晩年の老いを淡々と、かつユーモラスに描き、滋味溢れる作品に仕立てた点に、短編作家としての花袋の技量を見るべきであろう。その際、相方の祖母が、人生の妙味を総体的に描くのに欠かせない配役になっていることにも着目したい。

「本当に困つた婆様だ。お前のやうなかんの悪い盲目はありやしない！」と祖父が罵るのを、幼い時の「私」はよく聞いた。かといって酷く扱うのではなく、「手は引いて遣る。見えなくなつたものは捜して遣る。（中略）傍で見て居てよくあ、世話が届くと思ふ位であつた」。若き日の祖父に見初められ、また結婚後は夫の立身を支えた祖母は三七歳のときに視力を失った。祖父にとって見れば、立身出世と妻の失明という如意と不如意とが、併せて身に降りかかったわけだ。館林移転後は、幕藩体制の崩壊、秩禄処分などが相次ぎ、自身で築き上げてきたものが次々と崩潰してゆくさまを受忍せざるを得ず、また、西南戦争では息子を失った。行き着いたのが、八畳二間の藁葺の古家での妻との睦まじくこぢんまりとした生活である。今の楽しみといえば、内職で得た金で二合の晩酌をするくらいで、酔えば「可愛いあの子」という小唄が口をついて出る。「あの時分は……お幾もうつ……くしかつたものじやのう……。『可愛いあの子に――』」。酔い潰れた祖父を寝かしつけるのは祖母の役割だ。そしてやがて「祖母《ばあ》さんの鼻歌」が寝室から漏れ聞こえてくる――かようにこの小説は、時代の巴渦に呑まれつつも手と手を携え生きてきた祖父母の末路を、決して湿っぽくせず、同時に、読み心地のよい哀感を交えて描いて見せている。

花袋は「散漫な人生から作者が捉へて来た一角、それが散漫でありながら散漫でないやうに見えるやうな処に、短編の面白みがあり、力がある」と述べている（「短編」『インキ壺』明42・11　左久良書房）。この『祖父母』は、まさに短編の妙を湛えているような風情があるが、とりもなおさずそれは、花袋が「館林」というトポスに、そして「祖父母」の生涯に「人生」を凝縮させて思い描いているからであろう。だからこそ花袋は、実際は東京・牛込で亡くなった二人を、彼自身の故郷である館林で死んだように虚構化したのである。なお、この館林の古家（館林町一五七三番屋敷、俗称裏宿の家）は、現在、花袋旧居として館林市第二資料館内に保存されている。

故郷館林を描いた他の作品には、『落花村』（明25・3「国民新聞」）、『雨中山』（明25・12〜同26・4「小桜縅」）、『ふる郷』（明32・4 新声社）、『初恋の人』（明40・1「中学世界」）、『春の町』（明40・4「文章世界」）、『姉』（明41・1「中学世界」）、『庖丁』（明42・5、「文章世界」）、「朝」（明43・7 早稲田文学）、『昔の家を見に』（明44・6「中学世界」）、『活動写真』（大2・1「文章世界」）、『小さな鳩』（大2・3 実業之日本社）、『日曜日の遠足』（大4・4「中央公論」）、『二人の最期』（大5・1「新日本」）、『小春日』（大7・1「黒潮」）、『河ぞひの春』（大8・1「やまと新聞」）、『丘の悲劇』（大8・6「新小説」）、『くれなゐ』（大8・6〜9「新家庭」）、『新しい芽』（大8・8・11〜12・3「東京朝日新聞」）、『かれ等』（大10・1「実業之世界」）、『浅い春』（大10・2・1〜7・9「国民新聞」）、『花束』（大15・5「令女界」）、『菱の実―少年時代の追憶―』（大15・10「少年世界」）等がある。

【参考文献】

柳田泉『田山花袋の文学一』（昭32・1 春秋社）、小林一郎『田山花袋研究―館林時代―』（昭51・2 桜楓社）、『田山花袋研究―博文館時代㈡―』（昭54・2 桜楓社）、館林市立図書館編『館林双書』第十巻（昭55・3 館林市立図書館）

（永井聖剛）

⑮ 高《たか》擶《だま》

山形県東村山郡高擶村（現 山形県天童市高擶）

山形城主秋元藩十代志朝が上州館林に転封された後、飛地領を支配するために陣屋を置いた。廃藩置県により山形県東村山郡高擶村となる。昭和三〇年に干布村と合併して豊栄村となり、昭和三七年に天童市に編入された。ＪＲ奥羽本線の駅名に名前を残している。

【関係する主な作品】

『祖父母』（明41・4「中央公論」）

【作品等との関連】

高擶は山形藩秋元氏六万石の陣屋として整備され、文久二年六月頃（小林一郎説）に花袋の祖父・穂弥太が館林へ移るまで住んでいた。花袋の両親はともに高擶の生まれであり、母てつは二五歳まで住んでいた故郷のことを、幼い花袋によく語って聞かせたという。そこで花袋は「一度は必ずこの母の故郷を訪ひ、そのなつかしき昔をも偲ばんと思ひし事幾度なるを知らず」（明34・7「陸羽一匝《りくういっそう》」『続南船北馬』博文館）と書いている。

花袋は明治二七年の一〇月に約一カ月の東北の旅を試み、一八日に高擶村を訪れて番所跡となっている小学校や立谷川などを見ている。そして、山形の風景の中で「尤もわが心を動かしたるは、名も無き高擶村一帯の平地なりき。母君は曽て此処に青春花の如き時を過し給ひしと思へば、平凡なる里川も、何の面白味なき平原も、皆我心には一種の新しき思ひを誘ふの料とならぬはなかりき」（「陸羽一匝」）と書いた。柳田泉は「花袋文学への風土的母胎を考えるとき（中略）高擶のことも研究範囲に入れる必要があろう」と説き、小林一郎は「山形を回想的に語る母親によって、幼少期を過した花袋の先在《ママ》意識となっているものの一部」が作られ、「それが『生』や『時は過ぎゆく』と言った自伝的作品の中には、極めてヴィヴィッドに定着している」と述べる。

【参考文献】

柳田泉『田山花袋の文学一』（昭32・1　春秋社）、小林一郎『田山花袋研究―館林時代―』（昭51・2　桜楓社）、同『同―博文館入社へ―』（昭51・11　桜楓社）（千葉幸一郎）

⑯ 飯田代子《いいだよね》と家系

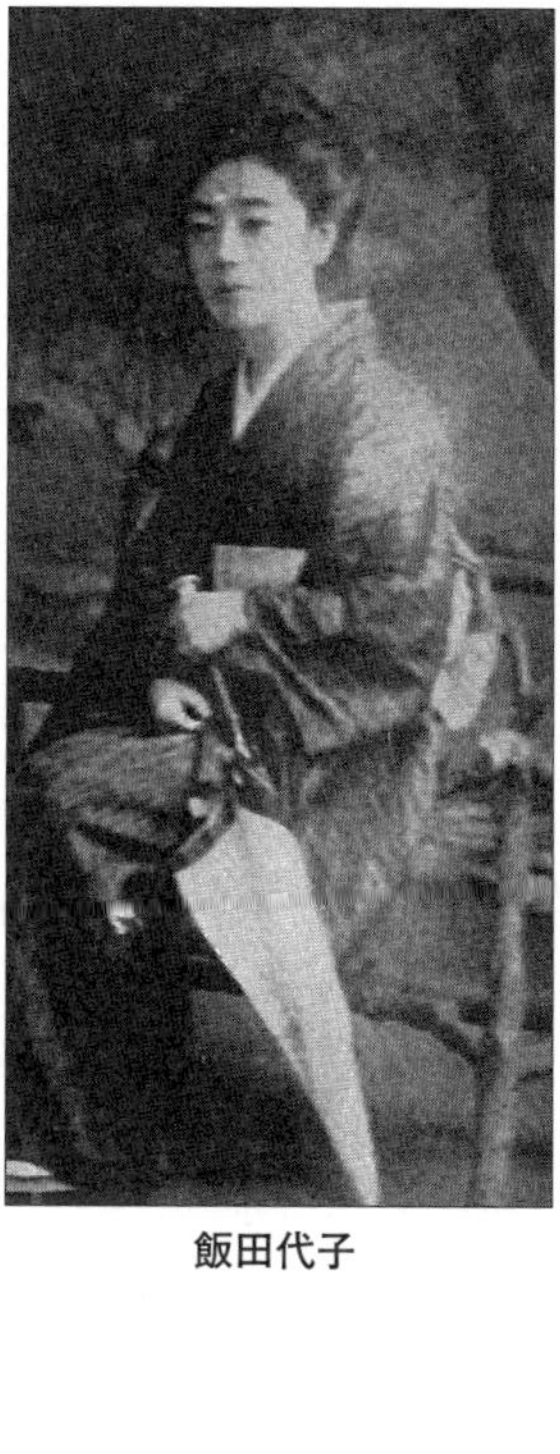

飯田代子

飯田代子は、明治二二年二月二日、日本橋で商家を営んでいた飯田吉五（三）郎、きんの長女として生まれた。家が没落し、一四歳で芸妓見習いになって、やがて赤坂の芸者屋「近江屋」から梅奴として出た。父吉五郎は村田利右衛門の三男であったが、飯田峰太郎に子がなかったので、吉五郎は兵隊養子になって飯田家を継いだ。元治元年の生まれで、七一歳の昭和八年に亡くなった。

代子の祖父の家である村田家は代々、日本橋坂本町で「三河屋」という回漕業と呉服の商いをし、九代も続いた老舗で幕府の御用をやっていた商家だった。祖父の利右衛門は明治一二年日本橋から初めて出た区会議員でもあった。飯田の家は東京府荏原郡品川町にあった。母さんの家は京橋区南植町の米問屋であった。きんは明治二一年の生まれで、六八歳の昭和一一年に亡くなった。

吉五郎は飯田家を継いだが、実質的には夫婦とも村田家におり、代子もここで生まれた。吉五郎は人がいいだけで、だまされやすく、商売に失敗し、代子が五〜六歳のとき一家は品川の東海寺周辺に転居した。代子の弟妹は、定雄を始めに宗太郎、光子（お福？）と三人いた。生活の苦しさから代子が田舎の芸者屋（埼玉の越谷か）に売られていったのが一四歳のときで、途中で逃げ出して東京に帰ってきたため、借財がさらに重なった。家に帰って二年ほどして再び芸者として出たのが「近江屋」であり、いったん旦那をもち、旦那の失敗から再び芸者として出た一八歳のとき越谷町で一本立ちの芸者になって落籍され、一九の年に再び東京に戻り、「近江屋」から再度出ていたころに田山花袋と出会った。

すなわち花袋とは、『蒲団』発表のころ、明治四〇年一〇月に赤坂の待合「鶴川」で知り合った。文学少女的側面もあった。その後、代子は実業家に落籍されたりしたが、向島の芸妓として花柳界に戻り、花袋と再会し仲を深めて、数々の花袋作品のモデルとなった。

大正一二年の関東大震災後は、代子のために東京巣鴨の庚申塚にある宗教大学（現・大正大学）の裏に家を借り、代子とその両親と姪を住まわせた。姪は、代子の妹光子とその夫橋捨吉の長女和子で、のち代子の養女となった。その後、花袋は碑文谷（現・目黒区）で、代子の妹一家が住む近くに代子の家を建てている。代子との関係は花袋の死まで続くが、昭和三年の暮れ、一二月二七日、花袋は碑文谷の代子宅で脳溢血で倒れ虎ノ門の佐多病院に入院した。

花袋の没後、代子は昭和二四年から三六年まで和子夫妻ともに神奈川県藤沢市辻堂に住み、その後東京都品川区に移っている。代子は昭和四五年一月六日に没した。墓は文京区茗荷谷の林泉寺にある。

【関係する主な作品】

『縁』（明43・3・29〜同・8・8「毎日電報」）、『髪』（明44・7・22〜同・11・18「国民新聞」）、『百夜』（昭2・2・21〜同・7・16「福岡日日新聞」）

【作品等との関連】

花袋は代子をモデルにして、おそらく七〇を超える作品を書いていると思われる。『縁』は女弟子の岡田美知代の永代静雄との恋愛、出産、離婚、復縁をめぐる花袋周辺の出来事を小説化した作品で、『蒲団』の後日談的な流れから書かれ、「深川で生まれた女」として飯田代子が登場する。ここでは代子の存在感はやや薄いが、花袋の中で美知代を脱却し、代子へと傾斜が始まったことが描かれている。これが代子をモデルとした女が登場する最初としてもよいが、その前に『町より山へ』（明43・1「早稲田文学」）という短編に、客に誘われた芸者が、茶屋の女中と中禅寺湖に向かい、途中から客が汽車に同乗し、夕暮れにやっと目的地に着いたという話を書いている。芸者小雪はそのころ「小利」という名で出ていた代子で、客は花袋である。『春雨』（大3・1・1〜同・4・8「読売新聞」）は、代子が花袋に会うまで一四歳からの男遍歴を題材にした小説。

『髪』は、親の遺産で遊民生活を送る「かれ」が、芸者をしている女を忘れるために中禅寺湖畔にやってきたが、女に手紙を書き、女はあとを追ってきて二人はよりを戻し楽しいひと時を過ごすが、女はやがて「かれ」に妊娠を告げ、「かれ」はこの父親を疑うが、女を近郊の漁師町に住まわせるという物語。むろん「かれ」は花袋であり、「女」は代子で、代子の家族も登場する。

ほかに、代子をモデルにした作品は数々あり、『燈台へ行く道』（大3・7「早稲田文学」）は二人をモデルに心中事件に仕立て、『山の湯』（大3・10「文章世界」）は、代子との愛欲生活から得た経験と苦悩を題材に山の温泉場にこもる作家を描いている。『切れた三の糸』（大3・12「文芸倶楽部」）、『孤独』（大4・4「太陽」）、『帰京』（大4・9「文章世界」）、『合歓の花』（大4・10「太陽」）などが花袋と代子の交情を下敷きにして男女間の諸相を描いた作品である。

【参考文献】

小林一郎『田山花袋研究―博文館時代㈠―』（昭53・3 桜楓社）、『田山花袋研究―博文館時代㈢―』（昭55・2 桜楓社）、『田山花袋研究―「危機意識」克服の時代㈠―』（昭56・3 桜楓社）に飯田代子の名が頻出し、作品との関係、モデル考も行われている。宮内俊介『田山花袋全小説解題』（平15・2 双文社出版）でも「人名索引」から代子をモデルにした多く作品の梗概に接することができる。「〔資料紹介〕飯田代子氏関係資料について―書簡資料を中心として―」（平12・3「田山花袋記念館研究紀要」第12号）は、代子生涯の概略をはじめ、代子の遺族より寄贈された書簡類一七点、写真類五点、花袋肖像画など貴重な資料類を紹介している。

（大和田　茂）

⑰ 飯《いい》田《だ》吉《きち》五郎《ごろう》・きん・光子

明治四〇年以後、花袋とずっと愛人関係にあった芸者の飯田代子（よね）の両親と妹である。吉五郎は村田利右衛門の三男であったが、飯田峰太郎に子がなかったので、吉五郎は兵隊養子になって飯田家を継いだ。元治元年の生まれで、七一歳の昭和八年に亡くなった。村田家は代々、日本橋坂本町で「三河屋」という回漕業と呉服の商いをし、九代も続いた老舗で幕府の御用をやっていた商家だった。利右衛門は明治一二年日本橋から初めて出た区会議員でもあった。飯田の家は東京府荏原郡品川町にあった。母きんの家は京橋区南植町の米問屋であった。きんは明治二年の生まれで、六八歳の昭和一一年に亡くなった。吉五郎は飯田家を継いだが、実質的には夫婦とも村田家におり、代子もここで生まれた。吉五郎は人がいいだけで、だまされやすく、商売に失敗し、代子が五〜六歳のとき一家は品川の東海寺周辺に転居し、これという職もなかったようである。代子のほかに、定雄を始めに宗太郎、光子(お福?)と三人の子がいた。生活の苦しさから一四歳で代子は田舎の芸者屋(埼玉の越谷か)に売られていったが、途中で逃げ出して東京に帰ってきたため、借財がさらに重なった。家に帰って二年ほどして再び芸者として出たのが東京・赤坂の「近江屋」であり、明治四〇年の一〇月に赤坂の待合「鶴川」で、初めて花袋と知り合った。その後仲を深めて、花袋は代子と両親、弟妹が住む一軒をもたせた。代子の妹光子とその夫橘捨吉の長女である和子は代子の養女となった。

【関係する主な作品】

『春雨』(大3・1・1〜同・4・8 「読売新聞」)、『燈台へ行く道』(大3・7 「早稲田文学」)

【作品等との関連】

飯田代子をモデルに描いた作品は、七〇を上まわると考えられるが、それに付随して両親、妹をモデルにしている作品もそれぞれ数編から一〇を超える数がある。

『春雨』には、一四歳から没落した家の犠牲になり、つぎつぎと男に翻弄される咲子(代子)の姿とともに、人のよいだけの無力な父、勝気な母を中心にした飯田家の生活も描かれる。『春近し』(大3・4 「太陽」)は、「私」と女とはいろいろ波瀾もあったが、今は落ち着きを取り戻した心境にあり、そこに出てくる女の「目のわるい母親」はきんである。『海を越えて』(大4・1 「太陽」)は、大正三年の八月、「私」がおかね・おせんの姉妹を連れて山の温泉場に行くが、親不知を訪れおかねの希望で佐渡まで渡るストーリーである。「私」は花袋、おかねは代子、おせんは光子である。『夜の灯』(大7・9 「新日本」)も、飯田一家を描いて、向島・浅草を舞台に夏の一夜の情景を醸し出している。

【参考文献】

宮内俊介『田山花袋全小説解題』(平20・2 双文社出版)が、索引による検索で役立つ。一家のことについては、小林一郎『田山花袋研究―博文館時代(二)―』(昭54・2 桜楓社)「博文館時代」に詳しい。ほかに同『日本の作家43 田山花袋』(昭57・12 新典社)もある。

(大和田 茂)

⑱ 菊の家常香

『髪』の登場人物。モデルとなった人物については未詳。なお『燈台へ行く道』も同じ人物がモデルとなった可能性が指摘されている。

【関係する主な作品】

『髪』（明44・7・22〜同・11・18「国民新聞」）、『燈台へ行く道』（大3・7「早稲田文学」）

【作品等との関連】

『髪』は主人公である男女に名前が与えられていず、「男」「女」と呼称されるのみである。菊の家常香は、「女」の長唄の師匠の一人娘という設定になっている。彼女が心中した後、「女」は稼業を怠けがちになり、次第に「男」へと傾斜し始める。作中では、常香の心中が一つのきっかけとなり、死を巡る男女の葛藤が中心に据えられていくといってよいだろう。題名にもなっている「髪」と「死」とが結び付き、青春と腹背する「死」の世界が暗示されていくことになる。

二七章で、「女」は新聞の記事によって、常香の死を知ったことになっている。「旅館から出ていく時の心持や、暗い闇の中を辿つて歩いていく心持や、帯を結んで体に巻きつけた時の心持などがそれと明かに想像されるやうな気がした。岩陰の波に漂つた長い髪―それが二人の胸に同じやうな感動を与へた。」

「男」も「女」も、実際に波に漂う髪を目撃している訳ではない。しかし二人は常香の髪が波に漂う様をありありと映像として認識している。ここで「髪」は女性の若さと美の象徴ではなく、「死」をイメージするようになったのだといえるだろう。二七章において、「男」は恋愛の終結と死を結び付け、そこに普通の人間の知ることのできぬ「不可思議な世界」を見るのである。それは現実では決して恋愛は成就することはないという暗い諦念であった。現実で恋愛の充足が得られなくなった「男」にとって、「死」の世界に入ることが、現実を断ち切る唯一の方法と認識されているのである。

『髪』の世界には、「水」のイメージが繰り返し出てくる。常香の心中の前に、出てくる「水」は「滝壺」と「湖水」である。一三章の「滝壺」で「男」は初めて「死」という想念に捉えられている。一五章になると、中禅寺湖を船で遊覧する場面が書かれるが、「湖水」の深さが強調され、「死」の世界が暗示される。「女」は『い、わ、死んでも、貴郎と一緒なら』と笑って言い、船頭は溺死した西洋人の話をする。明るい場面でありながら、既に溺死した人間の話が出てくることに注意したい。二七章の常香の死を先取りする形で、一三章、一五章の場面が描かれていたのである。

さて、二七章において、主人公の男女は心中した常香の姿を幻視していた訳であるが、それは現実のものではなかった。それが三六章において、現実の心中死体を目撃してしまうことになる。「女」は、波に漂う髪を目にしている。彼らは「死」に近い世界にいるといってよいだろう。しかし、「男」は「死」の世界に惹かれる一方で、「死」に恐怖する男でもあった。「女」の妊娠を喜びながらも、彼女の周囲に「死」の影を読み取り、最後は歓楽街へと逃避していくことになる。

二七章、三六章と波に漂う「髪」のイメージが書かれているが、「髪」と同様、「水」の世界が「死」への誘いを暗示していたといえるだろう。ただし「水」の世界に入ることは、「男」にとって、「恋の終結」ではあっても、恋の成就ではありえなかったという点に注意する必要がある。常香の心中を恋の成就した形としてとらえ、二七章の「水」が安息をもたらすものであると解釈するなら、三六章は二七章と重なりつつも、ずれが生じているといえる。二七章で想起した髪のイメージも、そして三六章で目にした髪のイメージも、「死」の不気味さを感じさせ、「死」への恐怖を掻き立てる働きをしているといえる。常香の心中に心惹かれながらも、「死」を拒否する「男」の姿が書かれているといえるのではないか。

なお、単行本では、二七章で初めて「情死」という言葉が出てくることが指摘されている。初出では、二一章（「国民新聞」連載45回　明44・9・16）で既に「情死」という言葉が出ていたという。単行本にまとめられる際、二七章がより重要な場面として、作者に認識されたということが出来そうだ。

【参考文献】

堀井哲夫『「髪」の世界』（昭46・4　京都大「国語国文」）、小林一郎『田山花袋研究―博文館時代㈢―』（昭55・2　桜楓社）、岸規子『田山花袋作品研究』（平15・10　双文社出版）、宮内俊介『田山花袋論攷』（平15・10　双文社出版）、小堀洋平『田山花袋「髪」とイプセン「ロスメルスホルム」―水と死のモチーフを中心に―』（平30・6　「花袋研究学会々誌」35号）

（岸　規子）

⑲ 小林秀三《こばやしひでぞう》と家族

小林秀三　『田舎教師』の主人公林清三のモデル。父小林新三郎と母小林ヨシの二男として明治一七年三月一一日に栃木県足利郡小俣村（現足利市）に生まれる。その後一家は埼玉県大里郡熊谷町に移転し、大里高等小学校、埼玉県第二中学校（熊谷中学校　現県立熊谷高校）を卒業した（第2回生）。中学校卒業後、明治三四年四月に北埼玉郡弥勒高等小学校の准教員となった。『田舎教師』で描かれる多くは、そのときの模様である。三七年九月二二日、三年余りの教師生活のあと数え年二一歳で亡くなった。

小林新三郎は秀三の父。小林家は小俣の名家で、城主渋川義勝に仕える藩士小林十郎左衛門を先祖に持ち、それ以来小俣の代官でもあった。新三郎はもともとは機業関係の

明治35年4月撮影　むかって（右）から小林秀三、新島百助（熊谷中学の同級生）、萩原喜三郎（羽生郵便局員・羽生秀之助のモデル）宮内芳子所蔵

仕事をしていたが、足利の大火も一因となって一家は急速に没落する。熊谷へ移って以降は書画骨董を商っていた。昭和三年没。

　小林ヨシ　秀三の母。旧姓石原。秀三の日記を保管した。昭和一七年没。

【関係する主な作品】

『田舎教師』（明42・10　左久良書房）、『再び草の野に』（大8・1　春陽堂）

【作品等との関連】

『東京の三十年』所収の「『田舎教師』」によると、日露戦争従軍から戻った花袋が羽生の建福寺住職だった友人太田玉茗を尋ねた際に、「小林秀三之墓」と記された新しい墓標に目をとめたことが小説執筆へのきっかけとなった。生前の秀三とも面識のあった花袋は、日露戦争中の遼陽陥落の翌日に死んだこの青年について小説を書こうと決意し、玉茗の手元にあった秀三の日記を借りた。花袋は小説の舞台である弥勒や羽生、行田、熊谷といった場所に実際に足を運んで小学校の同僚や清三の両親などに取材をし、さらに空想を加えて『田舎教師』を書き上げた。その際に、この日記が大きな役割を果たした。

　たとえば『田舎教師』の冒頭、中学校卒業前の主人公清三が親友と恋愛について話をする場面を日記とくらべてみると、『田舎教師』が「日記」に忠実であることが理解されるだろう。「日記」中の「天骨」とは、秀三の中学校時代の号である。

　「君はあの『尾花』を知つてるね。」／郁治はかう訊ねた。／「知つてるさ。」／「君は先生にラヴが出来るかね。」／「いや、」と清三は笑つて、「ラヴは出来るか何うか知らんが、単に外形美として見てる事は見てるさ。」（『田舎教師』）

　又曰く、天骨よ、君はかの「尾花」をLoveするかと、我は答ふ否よ、されどせめてもの慰籍に単に外形美として彼を見ると、（「日記」明34・4・4）

『東京の三十年』には、「中学生時代のものと、小学校教師時代と、死ぬ年一年」の分の日記を借りたと花袋は記している。ただし現在私たちが活字で目にできるのは、中学校卒業前から小学校教師となった明治三四年一年間のものと、清三が亡くなった三七年の四月下旬から五月中旬までのもの(ただし、日記本文を紹介するその題目には「日記抄」と記されている)との二冊のみである。

明治三四年三月までの日記には、秀三が中学校生活の最後を過ごす様子が語られる。一月ではたびたびテニスを楽しむ姿、二、三月は三学期と卒業の試験に追われる姿、という具合だ。試験科目として「代数」「物理」「日本歴史」……、といった科目名が並び、「国語」は満点を取ったという記述もある。宮崎利秀によると、秀三の卒業時の成績は卒業生四七人中三六番であった。卒業生の多くが旧制の高等学校や大学に進んで学業を続けるなか、秀三は家庭の経済的な理由で進学をあきらめた。中学校の卒業後、小学校教員になったのは秀三を入れて四人だった。日記の記述に倣う『田舎教師』の言葉を借りると、彼の勤務した小学校は「羽生から車に乗」るほど離れた井泉村役場から、さらに「十町ほど」奥の場所にあった。そのことが『田舎教師』の小林清三を悩ませ、苦しめるのだ。

『田舎教師』において強調されるのは東京と田舎の対比である。「功名」や「理想」「ハイカラ」という言葉と結ばれる東京に対し、清三の勤める小学校が位置するのは「猥褻」「淫靡」「土臭い」……、という言葉で語られる場所である。小説の九章、主人公は日記に「あゝわれ終に堪へんや、あゝわれ遂に田舎の一教師に埋もれんとするか」と記している。小説のタイトルを想起させる重要な一節でもあるのだが、この部分の秀三の日記は次の通りである。

「ア、ア、あゝ!! あ、我れ終にえ堪えんや。ア、我れ終に悪魔の屈に老ひんとする者か」

ときには自作の和歌を記したりもしている明治三四年の日記にくらべると、三七年のものはいささか淡白だ。もちろんその年の二月に始まった日露戦争の影が日記にも見られ、五月六日には「本日徴兵検査、身長五尺三寸四分、体量十二貫五百匁、乙種合格」という記述もある。ただし基本的には天候がまず置かれ、続いてその日の行動や大陸での戦況が簡潔に記されている。『田舎教師』にも見られるように、数多くの動植物の名前の記されていることが特徴の一つといえるだろう。『東京の三十年』には「その死の前一日までつけてある」とあるが、活字になった日記は五月一六日の記述で終わりを告げている。

「贋物の書画を人にはめることを職業にして居るといふことに甚しく不快を感じた」と、ときにきびしい言葉で語られる『田舎教師』における主人公の父親は、その直前にあるように「好人物で、善人で、人に騙され易い」人物としても表出されていた。日記からは離れるが、清三の両親については生前の様子についての証言が残されている。「小父さんは、細面の顔で品のよい優しい人柄で、（中略）掛軸や骨董品を持って知人に売って歩いた」。「小母さんは色の白い丸顔の小柄な人だった。（中略）いつも笑顔をつくっていた。仕立物が上手で、よく近所から仕立物を頼まれていた」といったもので、『田舎教師』で描かれる清三の両親と、やはり通じるところが多いようだ。

『田舎教師』には、「今は―兄も弟も死んでしまった今は」（3章）、「弟は一昨年の春十五歳で死んだ」（12章）、「政一（弟の名）の處にもお参りに行つてもらう」（58章）というように、主人公の兄弟に関する言及がある。小林一郎の調査によると、秀三には四人の兄弟がいたらしい。しかし他の兄弟は養子に出たり幼くて亡くなったりで、秀三が家を継ぐ立場にあったようだ。右にあげた小説中の「政一」に該当するのは、秀三より一回り若い末っ子の「光一」である。彼が亡くなったのは明治三四年の三月で、しかも享年は五歳であった。主人公の亡くなった弟について、花袋がなぜあえて一〇歳の年齢を加えたのかはわからない。

【参考文献】

小林一郎『増補田山花袋　「田舎教師」モデルの日記原文と解読所収』（昭44・1　創研社）、宮崎利秀『「田舎教師」の周辺（上）』（昭50・9　きたむさし文化会）、羽生郷土研究会『「田舎教師」と羽生』（昭51・3　羽生市）、吉田精一・岩永胖ほか『増補　国語国文学研究史大成13　藤村・花袋』（昭53・2　三省堂）、羽生市郷土資料館『文学散歩「田舎教師」』（平10・3　羽生市教育委員会）

（五井　信）

⑳ 羽生・行田

羽生　埼玉県北埼玉郡羽生町（現・埼玉県羽生市）。この地域は明治四年一一月に北足立郡の一部・北葛飾郡・南埼玉郡と合併し埼玉県に改称。羽生町は明治　二年に発足した北埼玉郡に属し、明治二二年四月に上羽生村と合併して北埼玉郡羽生町となる。

行田　埼玉県北埼玉郡忍町大字行田（現・埼玉県行田市）。この地域は室町時代に築城された忍城の城下町として栄え、周辺の諸村と合併しながら成長した。明治二二年四月、北埼玉郡成田町・行田町・佐間村が合併し忍町が発足。昭和二四年五月に忍市として市制が施行されるか、即時改称し行田市となる。

【関係する主な作品】

『田舎教師』（明42・10　左久良書房）他

【作品等との関連】

ある実在の地域を舞台として描く文学作品はしばしば「郷土文学」などと称され、当該地域の産業や文化の中で重要な役割を担うと共に地域住民のアイデンティティとして共有されることにもなる。花袋の場合、義兄太田玉茗が在住していた羽生および行田周辺を描く作品をかなりの数残している。とりわけその風土を克明に描き、また「郷土文学」として地域から最も愛されているものを一つ挙げるならばやはり『田舎教師』ということになろう。

「四里の道は長かつた。其間に青縞の市の立つ羽生の町があつた」(引用初出、以下同)。この有名な冒頭が示すように青縞(藍染)業で栄えた羽生・行田一帯だが、花袋はその風景を単純に写し取るだけでなく主人公・林清三の心理と重ね合わせる形で虚構化している。周囲を関東平野の山々と田野に囲まれ、初冬になると「寒い寒い西風」が吹き込む羽生・行田の厳しい気候は、林清三の「孤独」や「さびしい心」を呼び起こす。よく指摘されるように、明治後期には地方の教員を主人公として彼らの鬱屈とした心理を描く物語が数多く生み出されるわけだが、その典型でもある『田舎教師』において、羽生・行田の風土は都市からも立身出世の世界からも疎外された地方の代用教員・林清三のフラストレーションを効果的に表象する機能を果たしていると言えよう。

作中において「さびし」さや「辛い悲しいライフ」が営まれる場としての側面が強調される羽生・行田だが、この地域が『田舎教師』愛読者を魅了して止まない「巡礼」の地でもあることは昭和一三年、四月の横光利一・片岡鉄兵・川端康成の「田舎教師遺跡巡礼の旅」が示す通り。羽生・建福寺内に存在する小林秀三の墓碑や「田舎教師巡礼碑」、行田・水城公園内の文学碑など、羽生・行田に残された文学碑類は今なお『田舎教師』を始めとする花袋作品の愛読者を迎え続けている。

【参考文献】

羽生・行田の虚構化について考える上では、小林一郎『増補田山花袋「田舎教師」モデルの日記原文と解読所収』(昭44・1　創研社)や宮崎利秀『「田舎教師」の周辺(上)』(昭49・12　きたむさし文化会)は必読。小堀洋平『写すことと編むことのあいだ―「田舎教師」における風景描写の形成―』(『田山花袋　作品の形成』平30・2　翰林書房)は、作中の風景描写を踏査の結果やモデルの日記の反映として単純視することの危うさを指摘する重要な論。羽生郷土研究会編『「田舎教師」と羽生』(昭51・3　羽生市)や同『文学散歩「田舎教師」』(昭62・3　羽生市教育委員会)、原山喜亥『田山花袋―羽生ゆかりの作品をめぐって』(平20・7　私家版)のように、「田舎教師」の「郷土文学」としての側面を掘り下げる仕事も数多い。また、羽生・行田関連の論考を多数掲載する「田舎教師研究」(昭54・3～同・60・9　田舎教師研究会)の中でも、例えば大沢俊吉『「田舎教師」と行田―行田人としてのノート―』(第4号)は発表当時の行田における反響に触れており貴重である。

(出木良輔)

㉑ 建福寺《けんぷくじ》・太田玉茗《おおたぎょくめい》

建福寺　埼玉県羽生市南一丁目三番二一号。曹洞宗、北足立郡箕田村宝持寺の末寺。開山は角芸洞麟《かくうんとうりん》和尚、天正年間に創建。

太田玉茗（明4・5・6〜昭2・4・6）忍町（現・行田市）下忍三五二番地に父伊藤重利（元忍藩士、後に大蔵省勤務）、母とらの八人兄弟姉妹の次男として出生。幼名は蔵三。明治12年に持田村（現・行田市）浄土宗正覚寺に預けられた後建福寺の太田玄瞳の下に移る。明治一九年に太田家に入籍、太田玄綱と改名。その後曹洞宗専門本校大学林（現・駒沢大学）を経て、明治二三年に東京専門学校（現・早稲田大学）文学科に入学。この年四月に上野・無極庵で開催された穎才新誌投書家春季親睦会で花袋を知り、終生の友となる。明治三二年一月には妹・里さが花袋と結婚。花袋は玉茗の義弟ということになる。

【関係する主な作品】

『田舎教師』（明42・10　左久良書房）他

【作品等との関連】

花袋の作品を複数読み進めてゆく読者は、おそらくそう遅くない段階で「建久寺」（『春潮』明36・12　新声社　引用初出、以下同）や「清龍寺」（『おし灸』明42）あるいは単に「田舎の寺」（『縁』明43）などと呼ばれる地方の寺や、そこで住職を務める登場人物と出会うことになる。そのモデルが羽生の建福寺および第二三世住職・太田玉茗であること、そして彼が花袋の知己であり埼玉最初の近代詩人として知られる人物でもあることは周知の通り。玉茗が住職として羽生に移るのは明治三二年五月。花袋は頻繁に建福寺を訪ね、玉茗との交友を楽しんでいる。「この寺ほど私に休息を与へて呉れるものはない私に取つては此上もないすぐれた幽栖である」（『家鴨の水かき』大6・2　「新潮」）という記述が示すように、建福寺訪問は花袋にとって無類の慰藉だった。

研究史上特に注目されてきたのは明治二七年一二月五日の訪問である。日露戦争従軍を経た花袋はこの日建福寺を訪れ、小学校教員・小林秀三（明17・3・11〜37・9・22）の墓碑に気づく。これが『田舎教師』創作のきっかけであること、そして同作に建福寺が「成願寺」、玉茗が「山形古城」として登場することはあまりに有名だ。秀三が残した日記は玉茗の人柄を示す資料としても貴重なので触れておこう。その記述によれば、明治三四年五月一八日に玉茗と初対面した秀三は、二一日に建福寺に下宿することを決め、三一日に移っている。玉茗は秀三に種々の書籍雑誌を貸して読ませた他、詩作の指導依頼にも応え幾度となく「詩談」を交わした。かつて文学青年だった玉茗は、秀三を自身の似姿として見たのかもしれない。日記には「玉茗先生」（10月19日）という呼称も見られ、秀三が玉茗を師の如く敬慕していた様が窺える。人生の師と文学の師、両方の意味が込められていると見るべきだろう。

羽生市が平成一九年から募っている「ふるさとの詩」コンクールには「太田玉茗賞」が設けられており、玉茗が郷里の詩人として今なお敬愛され続けている様を知ることもできる。

【参考文献】

花袋と玉茗の関わりを早くに詳らかにしたものとしては、小林一郎『田山花袋研究』（昭51・11　桜楓社）第二冊目「田山花袋と太田玉茗」がある。また館林市教育委員会文化振興課編『花袋周辺作家の書簡集一』（平6・3　館林市）は書簡資料から花袋と玉茗らの交友を探る重要な成果。『田舎教師』のモデルとしての側面から玉茗の生涯と人物像を掘り下げる仕事も数多く、代表的なものに羽生郷土研究会編『「田舎教師」と羽生』（昭51・3　羽生市）などがある。新体詩人としての側面に光を当てるものとしては田舎教師研究会編『太田玉茗詩集』（平8・3　羽生市）や原山喜亥『太田玉茗の足跡』（平25・3　まつやま書房）が挙げられる。

（出木良輔）

㉒ 狩野《かの》益三《ますぞう》ほか

北村量・北村みよ・新島百介・石島郁太郎。

【関係する主な作品】

『田舎教師』（明42・10　左久良書房）

【作品等との関連】

『田舎教師』の主人公小林清三（小林秀三、明17・3・11〜37・9・21）は明治三四年三月に熊谷中学を卒業し、弥勒高等小学校に代用教員として勤めたが、肺を患い二〇歳の若さで亡くなった。本項の狩野益三らは秀三の中学時代の友人とその妹で、秀三の日記に登場する。これらの人達が居たために秀三の幸薄く短い人生はわずかに青春の輝きを保てたのだ。秀三の日記は小林一郎『増補田山花袋』に明治三四年一年分が影印とともに活字化されているが、その他の日記の所在は不明である。小林によれば、三七年の半分を岩永胖が保存していたという。日記と『田舎教師』とでは内容にかなり径庭があるが、本項ではそれには触れない。

狩野益三（明16・7・10〜昭15・4・18）は作中清三の親友加藤郁治のモデルで小説冒頭から登場する。郁治の父は郡視学で清三に代用教員の職を斡旋してくれた人物である。雪子・繁子という妹がある。郁治は東京高師英語科に進学し、飯能高等女学校長などを勤めた。また、益三と清三はArtの君（北村みよ、作中北川美穂子）の恋を争う恋敵であった。

北村量（名前の読み方は不明、明16・5・1〜昭52・12・1）は北川のモデルで、みよ（美穂子、明18・12・4〜不明）という妹がおり、その外にも姉妹があった。小説では明治三四年の冬頃、度々北村の家で友人とその妹たちとでカルタ取りをしたことになっている。しかし実際の北村は熊谷中学を退学し不動岡中学に転校した。そして秀三と同じく弥勒高小の代用教員を勤めた後明治薬学専門学校を卒業し、陸軍薬剤官を務め、陸軍少佐にまで昇進した。戦後は行田の病院に勤めている。日記には「渓舟」の家でカルタ取りをしたとある。渓舟即ち小島周一の家ではなかったろうか。北村の妹のみよ（美穂子）は、狩野と結婚したわけでなく、女子師範を卒業し忍高小に勤め、次いで埼玉県高等小学校に勤務するうちに同僚と結婚し、昭和三五年当時埼玉県児玉郡美里村に健在だという。

小畑のモデルとされる新島百介（明15・12・30～昭9・4・14）は友人の中でも最も親しかった。二二章はすべて小畑からの手紙で構成されていることからもそのことが窺える。秀三のことを何くれと心配し、慰藉した。新島は熊谷中学卒業後、東京高師博物科に進学し、熊谷商業学校長になった。

「鴛鴦文学」（明33・9　作中「行田文学」）編集発行者の薇山石島郁太郎（明18・10・16～昭16・1・31）は作中の石川機山のモデルである。六章に仮に「古骨」という号を用いているが「本当の号は機山と謂つて、町でも屈指の青縞商の息子」で「田舎の青年に多く見るやうな非常に熱心な文学好で」と評される。文学雑誌刊行の相談の席上、薇山は「羽生の成願寺に山形古城」がおり、古城に頼めば原杏花の原稿も貰えそうだと言わせている。建福寺の太田玉茗や花袋ら文壇の名家にも通じる文学雑誌といった気概を感じさせる。玉茗は「鴛鴦文学」創刊号に「甲武日記」を寄稿した。また作中、石川の持って来た雑誌の中に「明星」があり、清三は熱心に読むのに対し石川は明星反対派で清三の明星かぶれを揶揄する。六月二三日の日記に薇山の家で文壇照魔鏡を見たとあるところからの花袋の想像であろう。明治三〇年代前半の熱狂的な明星ブームに対する反発もあろう。実在の石島郁太郎はやはり行田名産の青縞の問屋の息子で、家業を守った。しかし大正中期に家運傾き、店を閉じたという。その後は町会議員や郡会議員を務め、また今津寛之助（作中の沢田、行田に一つの印刷業）とともに行田時報社を起こして出版・言論・地方文化の仕事に携わるなど、多彩な才能を発揮した。ここまで見てくると、秀三の友人たちは最低でも五〇代半ば以上の長命を保ち、それぞれ一定程度の成功を収めている。それに比して為すところなく二〇歳で逝った小林秀三は哀れを極める。

【参考文献】

小林一郎『増補田山花袋「田舎教師」モデルの日記原文と解読所収』（昭44・1　創研社）、小林一郎「田山花袋研究―博文館時代㈢―」（昭55・2　桜楓社）

（伊狩　弘）

㉓ 平井《ひらい》鷲蔵《わしぞう》・関根《せきね》（速水《はやみず》）義憲《よしのり》・大塚知平《おおつかともひら》

弥勒高等小学校校長であった平井鷲蔵（慶応3～昭5）は『田舎教師』において校長のモデルとなった人物。関根義憲（明16～昭45）は関訓導、大塚知平（明10～没年不詳）は大島訓導・校長次席のモデルとなった教員である。

平井鷲蔵は、大利根町北下新井（旧元和村）の素封家大塚鷲太郎の子息で、平井家の養子となり教職に就いた。弥勒高等小学校では校長として勤務し、訓導をも兼ねて教育に従事した。教育標語は「自彊不息」であったという。その後は村君小学校の校長となった。

関根義憲は私立埼玉中学校卒業後、明治三六年六月に弥勒高等小学校に代用教員として赴任した。明治三七年、三田ヶ谷の速水家に婿養子として迎えられ、以後速水姓となる。昭和一〇年に准神官、一四年に正神官の資格を得て神職を務めながら、「羽生市むじなも保存会」会長として植物の研究にも打ち込んだ。

大塚知平は埼玉師範学校を明治三二年に卒業し、広田尋常小学校に訓導として勤務後、弥勒高等小学校には秀三の赴任する五日前の四月二〇日に着任した。二年余で加須高小へ転任。以降は秩父の国神、尾田蒔、高篠等の尋常高等小学校に校長として勤めた。

【関係する主な作品】

『田舎教師』（明42・10　左久良書房）

【作品等との関連】

『田舎教師』は、明治中頃の一青年、林清三を主人公とする。彼は家の貧しさゆえに文学への憧れを抱きつつも、羽生の弥勒高等尋常小学校の代用教員となる。上級学校に進む同級生を羨望しつつも、友人たちと同人誌を刊行し、理想をなお追い求めたがその「行田文学」も廃刊となる。上野の音楽学校への進学をも試みたが合格はできなかった。田舎で教師として生きることを決意するが、既にその身体は結核に罹患していた。日露戦争の行方を気にかけつつ、衰弱の一途をたどった清三は、町が遼陽占領の祝祭で賑わう中、その一生を終えた。

作中で清三の赴任先は「三田ケ谷村弥勒高等尋常小学校」と記されているが、モデルとなったのは三田ケ谷・村君・今泉の連合村による組合立の弥勒高等小学校であり、尋常科は併設されていなかった。『羽生市史』下巻（昭50　羽生市）の記述によれば、弥勒村字五軒に同校が設置されたのは明治二〇年である。「埼玉県報」に明治二一年一月二一日の開校式記事がある。二六年八月、大越村は弥勒高等小学校の学区から分離し、高等科を大越尋常小学校に設置する。生徒数の増加が要因であった。四二年三月組合立高等小学校を廃止し、三田ケ谷・村君両村は尋常小学校に高等科を設置した。井泉村（今泉・発戸）の生徒は羽生高等小学校に、北萩島の生徒は広間尋常小学校に移った。建物は大正二年二月に消失したが、昭和二九年、弥勒高等小学校跡に「田山花袋作　田舎教師由縁之地　弥勒高等小学校址」の碑が建てられた。文学碑の後ろに「明治十九年四月」開校、「四十二年三月」廃校と刻まれたため、高等小学校が第一次小学校令により制度化された明治一九年を同校創立とする年表もある。この碑には「絶望と悲哀と寂寞とに／堪へ得られるやうな／まことなる生活を送れ／絶望と悲哀と寂寞とに堪へらる如き勇者たれ／運命に従ふものを勇者といふ」（／は改行、40章より）の一節が刻まれている（風化が進み、平成21年建て替え）。この碑の斜め向かいに「田舎教師の像」が建てられたのは昭和五二年のことであった。

『田舎教師』は、青年教師小林秀三の日記に基づいて、花袋が現地踏査を行って上梓された小説であるが、岩永胖『田山花袋研究』（昭31・4　白楊社）、『自然主義文学における虚構の可能性』（昭43・10　桜楓社）で「仮構」とされ、また小林一郎『増補田山花袋「田舎教師」モデルの日記原文と解読所収』（昭44・1　増補版、初版刊行は昭38・12　創研社）で「創作方法」として分析されているようなモデルとの差異が作品にはある。それは校長、関訓導、大島訓導・校長次席においても同様である。例えば「やさしい眼色と、莞爾した円満な顔には、初めて逢つた時から、人の好さ、うなといふ感を清三の胸に起させた」（9章）という好人物として描かれる関訓導は、関根義憲の方が小林秀三よりも後に着任しているという事実とは異なる設定となっており、信頼できる先輩教員として造型されたものと考えられる。

その一方で『田舎教師』には、清三の文学への憧れや立身の願望との対比において、校長や同僚の教員たちが描かれる側面がある。校長との対面が「学校教授法の実験に興味を持つ人間と、詩や歌にあくがれて居る青年とがかうして長く相対して坐つた」（3章）とその対照性が強調されるのもその一例である。

対比の構造はこの後、浦和の師範学校から講師を招いた講習会に、校長、大島、関、清三の四名が出席（15章）した後、上町の鶴の湯で「各小学校の評判や年功加棒の話」、「郡視学の融通の利かない失策談」が一座を笑わせる中で「清三に取つては、此等の物語は耳にも心にも遠かつた。年齢が違ふからとは言へ、かうした境遇にかうして安んじて居る人々の気が知れなかつた。かれは将来の希望にのみ生きて居る快活な友達と、これ等の人達との間に横はつて居る大きな溝を考へて見た」という場面にも示される。

しかし、『田舎教師』に点描される、校長の部屋に「学校管理法や心理学や教育時論の赤い表紙などが見えた」（3章）という教育関連の書物への関心、あるいは二〇章で描かれ、後に「秋晴」（明43・2「文章世界」）で引用される「弥勒の先生達はよく生徒を運動に此処につれて来た」という利根川土手の光景といったものは、当時の教員たちが教育理論を追究するとともに、身体教育・野外教育を実践的に取り入れていたことが反映している。

平井鷲蔵は、弥勒高等小学校奉職の後、村君小学校の第五代校長となったが、同校は大正三年一〇月一七日埼玉県知事より選奨される有名校となったという（増田光雄「平井鷲蔵―作中弥勒校の校長」　羽生郷土研究会編『「田舎教師」と羽生』昭51・3　羽生市所収）。

また速水義憲は、インドで発見され、日本では牧野富太郎が最初の発見者となった食虫植物ムジナモが、羽生市に自生しているという仮説を実証した。羽生市むじなも保存会編集・発行『羽生市のムジナモ』（昭38・5）には会長として寄稿した「羽生市に於けるムジナモ発見の動機」が収録されている。その中には「明治大正の頃は、植物の実地指導に当る中等学校教諭は少くともその府県内、小学校訓導は在任校を中心に、半径二里くらいの範囲内の植物を熟知していなければならないとされていた」という当時の理科教育に関する記述がある。そして地理科指導法、体育指導法を研究した後に、植物の研究を有志で行うべく久喜高女校長高柳悦三郎の指導を仰いだことも記されている。速水義憲による利根川沿岸沼地のムジナモ自生の発見も、熱意ある教育研究を重ねる中でもたらされた成果だったのである。

【参考文献】

小林一郎『増補田山花袋「田舎教師」モデルの日記原文と解読所収』（前掲書）に、関根義憲が明治三七年に赴任しているといった創作部分が取り上げられている。また速水義憲に直接会い、調査を行った丸野彌高『「田舎教師」の踏査』（昭27・9「文学研究」）『田山花袋と田舎教師』（「明治大学人文科学研究所紀要　第3号」（昭30・3）がある。羽生郷土研究会編『「田舎教師」と羽生』（昭51・3　羽生市）の「V『田舎教師』に登場する羽生の人々」に収録された、柿沼保雄「速水義憲―作中関准訓導―」、増田光雄「平井鷲蔵―作中弥勒校の校長―」、そして田舎教師研究会の会誌「田舎教師研究」により、弥勒高等小学校の教員たちの経歴や人物像、教育理念を詳しく知ることができる。

昭和五三年九月、建福寺で小林秀三七五回忌が営まれた日に設立された田舎教師研究会により「田舎教師研究」は昭和五四年三月に創刊された。第一号に、平井彊『父を語る』、第二号（昭54・8）に三田一也『平井鷲蔵先生の思い出』、同号『モデルの横顔　大塚知平（作中・大島訓導）』、第三号（昭55・4）に綱島憲次『故平井鷲蔵先生の思い出』、第四号（昭55・9）に速水決『父とどろやなぎ』が収録されている。また、第五号（昭56・9）表紙は小林翠葉（嗣幸）による「弥勒高等小学校長平井鷲蔵の擦筆画」、第六号（昭57・8）表紙は野本昌男による「秀三の同僚〝関先生〟のモデル速水義憲の肖像画」、第七号(昭60・9)表紙はT・Uchidaによる「弥勒高等小学校次席〝大島先生〟のモデル大塚知平の肖像画(1920・9)」となっている。

「田舎教師研究」は第七号刊行の後、休刊時期を経て「弥勒野」と改題され、第八号が刊行された(平4・9)。この号は「平井鶯蔵特集」の副題で編纂され、既刊号の回想録と速水義憲「平井外記の墓」(初出は『北山辺漫歩』昭和34)が再録された。その後、田舎教師研究会編による『「田舎教師」小林秀三　百回忌記念誌』(平15・9)『「田舎教師」出版百年記念誌』(平21・10)が刊行されている。

羽生市教育委員会主催による、羽生市立郷土資料館・第七回特別展示「田舎教師と羽生」開催に併せて、埼玉新聞では「田舎教師と羽生」(平4・10・6~10・17、全10回、第6回は宮内芳子「弥勒高等小学校運動会」)が連載された。近年では羽生市立郷土資料館「『田舎教師』の世界」の周辺の登場人物に関するコーナーで平井鶯蔵・速水義憲の肖像・略歴が作中の言葉と共に展示された。

(高野純子)

㉔ お種さんの資料館

【関係する主な作品】

『田舎教師』(明42・10　左久良書房)

【作品等との関連】

お種さんの資料館は、埼玉県羽生市弥勒の円照寺境内にある。同資料館は、『田舎教師』における小料理屋小川屋のお種のモデルとなった小川ネン(「かね」または「ねかさん」とも通称された)の関係資料を中心に展示している。なお、ネンとその周辺人物の書簡、ネンの使用した日用品等のほか、弥勒高等小学校関連資料など、『田舎教師』と羽生をめぐる資料を幅広く観覧に供している。同館は、昭和四八年、円照寺境内に「お種さんの墓」が建立されたのに続き、五六年に開館したものである。

小川ネンは、明治九年三月一一日、新潟県刈羽郡悪田《あくた》村(現柏崎市)に、父治郎作、母ケサの長女として生れた。二一年、父が杜氏として酒造業深井氏に招かれたのを機に一家で弥勒村に移住。二三年、下村君《しもむらきみ》の小堀友右ヱ門と結婚するも、二五年に離婚、母が開いた小川屋で働く。三四年には『田舎教師』の主人公林清三のモデル小林秀三が弥勒高等小学校に赴任、ネンは小川屋から弁当を運ぶなどして面識が生じた。下って昭和三七年一月九日にネンは没している。

花袋が『田舎教師』の素材とした小林秀三日記には、小川屋およびネンに直接触れた箇所はないため、小説中のお種をめぐる叙述は花袋の踏査・伝聞に虚構を交えたものと推測される。作中、お種は次のように描かれている。清三が弥勒に移った最初の夜、お種が小川屋から弁当を運んできた場面には、「清三は、其処に立つて居る娘の色白の顔を見た。（略）娘は莞爾《にこ〳〵》と笑つて見せた。評判な美しさといふ程でもないが、眉の処に人に好かれるやうに艶な処があつて、豊かな肉づきが頬にも腕にも露はに見えた。」（3章）とある。作品中盤では、「つひ此間まで居た師範出の教員が小川屋の娘に気があつて、毎晩張りに行つた話」（29章）も伝えられる。結末近く、病を得た清三が最後に学校に俸給を受取りに来た場面に、「小川屋にはもう娘は居なかつた。此春、加須の荒物屋に嫁《かたづ》いて行つた。」（57章）とあるのは虚構だが、主人公の教員生活の始めと終わりに言及されていることが、お種の作中における役割として重要である。

【参考文献】

丸野弥高『田山花袋と「田舎教師」』（昭30・3「明治大学人文科学研究所紀要」）、小林一郎『田山花袋「田舎教師」モデルの日記原文と解読所収』（昭38・12 増補版昭44・1 創研社）、宮沢義治『小川ネン――作中小川屋のお種さん――』（『田舎教師』と羽生』昭51・3 羽生市）、塚越久雄『「お種さん」の思い出』（昭60・9「田舎教師研究」）（小堀洋平）

㉕ 弥勒高等小学校

【関係する主な作品】

『田舎教師』（明42・10 左久良書房）

【作品等との関連】

埼玉県羽生市弥勒にあった学校で、明治一九年四月創立され、明治四二年四月に廃校。跡地には、その学校の概略が示された案内と文学碑が存在する。案内には次の文言が掲載されている。

「弥勒高等小学校跡（田舎教師由縁之地）

田山花袋の『田舎教師』主人公のモデルといわれる小林秀三はこの弥勒高等小学校で、明治三十四年四月二十四日から三十七年九月二十二日までの三年余り教べん（原文ママ：引用者注）をとった文学青年である。大志を抱きながらも空しく没した新鮮で多感な若者を羽生の人は「埼玉の啄木」とたたえている。

田舎教師を敬慕する人たちや教え子たちの恩師をしのぶ美しい心が結実して、この碑が建てられたのである。（以下後略）」

また、文学碑には「絶望と悲哀と寂寞とに堪へ得られるやうなまことなる生活を送れ　運命に従ふ者を勇者といふ」と刻まれている。付近には田舎教師の銅像も建つ。このように、『田舎教師』テクストの素材となった小林秀三が三年にわたり勤務していた学校ということで、その内容が色濃く反映された場所として現在も存在し続けていることがうかがえる。校舎は取り壊され見る影もないものの、一帯ののどかな光景とあいまって、テクストの多くの場面を想起させられる。テクストが人気を博したのは、テクスト自体の完成度の高さのみならず、主人公として据えられた林清三の真摯なふるまいが奏功しているものと思われるが、その陰には、モデルとされた小林秀三が恋や人生に悩み貧しい生活と葛藤を抱えながら懸命に過ごした日々があることは確かだ。

学区は三田ヶ谷村君井泉中島とあり、その地域からかよう児童のなかには、日本画家として名を馳せた小林三季や、主人公のモデルとされた小林秀三から教えを受けた大越もん女史がいる。

【参考文献】
羽生市郷土研究会編『「田舎教師」と羽生』（昭51・3　羽生市）、小林一郎『田山花袋研究―博文館時代㈢―』（昭55・2　桜楓社）、柳田泉『田山花袋の文学一』（昭32・1　春秋社）、『文学研究パンフレット　花袋とその周辺』（昭59・12～平21・10　文学研究パンフレット社）

（黒澤佑司）

㉖ 田舎教師の像

【関係する主な作品】
『田舎教師』（明42・10　左久良書房）、『東京の三十年』（大6・6　博文館）、『インキ壺』（明42・11　左久良書房）

田舎教師の立像

【作品等との関連】
物語『田舎教師』は、中学を卒業した林清三が強い向上心を持ちながら、家庭の貧しさのため田舎の小学校代用教員として赴く。はじめの三年間を、文学者の道か、音楽学校への進学かと転身を試みるが、両方とも挫折する。やがて田舎で子供相手の生活の良さに目覚めるが、既に清三の身体は、結核に冒されていた。世間は日露戦争に一喜一憂しながらも日本の遼陽占領を祝う中、清三は二四年の生涯をひっそりと終える。

田舎教師の像は、この林清三をもとに埼玉県在住の彫刻家法元《ほうが》六郎《ろくろう》（明41・7～平16・1）が、昭和五二年に羽生市弥勒に造ったもの。法元は、東京美術学校彫刻科卒業で、木彫を高村光雲らに、塑像を朝倉文夫に師事。太平洋戦争期、鹿児島県大隅半島佐多岬の守備隊で終戦を迎える。主な業績に、昭和四八年七月(65歳)、東京芸術大学創立九〇周年記念　彫刻科卒業制作の歴史展に、「静寂」を出展。昭和五〇年一二月(66歳)、海音寺潮五郎文学碑(鹿児島県立加治木高等学校)を建立。昭和五四年(71歳)、与謝野鉄幹晶子文学碑を加治木町の性応寺に建立。平成三年(83歳)、スリランカ国ジャヤワルデネ前大統領顕彰碑を鎌倉市の高徳院境内に建立など。

田舎教師の立像は、ブロンズ仕様である。この人物像の背景には、利根川流域のゆったりとした自然があり、その対比に個人の悩みが浮き出るような仕掛けになっている。像は、下駄を穿き、手にはふろしきつつみ、木綿の羽織に袴姿である。羽生から学校へ向かって歩いてくる姿だと、若月忠信は解説する。物語にリアリティを覚える読者なら、一度目の当たりにしたい立像でもある。

『田舎教師』のモデル小林秀三が眠る羽生市建福寺に記念碑が建てられ、そこから車で一〇分ほどの六キロのところに弥勒小学校跡がある。この一隅に、昭和二九年五月建碑の「田舎教師由縁之地」文学碑がある。尚物語『田舎教師』の中に清三勤務の弥勒小学校の近くに小川屋という食堂が登場する。ここで学校の宴会などもした。清三も馴染みの客であった。若月忠信によると、この小川屋の家族は、現新潟県柏崎市から明治二一年に五人で移住してきた経緯があったという。物語とは言え、奇妙に現実感を与える根拠があったことを若月は解説している。

【参考文献】

法元仁『彫刻家法元六郎作品集』(平24・10　灯台企画)、葛山人・LMN　XYZ『「田舎教師」合評』(明42・11・7「読売新聞」)、若月忠信『新潟名作慕情55　田山花袋「田舎教師」上』(「新潟日報」平11・9・10)、小林一郎『田山花袋研究―博文館時代(三)―』(昭55・2　桜楓社)、田山花袋『近作十五篇』(明43・5　博文館)など。

(千葉正昭)

㉗ 国木田独歩

明治四年七月一五日(新暦8月30日)~同四一年六月二三日(生年月日に異説あり)。本名、哲夫。東京専門学校(現早稲田大学)中退後、大分・佐伯での教師生活などを経て、国民新聞の記者として日清戦争(明27~28)に従軍。従軍記(のちの『愛弟通信』明41・11)が好評を博す。従軍記者たちを招く晩餐会で佐々城信子と出会い、恋愛を経て二八年末に結婚。だが翌二九年四月に信子が失踪。半年足らずの結婚生活に終止符を打つ。同年一一月一二日、独歩が当時居を構えていた渋谷村の「丘の上の家」(『東京の三十年』大6・6)で花袋と独歩は初めて対面する。花袋はその文の中で、独歩は当時その家で「お信さんにわかれた後の恋の傷痍を医してゐた」と回想している。その家での郊外生活を契機として独歩の代表作『武蔵野』（原題『今の武蔵野』明31・1・2）は生まれた。三〇年四月二一日から六月二日まで二人は日光照尊院で共同生活を送り、この間に詞華集『抒情詩』（明30・4）が刊行された。その中に独歩は『独歩吟』の総題で二二篇、花袋は『わが影』の総題で四一篇の新体詩を収めた。また同年五月には、独歩が二六年から綴ってきた日記を擱筆。これが独歩没後、花袋も校訂に携わり刊行された『欺かざるの記』（前篇　明41・10、後篇　明42・1）である。また、日光滞在中に最初の小説『源叔父』（明30・8）を執筆した。翌三一年八月、帰京後に住んだ下宿先の隣家の娘・榎本治子と結婚、生涯連れ添うこととなる。三二年一月には、花袋が太田玉茗の妹・伊藤里さと結婚するに際し、婚姻届の証人になった。独歩と花袋の親密な交際は独歩の死まで続く。龍土会での交流は無論のこと、独歩主宰の「新古文林」に花袋が、花袋主宰の「文章世界」に独歩が寄稿するなど、文学者として切磋琢磨しあった。独歩に肺結核の兆候が現れたのは三九年一二月末。翌四〇年六月に湯河原で一時静養した際には、花袋が独歩を訪ね一泊した。その後、茨城・湊町での転地療養の甲斐もなく病状は悪化の一途をたどり、四一年二月に茅ヶ崎の南湖院に入院。花袋は小栗風葉と共に当代作家の選集『二十八人集』（明41・4）を刊行し、病床の独歩を慰めた。六月二三日永眠。葬儀では花袋も弔辞を読んだ。

【関係する主な作品】

『KとT』（大6・1「文章世界」、『東京の三十年』大6・6博文館に収録）、『別る、まで』（明45・1「中央公論」）、『別れてから』（明45・4「中央公論」）

【作品等との関連】

『KとT』は独歩と花袋の日光滞在を背景とする。「K」は国木田、「T」は田山を指し、両者の性格が対照的に描かれている点は、同題材での従前の作品に比して特異である。『別る、まで』は、菅井譲とお雪との破婚を描くが、独歩と佐々城信子との関係を下敷きにした可能性がある。『別れてから』は、信子と別れてから榎本治子と出会うまでの独歩の経歴をモデルにしている。そこには、独歩『わかれ』（明31・10）中の「青年」が小川で「物洗ひ居たる女」に「楓の葉」を幾度も流して摘ませるという趣向が生かされている。

【参考文献】

独歩の経歴については『定本国木田独歩全集』（増訂版昭53、学習研究社）を参照。また田山花袋記念文学館の展示

『KとT　独歩と花袋―二人が生んだ友情と文学』（平29）の図録が参考になる。「KとT」については、『花袋「東京の三十年」の再吟味—その「KとT」の章について—』（昭38・6　岡保生『現代文学序説』2号）の「小説にほかならぬ」との指摘を受け、谷松満子『「KとT」を書く花袋』（令1

「花袋研究学会々誌」36号）がその虚構性を究明している。『別る、まで』と『別れてから』は小林一郎『田山花袋研究』全一〇冊（桜楓社）の『博文館時代㈢』で触れられているが、今後の研究が俟たれる。

（芦川貴之）

㉘佐々城信子・国木田治子ほか

佐々城信子　明治一一年七月二〇日～昭和二四年九月二二日。国木田独歩の最初の妻。医師の佐々城本支とその妻で婦人運動家の豊寿との長女。明治二八年六月佐々城家で従軍記者を招いた晩餐会にて独歩と出会い、同年一一月両親の反対をふり切り結婚。独歩が「刃物を私に突きつけて結婚を強いる」と従姉妹の星良（相馬黒光）に語ったとされ（相馬黒光『黙移』昭11・6）、一筋縄ではいかない結婚までの道のりだった。だが、翌年四月に離婚。この間の独歩側からの見解は信子宛書簡や日記『欺かざるの記』に詳しい。三〇年一月、独歩の子、浦子を出産。元夫の独歩が浦子の存在を知った契機には「報知新聞」に報じられた一連のスキャンダルがあった。それこそ、ヒロインの葉子がアメリカ行きの船の事務長、倉地と不倫関係に至る有島武郎『或る女』のモデルともなった『鎌倉丸の艶聞』である。三四年四月と六月に相次いで父と母を亡くした後、親族に促されて婚約した森広の元へ行くために渡米、しかしその船の事務長・武井勘三郎と親密になり上陸しないまま共に帰国した。独歩はこの記事の連載と時期が重なる形で、信子と武井をモデルにした『鎌倉夫人』（明36・10・11）を発表、『或る女』の成立に生かされたことが知られる。

国木田治子　明治一二年八月七日～昭和三七年一二月二二日。旧姓、榎本。明治三一年八月に入籍した独歩の二人目の妻であり、独歩が亡くなるまで連れ添った。独歩の友人の岡落葉に「実に感心な方で、独歩氏にとつては内助の功が大きい」（『独歩氏が生涯の半面』『国木田独歩』明41・7「新潮」）と言われるなど周囲に評判の妻であった。治子の側からの独歩についての証言に『国木田治子未亡人聞書』（昭37・11「立教大学日本文学」9号）があり、浦子の来訪やその後にも触れている。独歩による文学的な感化も与って小説家としても活動。特に夫の出版社・独歩社の経営が悪化し破産に至るまでを記録した小説『破産』（明41・8）が知られる。独歩没後には『独歩書簡』（明43・5）『独歩小品』（明45・5）等の編に携わり、独歩研究の前提となる基礎を築いた。

他、独歩と親密な関係にあった女性は前記二者以外に富永富枝と奥井君子がいる。前者は治子と入籍する前後に、後者は明治三六年から四一年に独歩が亡くなるまで関係があった。前者は、独歩が三〇年九月二一日の花袋宛書簡の中に「何卒々々万々御秘密に」と記しその存在を隠し立てしていたと言われ、後者は、病床に就いていた晩年の独歩の世話を治子と交互にしていた「お君さん」として花袋が『独歩の死』（『東京の三十年』大6・6）に書き留めている。

【関係する主な作品】

『別るゝまで』（明45・1「中央公論」）、『別れてから』（明45・4「中央公論」）、『KとT』（大6・1「文章世界」）、『東京の三十年』大6・6　博文館に収録）

【作品等との関連】

『KとT』には、K（国木田）が「お信さんを短刀でぐさとさした夢」をT（田山）に語ったのち短刀を持ち歩く場面がある。前掲『黙移』に加えて、治子が『家庭に於ける独歩』（前掲『国木田独歩』）で、ある社長と喧嘩した末に「短刀を持ち出し之れから行つて殺して来る」と言い出して独歩が聞かなかった出来事を回想している。よって花袋は、離婚後の独歩から短刀で信子を刺すといった空想を聞かされていた可能性がある。それが『別るゝまで』の結末、破婚の果てに譲がお雪を切りつける場面に生かされたか。

【参考文献】

信子の生涯は阿部光子『『或る女』の生涯』（昭57・12　新潮社）、その文学作品との関連は中島礼子『国木田独歩の研究』（平21・7　おうふう）、独歩の女性関係や治子の作家活動ついては中島礼子『国木田独歩と周辺』（令1・7　おうふう）に詳しい。

（芦川貴之）

㉙ 水野仙子

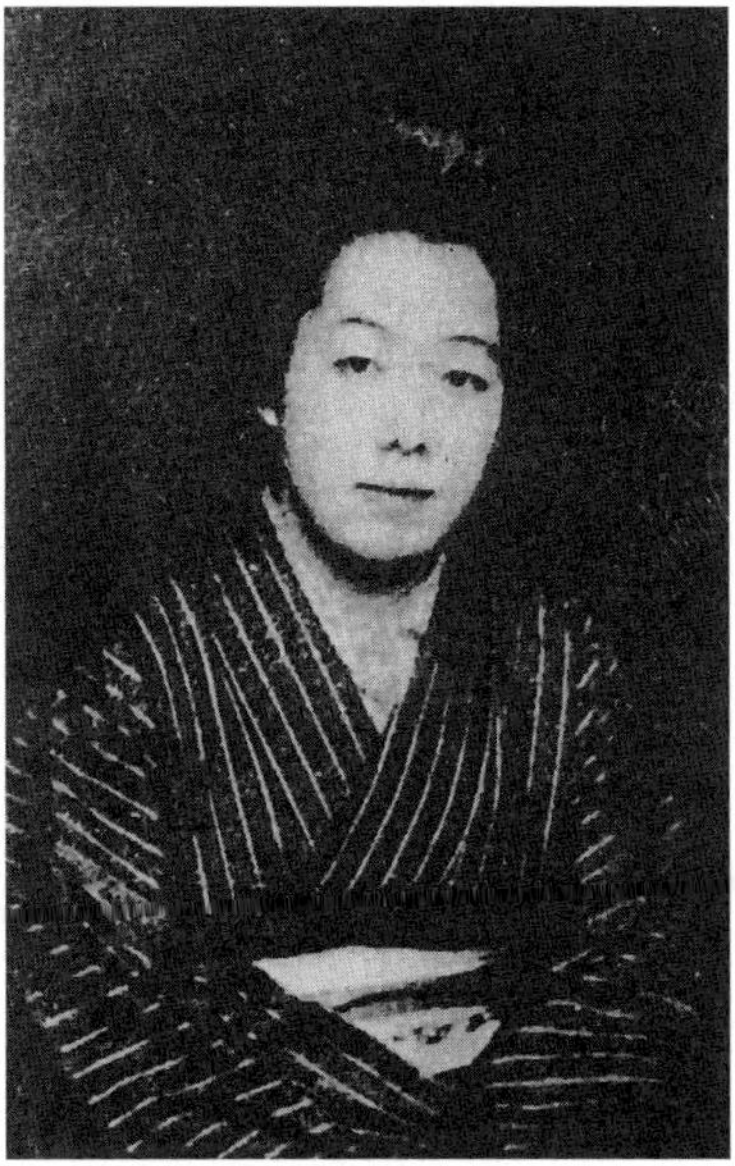

水野仙子（服部テイ）

【関係する主な作品】

水野仙子『四十余日』（明43・5「趣味」）、『幼きもの』（明45・1「早稲田文学」）、田山花袋『河ぞひの春』（大8・1・1〜同・4・30「やまと新聞」）

【作品等との関連】

田山花袋の弟子であった水野仙子（本名服部テイ　明21〜大8）は、福島県須賀川市の作家である。知る人の少ないといわれている作家ではあるが、福島県や須賀川市、また群馬県の館林市などで、現在も水野仙子について、作品の掘り起こしや地道な研究が熱心に続けられており、決して、忘れられ埋もれてしまった作家ではない。今では、水野仙子

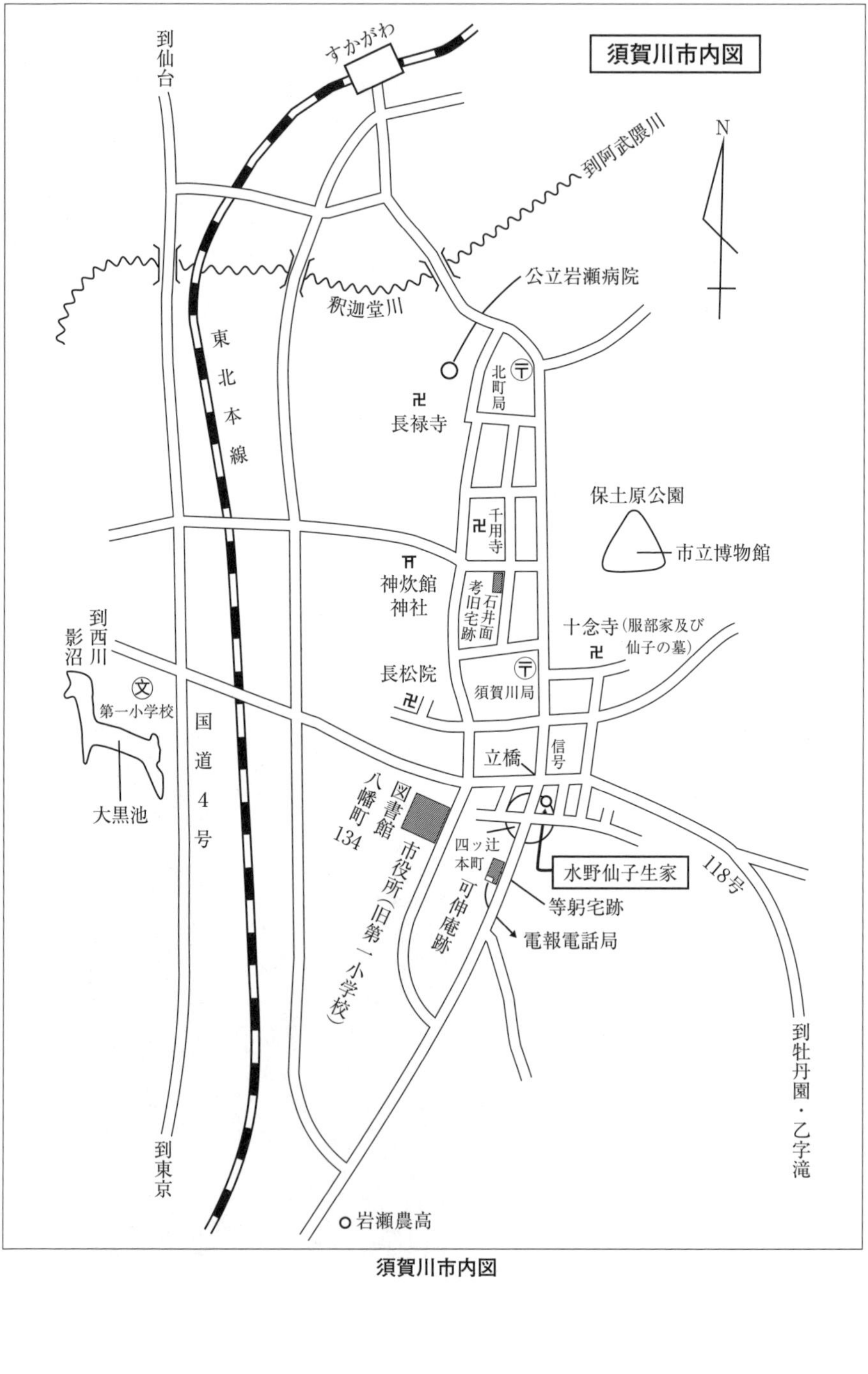
須賀川市内図
すかがわ
到仙台
到阿武隈川
N
釈迦堂川
公立岩瀬病院
東北本線
北町局
長禄寺
保土原公園
市立博物館
千用寺
神炊館神社
石井面考旧宅跡
十念寺（服部家及び仙子の墓）
到西川影沼
第一小学校
長松院
須賀川局
国道4号
立橋
信号
大黒池
図書館
八幡町134
市役所（旧第一小学校）
四ッ辻本町
水野仙子生家
118号
可伸庵跡
等躬宅跡
電報電話局
到東京
岩瀬農高
到牡丹園・乙字滝

須賀川市内図

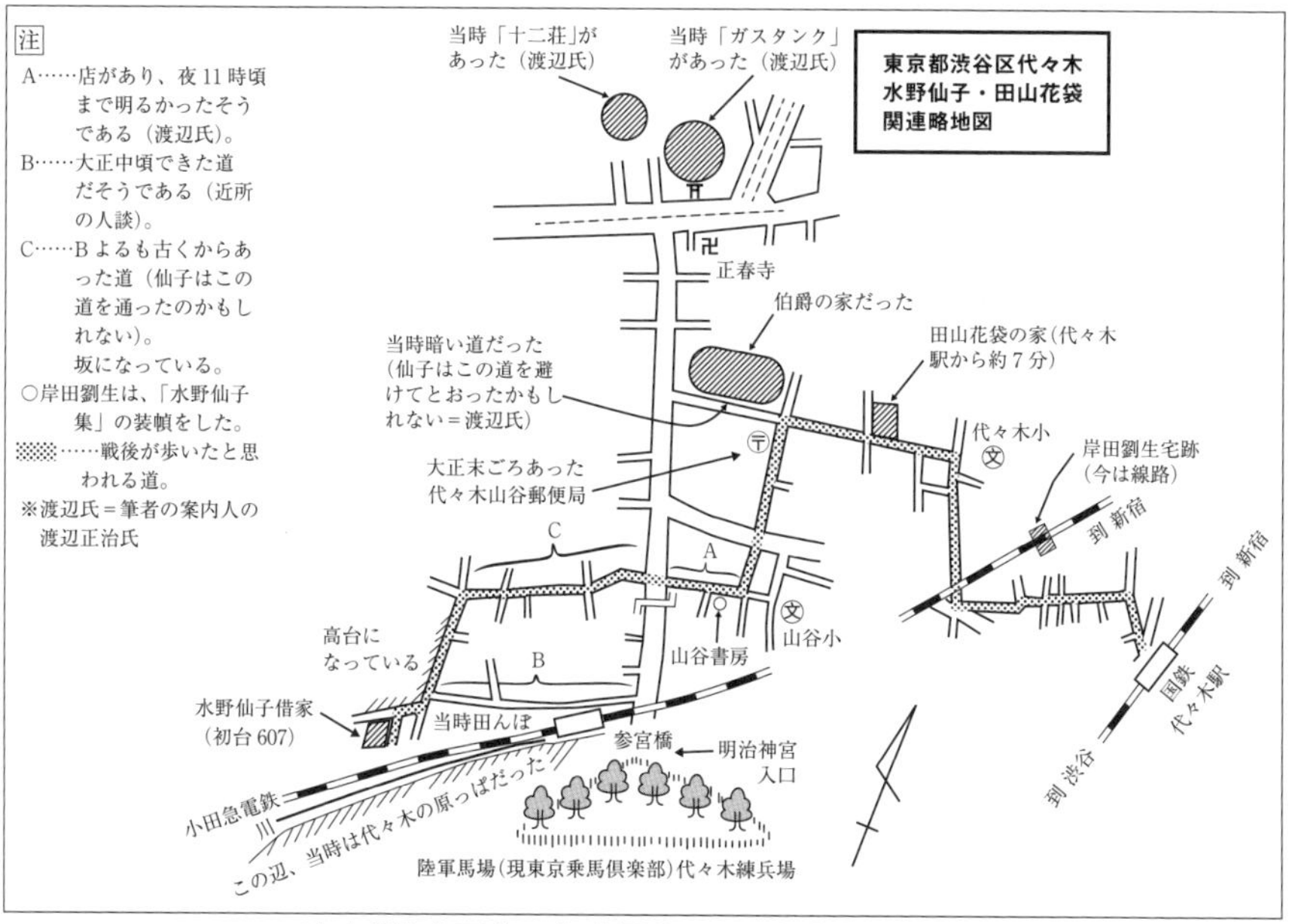

東京都渋谷区代々木 水野仙子・田山花袋関連略図

とその家族や、田山花袋をはじめ、仙子を取り巻く人々との詳細な関係も明らかにされてきている。

十歳代の頃から、投稿雑誌に作品を送り続けた水野仙子は、「少女界」や「女子文壇」、また田山花袋が主筆の「文章世界」に作品を投稿し、『お寺の子』や『徒労』で花袋に認められる。その縁で、花袋を訪ねて二一歳で上京した仙子は、花袋家に寄宿したり、花袋家近くの代々木初台の長屋の一軒に住んだりして、作品を発表し続ける。しかし、惜しくも病気により、三〇歳の若さで亡くなってしまったことが、なんとしても悔やまれる。

仙子の作品は、「生の根源」を問うものが多く、投稿を始めてから約一三年間の短い作家生活の中で、九〇を超える作品を残している。その作品は短編小説に該当するものであるが、仙子が長編小説を書いていたらどのような作品になっただろうか、というようなことを想像してみるのも面白い。水野仙子の『お三輪』（大7）という作品を読むと、田山花袋の長編小説『河ぞひの春』（大8）のような作品を書いたのではないかと思えるのである。というのもこの二つの作品は、旅館で働く一人の女性を主人公にして、その生き様を描いており、長編と短編という違いこそあれ、とてもよく似ているからである。仙子は花袋の家を出てからも近くの借家に住み、頻繁に花袋家を訪ねていたようであるところからも、二人が互いに影響しあっていたことが想像

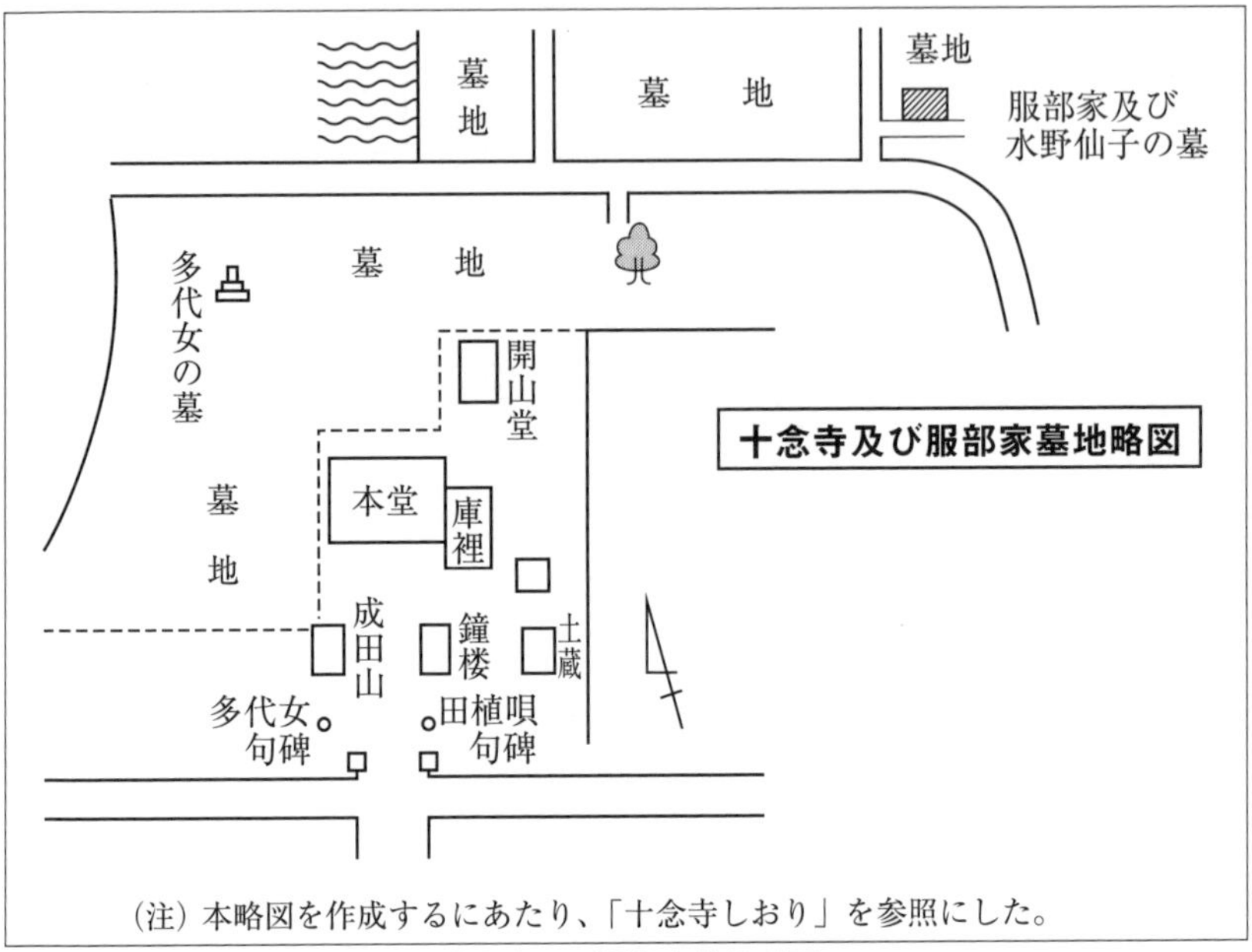

（注）本略図を作成するにあたり、「十念寺しおり」を参照にした。

十念寺及び服部家墓地略図

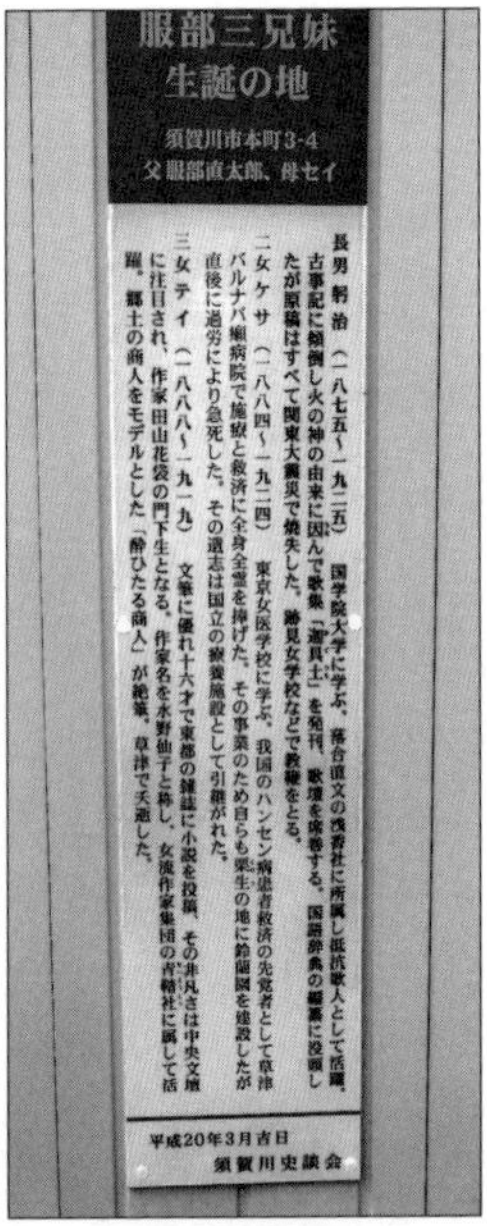

現生家跡地

できる。花袋と仙子が文学について、どのような話をしていたか、知りたいところである。また、仙子は花袋の作品を全て読んでいたのだろうか、気に入った作品はあったのだろうか、この辺りも知りたい。ともあれ、仙子の作品とその師花袋の作品とを比較してみることも興味深いところである。水野仙子入門としては、まず『水野仙子集』（大9・5　川浪道三編　叢文閣）を手に取って読んでみて欲しい。図書館へ行けば不二出版の復刻版で今読むことができる。水仙が好きで水野仙子と名付けた筆名にふさわしい朱と黒で描かれた美しい色調の装幀は、岸田劉生である。序文は田山花袋、跋文は有島武郎が書いている。日本画壇や日本文学史に名を成す人達がなぜ『水野仙子集』にかかわっているのか、師の花袋は別にしても、驚きである。夫川浪道三と水野仙子の人脈の豊かさを象徴している証拠の一つである。可能であるならば、エッセイ等を含めた水野仙子の全作品が出版され、いつでも手軽に読めるようになることを切に願うものである。

さいごに、筆者が昭和四九年に踏査した「須賀川市内図」と「東京都渋谷区代々木水野仙子・田山花袋関連略図」を載せておきたい。どちらも今から約五〇年前のものであるが、当時と現在とを比べながら散策してみるのも一興かと思われる。時代の変遷に、驚きと新たな発見があるかもしれない。

また三〇歳の若さで亡くなった水野仙子は、東京雑司ヶ谷（豊島区）の霊園に埋葬されている。この霊園には、夏目漱石をはじめ、多くの著名な作家の墓があり、こちらも散策を兼ねて、仙子の墓を訪ねてみると、より水野仙子を身近に感じられるのではないかと思う。さらに、須賀川の「十念寺（服部家の菩提寺）」には、仙子の遺髪などが納められた墓碑や服部家の墓碑が並んでいる。こちらも機会があって訪ねるときには、「十念寺及び服部家墓地略図（前掲同様筆者が昭49年に踏査）」を参考にしていただければ、仙子の墓にすんなりとたどり着けるはずである。

【参考文献】

田山花袋「『水野仙子集』と其他」（大9・6　「文章世界」）、依田博「水野仙子について」（花袋研究会編『愛と苦悩の人・田山花袋』（昭55・11　教育出版センター）、今井邦子「水野仙子の思ひ出」（昭18・3　「明日香」）

（依田　博）

㉚ 伊香保温泉

伊香保温泉は、群馬県北部、榛名山の北東に位置する、温泉街の中央の石段で有名な温泉。現在は渋川市に属する。

【関係する主な作品】

『赤い肩掛』（大2・3　「文章世界」）、『温泉めぐり』（大7・12　博文館）、『改訂増補温泉めぐり』（大15・4　博文館）

【作品等との関連】

花袋は明治二六年、長野県の三水村赤塩（現飯綱市）に武井米蔵ら友人を訪ねた帰途の九月初旬に、標高一一七二メートルの渋峠を徒歩で越えて初めて伊香保温泉に寄った。当時東京から行く場合は高崎駅からか、前橋駅から渋川駅を経る二つのルートによる馬車鉄道で行ったが、やがて軌道電車に代わった。電車は昭和三一年に廃止された。花袋はその後、伊香保温泉組合取締所の依頼で『伊香保温泉誌』（明41・8）、さらに伊香保鉱泉事務所の依頼で『伊香保案内』（大6・4）を出している。これらは本格的、総合的な伊香保紹介書で、温泉および付近の山々への登山、周遊も案内し、その体験や景観の記述・描写は花袋の紀行文家としての文才が遺憾なく発揮されている。他に『日本一周』後編（大5・8　博文館）の「二十六　高崎と前橋及び其付近」でも高崎、前橋からの道程、景観、伊香保温泉の紹介が書かれている。『温泉めぐり』のうち「二十二」は「伊香保の冬」と題されている。大正二年三月一日から四日まで、まだ冬景色の中の温泉場で花袋は妻と末娘整子と一緒に過ごし、散歩に出た整子がお気に入りの赤い肩掛けをいつのまにか落としてしまった。彼は赤い女の児の肩掛けが「ぽっつり山の中に一つ落ちていること」に不思議な詩趣を感じたが、翌四月に『赤い肩掛』という題で、五歳の整子の視点も含めた客観的視点でその出来事を描いた。小林一郎は小説の整子の赤い肩掛けが、冬の温泉場で鬱屈に閉じ込められている父親にとって精神的・肉体的な不安の象徴であり、紀行文における詩趣では それが自然への復帰還元への安定の象徴になっていると論じている。

『香山遊記』（明38・8「太陽」）は二三歳で没した山口寒水（小説『氷伐人夫』など）の墓参に江見水蔭、高崎の文人らと渋川郊外の山中の実家に行き、伊香保の香雲閣で故人を偲ぶ会を持ったことを語る哀切極まりない追悼文である。

【参考文献】

小林一郎『田山花袋研究』―危機克服の時代(一)―』（昭56・3　桜楓社）

（渡邉正彦）

㉛ 尾形正美《おがたまさみ》・尾形兼雄《おがたかねお》

【関係する主な作品】

『昔の家を見に』（明44・6「中学世界」）、『ふる郷』（明32・9　新声社）、『姉』（明41・1「中学世界」）、『流水』（大3・1「文章世界」）、『白い薔薇』（大6・7「新小説」）

【作品等との関連】

田山家は花袋の生まれた館林町一四六二番屋敷（外伴木）から明治一二年四月同町一五七二番屋敷（裏宿《うらじゅく》）に転居し、明治一九年七月一家を挙げて上京するまで住んだ。その間、館林東学校下等小学・中等小学・邑楽第一小学校高等科で学び、成長の家として花袋の生活に大きな意味と関係をもった。また上京後も生地館林近辺を何度も訪れ、その体験から地誌文学と言うべき多くの小説や随筆を書くに至った。

『昔の家を見に』は、発表前年の明治四三年五月、前田晃と館林へ三、四日の旅に出た体験が元になっているとみられる。梗概は「（私・誠也）と弟の謹也は、新緑の小雨の中、二人の育った家を見に行った。田舎の移り変わりは激しかった。遊び友達だった菅原や機屋《はたや》の定の悲運も思い出された。昔の家を買い取っている機屋を訪れ、家を見せて貰うが、家は昔の儘ながら、今は若い夫婦が借りて住んでいた」という作。「其頃機屋をして栄えて居た」家の主人のモデルが尾形正美で長男の定が兼雄である。正美は嘉永四年一一月二〇日生まれで、機屋に奉公に出て修業し、当時館林近辺が養蚕や繊維業が盛んであったことから、自家で機屋を始めて財をなし、後に田山家を買い取った。少年の頃学校での旧友六人党の一人であった兼雄は花袋より三歳年下で明治七年四月二八日生まれ。学問は六人党の五人より劣っていたが党の中で重んじられ、卒業後繊維関係の商売で家運を大きくしたが、日露戦争に出征して明治三七年六月一五日に戦死した。花袋は兼雄の運命と「時の流れ」を噛みしめ「遠く過ぎ去つた昔は、私達の心に一種の哀愁と憧憬とを齎《もたら》すに十分であつた」と書いている。

【参考文献】

進藤長作『遺稿田山花袋の少年時代』（昭13　稿本）、柳田泉『田山花袋の文学二』（昭33・9　春秋社）、小林一郎『田山花袋研究―館林時代―』（昭51・2　桜楓社）

（神田重幸）

㉜ 鳴海要吉

【関係する主な作品】

『トコヨゴヨミ』（大3・3　「早稲田文学」）

【作品等との関連】

明治一六年七月九日、青森県南津軽郡黒石町の商家に生まれる。一〇代の頃から島崎藤村の詩に憧れて、自らも詩作。信州小諸に住んでいた藤村と、明治三六年頃から文通するようになる。明治三七年七月には、『破戒』出版資金調達のため函館へ赴く藤村を青森駅で出迎え、対面を果たした。この直前に処女詩集『乳涙集』を自費出版している。明治三八年、初恋の女性が結婚することを知って苦悩し、五月に上京。翌月、藤村の仲立ちにより田山花袋の学僕となった。要吉が住み込んで間もなく、花袋一家は牛込弁天町から牛込北山伏町に引っ越したという。同年一一月に極度の神経衰弱に陥り帰郷。その後、青森県師範学校第二種講習課で学び、明治四〇年春に青森県下北郡佐井村佐井尋常高等小学校の訓導となる。同年一〇月には佐藤喜佐（キサ）と結婚し、下北郡東通村田代尋常小学校の訓導兼任校長となった。この時期、かねてから模索していた口語での歌作を実践に移し、それらの短歌の多くは「東奥日報」（本社は青森市）に掲載された。明治四二年春、北海道に渡り、手塩国増毛郡増毛町増毛尋常高等小学校の代用教員となる。翌四三年、苫前郡苫前村大字力昼字古丹別の苫前第四尋常小学校に訓道兼校長として転任。いずれの学校の生徒にも、ローマ字やエスペラントを積極的に教えたという。明治四四年六月七日、数年来文通してきた大塚甲山が東京で病死。八月上旬には生後五ヶ月の長男が百日咳を患い亡くなるが、同じ頃に社会主義者の嫌疑で家宅捜索を受けた。同年一二月、御真影奉戴の儀式において不敬な挙措を見せたとして官憲から追及され、翌四五年春、事実上の退職勧告である三ヶ月の期限付休職の処分を受ける。この時期、古丹別区長らが建ててくれた小屋に移り住み、養鶏や畑作のほか家庭常備薬等の行商で生計を立てることを考えた。天候が悪い日には、増毛在住時に着想したトコヨゴヨミ（数字が書かれた紙と曜日等が書かれた紙とを組み合わせ、回転させることで、過去であっても未来であっても、その年月日は何曜日であるか分かるという発明品）の作成に取り組んだという。この間、夏には長女みどりが誕生。大正二年三月、免職処分が降り、復職は叶わずトコヨゴヨミの製作販売に望みを抱いて一二月に妻子とともに上京した。表面に「NARUMI TOKOYOGOYOMI」と印字されたトコヨゴヨミ（大3・1・12発行）は一枚一五銭で販売されたが、ほとんど売れなかったという。トコヨゴヨミに推薦文を寄せた田丸卓郎からの誘いにより、大正三年七月から日本のローマ字社に勤務。一二月には同社よりローマ字版の詩集『TUTI NI KAERE』を上梓した。この詩集は、再刊を望む人たちの後押しで、大正一四年九月に日本字版『土にかへれ』として恵風館より刊行され、好評を博した。また、翌一五年三月には「鳴海要吉編輯」と銘打たれた文芸誌「新緑」が創刊された。その後「新緑」は要吉が主宰する口語歌誌となり、「緑風」「緑野」と誌名を変えながら昭和一六年まで続いた。要吉は昭和三四年一二月一七日に満七六歳で逝去したが、今日、青森県内には鳴海要吉歌碑が複数存在する。尻屋埼灯台付近（東通村尻屋字尻屋崎）の歌碑には、代表作である「諦めの旅ではあつた磯の先の白い灯台に日が映して居た」の一首が刻まれている。『トコヨゴヨミ』（大3・3「早稲田文学」）の主人公山田勇吉は鳴海要吉がモデルであり、明治四三年から大正三年正月頃までの生活が題材となった。

【参考文献】

相馬正一『口語歌人 鳴海要吉論㈠』（昭34・10「郷土作家研究」1号）、相馬正一『口語歌人 鳴海要吉論㈡』（昭35・12「郷土作家研究」2号）、竹浪和夫『評伝 鳴海要吉』（平22・8 下北文化社）

（竹浪直人）

㉝ 鳴海みどり

【関係する主な作品】

『トコヨゴヨミ』（大3・3「早稲田文学」）

【作品等との関連】

鳴海要吉の長女。明治四五年七月三〇日、明治天皇崩御の日に生まれる。大正二年一二月に一家で北海道から上京。昭和三年に東京府女子師範学校本科に入学し、昭和八年に卒業。翌九年、荻原美男（おぎはらよしお）と結婚した。晩年は書道、詩吟、茶道、俳句を趣味にしたという。「最果ての歌碑に白菊捧げらる」は父・要吉への思いが垣間見られる詠句である。平成一六年三月、満九一歳で逝去。本項目を執筆するに当たっては、荻原家御遺族からの情報提供に負った。付記して感謝申し上げたい。『トコヨゴヨミ』（大3・3「早稲田文学」）に登場する、「妻」が背に負った「痩せこけた女の児」は鳴海みどりがモデルである。

【参考文献】

鳴海幸子『鳴海要吉をめぐる人生(下)』(昭42・9 「原始林」)

(竹浪直人)

㉞ 佐藤キサ

【関係する主な作品】

『トコヨゴヨミ』(大3・3 「早稲田文学」)

【作品等との関連】

本名は喜佐。明治二一年三月二九日、青森県弘前町で生まれる。青森県下北郡佐井村佐井尋常高等小学校の訓導だった鳴海要吉は、学校から妻帯を勧められていた。キサの姉は、要吉の長兄と綿打ち工場を共同経営していた人物の妻だったという。父母から通知を受けた要吉が明治四〇年一〇月一〇日に弘前の南川端町のキサの生家を訪れ、二人は結婚。翌月、要吉は佐井尋常高等小学校から東通村田代尋常小学校に転任となり、ここでキサ夫人は裁縫を受け持った。その後、要吉一家は北海道を経て東京に移るが、和裁が上手だったキサ夫人は裁縫の内職をして夫を助けたという。昭和四九年七月一二日、満八六歳で逝去。『トコヨゴヨミ』に登場する「国から兄弟達が心配して送つてよこしたやうな妻」は、キサ夫人がモデルである。

【参考文献】
鳴海竹春『父の思い出 鳴海要吉と鳴海三家について(改訂版)』(平11・1 私家版)
(竹浪直人)

㉟ 田丸卓郎《たまるたくろう》

【関係する主な作品】

『トコヨゴヨミ』(大3・3 「早稲田文学」)

【作品等との関連】

明治五年九月二九日、岩手県盛岡で生まれる。帝国大学理科大学で田中舘愛橘から物理学を学ぶ。明治四二年七月、日本式ローマ字論者らと日本のローマ字社を設立。明治四五年頃、鳴海要吉から発明品であるトコヨゴヨミの鑑定を書面で依頼され、理論上の誤りはないと返答した。昭和七年九月二二日、満五九歳で逝去。『トコヨゴヨミ』に登場する「理学博士吉田卓爾先生」は、田丸卓郎がモデルである。

【参考文献】
高橋明雄『うらぶる人―口語歌人鳴海要吉の生涯』(平5・7 津軽書房)、『田丸卓郎と田中舘愛橘―日本ローマ字物語―』(平15・9 盛岡市先人記念館)
(竹浪直人)

㊱ 秋田雨雀

【関係する主な作品】

『トコヨゴヨミ』（大3・3　「早稲田文学」）

【作品等との関連】

明治一六年一月三〇日、青森県南津軽郡黒石町で生まれる。後年、口語歌人として名を成す鳴海要吉とは、黒石尋常小学校における同級生であった。青森県第一中学校（現弘前高等学校）から東京専門学校（在学中に早稲田大学と改称）に進み、明治三七年六月には新体詩集『黎明』を自費出版。同年七月には、函館に向かう島崎藤村を鳴海要吉とともに青森駅で出迎えた。早稲田大学英文科を卒業した明治四〇年、小説『同性の恋』を「早稲田文学」に発表。以後、小説、戯曲、児童文学、評論と多彩な分野で作品を発表。その活躍は新劇運動やエスペラント運動、社会運動にも及んだ。昭和三七年五月一二日、満七九歳で逝去。『トコヨゴヨミ』の終盤で「此前東京に出た時分には、早稲田の学校に入つて劇の方に志してゐたが、此頃では大分文壇に名高くなつて、その人の書くものなどが時々芝居に演ぜられたりなどしてゐた」と語られる「ある学校友達」は秋田雨雀がモデルである。

【参考文献】

『特別展「秋田雨雀展」』（平14・7　青森県近代文学館）

（竹浪直人）

㊲ 宮川《みやがわ》春汀《しゅんてい》

明治六年、渥美郡畠村（現・愛知県田原市）に生まれる。本名は守吉。父渡辺長治、かつの次男であるが、出生直前に両親が離婚。母は弟が渡辺家を継ぐのに伴い、宮川家の名跡を相続した。母没後、明治二三年に上京し、狩野派の小林永濯門下である富岡永洗を師として画業の修行に励んだ。蓬斎洗圭と号し、二八年より春汀を名乗るようになる。二五年より東陽堂「風俗画報」に挿絵を描く。編集者渡辺（後、大橋）乙羽との縁により、太田玉茗、花袋、柳田国男、国木田独歩など多数の文学者との交流を深めた。博文館、金港堂などの出版物の挿絵を担当し、巌谷小波主宰の「木曜会」にも参加する。三八年、長女千枝子が路面電車に轢かれて逝き、その苦悩から精神を病むようになった春汀は大正三年、死去した。

【関係する主な作品】

『伊良湖半島』（明32・5・5、20「太陽」）、『一兵卒』（明41・1「早稲田文学」）、『明るい茶の間』（大3・2「ホトトギス」）、『鶴田君』（初出不詳大3・4「新天地」または「家庭雑誌」とされる）

【作品等との関連】

『明るい茶の間』には作家である清と妻今子の心理的葛藤が描かれる。半年程山で過ごして帰ってきた夫の様子の変化を今子は心配している。「明日、死んでも好いから唯働くんだ」と語り、亡くなった母や兄との親近を深めている様子なのである。そして早朝から起き出して、仕事に取り掛かっている。その頃、清と長く親交のある画家堀内が発狂した。それが段々近所にも知れてきた頃、その画家の細君の母親が清宅を訪ねて来て、「何うも亡くなった子供を思ひ出したのが元のやうですね」とその原因を今子に告げる。芸術家にとって発狂は名誉だという清に、夫もまた狂気へと向うのではないかと今子は案じるのであった。

明治三二年の花袋の紀行文『伊良湖半島』の一節を引用し「曽ては君に花の如きといはれし身の今将に母となりて此処を過きり申候」と書き送っている明治三五年四月五日付葉書（田山花袋記念文学館蔵）をはじめ、親しい交流を示す書簡・葉書が示すように、花袋と春汀の交流は家族をも交えたものであった。千枝子が亡くなった時に花袋は直ちに哀悼の意を表した。葬儀を終えた後、春汀は深い悲しみの中にあって感謝の葉書を送っている。

また『一兵卒』の主人公である加藤平作のモデルは、春汀と同郷の加藤雪平である。日露戦争従軍記者となった花袋は流行性腸胃熱のため入院したが、雪平も同じ兵站病院に入院し、遼陽攻撃前夜の八月三一日に亡くなっている。

【参考文献】

花袋や周辺の作家との交流、作品『明るい茶の間』については、小林一郎『田山花袋研究』全一〇冊の中で取り上げられている。また田山花袋記念館研究叢書　第五巻『田山花袋宛書簡集』（平8・3　館林市）には春汀の花袋宛葉書一〇点の翻刻、人物紹介、解説（芦谷信和）が収録されている。山本駿次朗は『幻の画人達―1　宮川春汀』（平3・4「三彩」）の中で「不運な早逝のため、美術史の裏側に忘れられてきた幻の画人」春汀の研究を進めた清田治を高く評価している。清田治『渥美半島の生んだ挿画家　宮川春汀の生涯にかかわる人々（1）渡辺守吉の少年時代』（平16・3「研究紀要」　第8号　渥美町郷土資料館）、『同　（2）渡辺守吉の青年時代』（平17・3「研究紀要」第9号　渥美町郷土資料館）、『同　（3）宮川守吉の活躍期　その1』（平18・3「研究紀要」第10号　田原市渥美郷土資料館）は春汀の出自に関わる考証、画業の近代絵画史の中での位置づけを論じている。「田山花袋記念館第12回特別展　―挿絵画家―宮川春汀」（平7・10　田山花袋記念館）、『渥美半島の生んだ挿画家』（昭62・10　初版、平3・6　第二版　渥美町郷土資料館）、「平成22年秋の企画展挿絵画家　宮川春汀展」（平22・8　田原市博物館）は春汀の生涯、同時代の人々との交流、作品を知る上で貴重な資料である。

（高野純子）

㊳ 妻沼《めぬま》 聖天山《しょうでんざん》本殿ほか

【関係する主な作品】

『野の道』（大4・4「ホトトギス」）、『残雪』（大6・11・17～7・3・4「東京朝日新聞」）、『ある出産』（大7・5「大観」）、『弓子』（大7・9・24～大8・2・10「福岡日日新聞」）

【作品等との関連】

北関東とりわけ羽生から利根川沿いの妻沼、そして西長岡鉱泉長生館などは花袋文学を育んだ文学の故郷である。西長岡鉱泉は現存しないが花袋にとっては人生と文学の転機を齎した重要な場所だったようで、『温泉めぐり』（大7・12 博文館）に「非常に『重荷』であつた『時』といふものに対する解脱の第一歩を私はその静かな三階の一間で得た」と書いている。それは関東平野の奥まった所にある、夜になると村の者が入りに来るような一軒宿の温泉で、花袋は大正二年四月、藤村のフランス行を見送った後に太田玉茗と藪塚温泉に行き、「西長岡の温泉のあるのを発見した」（『温泉めぐり』）という。そこで翌年二月初旬、残雪の山々を見ながら訪れて宿泊した。翌大正四年一月に再訪して一泊し、一月一七日には妻沼の聖天山門前の料理旅館千代枡屋に泊った。大正七年二月にも訪れたが、いずれも一、二月の西風の寒い時期に泊り、汚い饂飩屋で見た農夫の皺だらけの大きな手などにより、人生の無常観や虚無感に捉われた。その思いが巡り巡ってユイスマンスの心霊的自然主義に結びつき、『残雪』では杉山哲太の煩悶とユイスマンスのデュルタルDurtalの苦悩とが重なって描かれる。

『残雪』の冒頭は町の四つ角に来た哲太が乗合馬車の親方らしい男に「妻沼町へはもうすぐ出ますか？」と訊くところから始まって、固有名詞の余りないこの小説にしては珍しく哲太が妻沼の寺に向かうという、場所の特定出来る設定になっている。実際には玉茗の建福寺から西長岡鉱泉へ行き、序でに妻沼の聖天山に寄ったのであろう。聖天山は嘗ては歓喜院長楽寺と称し、本殿（歓喜院《かんぎいん》聖天堂《しょうてんどう》）は平成一五年から八年間の保存修理工事を経て華麗な色彩が復元され、平成二四年に国宝に指定された。小林一郎の示教によれば、「新潮」（大4・4）に「大正四年一月十五日、羽生より長岡、妻沼、須賀、加須を経て」という詞書のある「残雪」と題した短歌一一首が載っている。その一部を挙げる。

うら町は日かげ菜の畑のころ雪をり〳〵三味の音も聞えて
ゐねぶりて御者は喇叭を吹かざりきあたゝかき残雪の道
川上の浚渫船に立つけぶり残れる雪の上になびけり
昼すぎの町をすぎゆく獅子舞の笛わが窓の紙にひゞけり
宵の間はさわがれ夜はたはられて寝られざりけり田舎

の宿屋
ひもかはを爺《をやじ》は望み子どもらはほそきうどんを食はんとぞいふ
奥山の雪よりかけてはろかにも野は靡き伏すあその群《むら》山《やま》

右の短歌の内容はそれぞれ『残雪』や『野の道』または紀行文の『関東平野の雪』（大4・3「太陽」、原題は『雪の関東平野』）に重なっている。千代枡屋は現在も門前で食堂を営むが、花袋の泊った夜は町の有力者たちが酌婦相手に騒いだのであろう。花袋は虚無感や焦燥感を抱えて雪の関東平野を彷徨し、寺院の寂寥とした雰囲気に浸るつもりが逆に俗気に当てられたようだ。これより前、花袋は大正二年五月から一〇月まで日光照尊院に滞在し、ユイスマンスなどを読みふけった。『扉に向つた心』（大2・8「文章世界」）には、日光でフローベール全集を読みつつあると書いた後に次のようにある。

ところが、それをまだ少ししか繰返さない中に、ふとJ.K.Huysmans.の〝En Route〟をひらいて見た。これは、これまでに何遍となく読みかけてはよして了つたものである。何うもわからない、何うもその心持がわからない……。かう思つて私はいつしかその黄い表紙の本を伏せた。頁も半分位しか切つてない。（中略）
中世紀の寺の感じを書いてゐるのを面白いと思つて読んでゐる中に、私の心は忽ちそのDurtalの心持になつてゐるのを発見した。Durtalは四十をもう越えてゐると書いてある。人生の峠を越えて了つた人である。その人の性慾や快楽や放蕩や煩悶やさういふものを背景にして、そしてその心持が肉体から精神に向つて走つてゐる形を書いてるのがこの作である。ナチユラリズムからミスチシズムに入つて行つた作者その人の心持がこの作を生み出してゐるのである。

このように様々な悩みから宗教性に傾こうとした時期に花袋が馴染んだものは、日光照尊院、ユイスマンス、建福寺、妻沼聖天山、西長岡鉱泉などであった。『残雪』ではもう一箇所、哲太が女と行ったという身延山の険しい山道の様子が描かれる。

日蓮聖者がその晩年を行した身延の山の路は、凄じい深い渓谷に添つたり、昼も雲霧で深く鎖された密林の間を登つて行つたりするやうな処で、しかも険しい羊腸たる九十九曲折であるが、そこを哲太は女と二人で徒歩で登つて行つたことを思ひ出した。

花袋は大正五年七月一日から九月まで富士見に滞在し、代子もそこを訪れている。帰京の途次、九月一五日に身延に泊した（全集年譜）とあるので、その時に代子と共に身延山久遠寺を参詣したとも考えられる。

【参考文献】

小林一郎『田山花袋研究―「危機意識」克服の時代㈠―』（昭56・3　桜楓社）、『田山花袋研究―「危機意識」克服の時代㈡―』（昭・57・6　桜楓社）、吉田精一『自然主義の研究』下巻（昭33・1　東京堂）、笹淵友一『明治大正文学の分析』（昭45・11　明治書院）

（伊狩　弘）

㊴白石実三

白石実三（明19・11・11〜昭12・12・2）。明治三八年、早稲田大学在学中、花袋に弟子入りし、生涯花袋を師とした。仕事面の手伝いもしていて、早い段階では、『伊香保温泉誌』（明41・8　伊香保温泉組合取締所）、後には『明治小説文章変遷史・明治小説内容発達史』〈早稲田文学社文学普及会講話叢書第一編〉（大3・5　文学普及会）の花袋著「明治小説内容発達史」は実三の代筆である。他に、地誌や紀行文の手伝いもある。『長兄』（明43・2「早稲田文学」）で文壇デビュー。その作風は私小説的で、自然主義文学の系統上にある。四四年、黒岩涙香、花袋の媒酌で、森田下子と結婚。大正期に入り『武蔵野巡礼』（大6・11　大同館）を刊行。その後武蔵野物とまとめられる作品も多く、学究的な一面を見せる。小説の代表作『返らぬ過去』（大7・7　春陽堂）の扉には花袋への献辞がある。大正七年、博文館入社。雑誌編集に手腕をふるう。大正期の後年からは大衆文学的作品が多くなる。

花袋の『独歩の鰻丼』（大3・4「新日本」）に「私は今夜書斎から出かけて歩いて来た。明日旅行することについて、白石君に聞きたいことがあつたからである。（中略）白石君は兵営のことに詳しい。それを聞かうと思つて私はやつて来た。」とある、「歩いて」「やつて来た」という花袋宅から実三宅への距離が、師花袋と弟子実三の距離を表している。実三は生涯花袋の近辺に居住した。

【関係する主な作品】

『山の雪』（大2・2「太陽」）、『絵はがき』（大2・2・2「大阪毎日新聞」）

【作品等との関連】

『山の雪』も『絵はがき』も、どちらも大正二年一月四日、群馬県安中野殿《のどの》にある実三の養家を、花袋が前田晁と共に訪ねた旅を背景にした作品である。大正元年一二月、花袋は博文館を辞めた。そのことで実三は除隊後、当にしていた仕事（花袋から廻してもらう地誌の仕事）が出来なくなって養家に止まっていた。その時のことを前田晁は、花袋への追悼文「田山さんのこと」㈢（昭5・5・17「読売新聞」）に

　もう十八九年の昔になるが、白石実三君がその養家の都合で東京へ出て来ることがむづかしくなりかけた時に、その才を惜むのあまり、わざ〳〵上州の安中在ま

で雪の中を出かけて行つて（中略）そこに一泊して養父を説いた時のことなぞは、今でもわたしは思ひ起すと涙が出る。

と回想している。

『山の雪』では、晁が「今でもわたしは思ひ起すと涙が出る」と回想している花袋の熱意はここにはなく、

私の昨夜一夜を過した室は、静かな、古風な八畳の一間だつた。平和な背戸の灯、静かに老ひた老夫婦――私は歓楽の境をこの平和な田舎にひき較べて考へずには居られなかつた。旧式な竹筒台のランプは女に荒んだ私の顔をさびしく照らした。

と、「女に荒んだ私の顔」があるだけであった。実三がモデルの「もう一人の方」と呼ばれる登場人物も、その造形は極めて希薄である。

小品『絵はがき』も、野殿訪問の翌日一月五日、三人で出かけた群馬県磯部温泉を背景にしている。旅先で、それぞれが女に出す絵はがきを廻っての他愛のない話である。ここで実三は、「一番若い男」として登場する。三人の中で「一番若い男」らしく、行動が素早い様子は描けているように思われる。

二つの作品で、年譜的事実と異なるのは、旅の終わりの主人公の行動である。

『何うしても帰るかえ?』／『あゝ、この五時の上りで帰る。』（中略）人達は強いて私を留めやうとしなかつた。（『山の雪』）

三人は其朝其処を立たうとしてゐた。二人はまだ興が尽きないからこれから山の雪見に行かうとしてゐた。年上の一人は東京に帰ると言つてゐた。（『絵はがき』）

どちらも主人公は二人と別れ、東京に帰ろうとしている。これに関しては『白石実三日記』（群馬県立土屋文明記念文学館所蔵）に「一月六日　晴、師は羽生へ立たれ、前田氏と軽井沢より小諸まで小旅行」とあり、花袋は、最初から羽生行を計画していたことが分る。（但し、『絵はがき』では、途中で「田舎の友達」を訪ねようとしている）。

【参考文献】

実三に関しては、宇田川昭子監修『第13回企画展　白石実三とその時代』（平14・4　群馬県立土屋文明記念文学館）で、著作年表を含め、その全容が把握できる。他に『群馬文学全集七巻　佐藤緑葉　白石実三　田中辰雄』（平12・6　同前）に、何篇かの作品と渡邉正彦の「解説」、宇田川昭子の「年譜」がある。他に、『田山花袋宛書簡―花袋周辺百人の書簡―』（平8・3　館林教育委員会文化振興課）に「白石実三」の項がある。「文学研究パンフレット　花袋とその周辺」創刊号～43号には、花袋について、または実三関係の書簡が紹介されている。

（宇田川昭子）

㊵ 青山延寿《あおやまのぶとし》ほか

青山延寿（鉄槍）・延光・佐藤延昌はいずれも青山拙斎の息子で、水戸藩出身の史学家等。田主丸《たぬしまる》は福岡県久留米市東部にあたり、かつて竹野郡に属していたが、明治二九年に浮羽郡となった。昭和二九年には近隣町村と合併し田主丸町となったが、平成一七年に久留米市に編入されたため、町名としては残っていない。田主丸から東へ約一二㎞、現在のうきは市に千足がある。JRうきは駅はかつて「筑後《ちくご》千足《せんぞく》駅」（平成2年まで）だった。

【関係する主な作品】

『出水』（大5・9「新小説」）、『耶馬溪紀行』（昭2・6 実業之日本社）、『水郷日田・附博多久留米』（昭2・12 日田商工会）

【作品等との関連】

『出水』の舞台と推定されるのは、福岡県の田主丸から日向神の「神岩」と良成親王墓所（現在の八女市矢部村、日向神峡周辺）を経て、千足である。小林一郎が、『水郷日田・附博多久留米』の記述をもって指摘するように、歴史家「かれ」のモデルは青山鉄槍こと延寿である。「かれ」の父である「S」は青山拙斎（延于）、長兄「K」は青山佩弦斎《はいげんさい》（延光）、次兄「M」は佐藤延昌を指す。

作中に「長兄のKだけ修史事業のある役所に勤め」たとある通り、長兄・延光は延于の跡を継ぎ、彰考館で編集頭取を務め、『大日本史』の校訂を行った。いわゆる、水戸学派後期の人物である。また、藩校・弘道館で教授頭取まで務めた。号は佩弦斎あるいは晩翠。年齢は延寿よりも一三歳年上であって、『出水』冒頭部では存命のように書かれているが、実際は明治四年に没している。次兄・延昌は佐藤中陵に養子にとられ、嘉永六年に四三歳で没している。作中で「M」が死んだのが維新後のように書かれているが、こちらも史実とは異なる。延昌の号は松溪。書画に関する著作がある。

延寿およびその係累に関しては、木戸之都子「青山延寿研究―履歴と著作目録を中心に―」（平19・9「茨城大学人文学部紀要 人文コミュニケーション学科論集」Vol.3）にまとめられているので参照されたい。また、山川菊栄は延寿の孫。延寿の残した資料や母の体験をもとに『武家の女性』や『覚書 幕末の水戸藩』を著しており、青山家を知る参考となる。

『出水』の「かれ」のモデルとなった延寿は文政三年生、明治三九年没。延于の四男であり、父と兄同様、維新前は弘道館・彰考館に勤めつつ、私塾を開いていた。幕末期、諸生党と天狗党のいわゆる弘道館戦争に巻き込まれ、蟄居謹慎を命ぜられる。廃藩置県後に解除となり、以後は東京に移り、東京府庁地誌課、修史局等に勤めた。しかし明治一二年、職を退く。これを作中では「官途に蹰躇しているのを潔しとしないで、中年で職を退いて」と花袋は書く。ただし、これも作中で語られるように明治一〇年までではない。また「職を退」くのは数え年で六〇歳であるから「中年」というのもおかしい。この点、やはり、「中年」を契機に人生が転換した自身と重ね合わせたい作者の思惑が垣間見える。

　延寿の紀行文集『大八州遊記《おおやしまゆうき》』を、花袋は高く評価し、『出水』の材を取った。『耶馬溪紀行』の「二〇」には、田主丸から耶馬溪までの延寿の行程が言及されている。『出水』中の「太宰府の先」が田主丸、「B町」が千足であって、筑後川の増水に阻まれて田主丸に戻れず、千足で「おせん」と再会したのである。「筑後川ッて川ァな。少し降るとすぐ水が出て」という百姓の言葉に示されるように、筑後川流域の生活は増水との戦いであり、筑後川の歴史は治水工事やダム開発の歴史でもある。

【参考文献】

大橋乙羽『千山万水』（明32・1　博文館）、小林一郎『田山花袋研究―「危機意識」克服の時代㈠―』（昭56・3　桜楓社）、山川菊栄『武家の女性』（昭18・3　三国書房）

（山本　歩）

㊶ 小林《こばやし》俊夫《としお》草村《そうそん》ほか

【関係する主な作品】

『山荘にひとりゐて』（大5・9　「中央公論」）、『ある轢死』（大5・10　「文章世界」）、『山村』（大5・7　「文章世界」）、『山鳥一羽』（大8・3　「中外」）

【作品等との関連】

花袋は大正五年六月二日、中央本線に乗って長野県富士見に行き、小川平吉の別荘帰去来荘近くの朝鮮別荘に五日間ほど泊った。富士見の山荘に出かける経緯は、「文章世界」誌友会の「六月会」に誌友として富士見の草村小林俊夫らが参加していて、彼等の伝手で前田晁が富士見を知り、大正四年に三ヵ月も富士見の寺に泊ってゴンクールの『陥穽』を翻訳した。そして小林草村らから富士見の素晴らしさを聞き知った花袋も、不便だが雄大な山々の眺められる山住まいを求めて、またいろいろな悩みを解くために富士見に赴いたのであろう。小川平吉は富士見生まれの政治家・弁護士で政友会の領袖、大陸進出を主唱した国家主義者として知られる。この六月の滞在の折、花袋は小川に会ったようだがもともと面識があったわけではない。朝鮮別荘とは朝鮮の貴族《きぞく》宋秉畯《そうへいしゅん》（ソンビョンジュン、日本名野田平次郎）が伊藤博文に気に入られ日韓併合に協力したために韓国の刺客に狙われたので、宋の隠れ家として大正二年に建てられたもので（小川が建てたものと思われる）、普段は小川の命によって村の者が管理していた。『山村』によると花袋の訪れた日の朝まで名取健郎家近くの旧家の息子が酌婦とくっついてその山荘に泊っていたという。花袋が来るというので二人を追い出したのであろう。大正五年に花袋が富士見を訪れた時、草村小林俊夫は二七歳、涼風小林貞吉は二三歳、湮浪名取健郎は二二歳の若さである。

六月五日、花袋はいったん東京に戻り、博文館で前田晁に会い、富士見滞在の心得を聞き取り、七月一日夜、富士見に向かい、九月一四日まで滞在した。この間、数回上京し、七月八日に東京に戻った藤村に会っている。七月四日に柳田国男がロシア人ネフスキーやO君（大間知篤三と推察される）を連れて訪れた。この時は帰去来荘の方に泊った。ネフスキーは二七歳の大学生で、「日本の古代文学を研究するために、この春日本にやつて来た」と花袋は『信濃高原の一夜』（8月「太陽」）に書いているが、正しくは大正四年秋に柳田の許を訪れ、民俗学の研究会に度々参加し旅行にも同行した。翌年大正五年二五の誕生日に駒込の家に呼ばれたと柳田が記している。柳田国男全集第12巻「大白神考」の序文の副題は「オシラ様とニコライ・ネフスキー」とある。ネフスキーの研究の中心課題はオシラ様で、後にレニングラード大学の教授になった。なお、柳田が泊った夜、草村等が来て山窩の話をしたという。

七月二三日、飯田代子が訪れる。翌日には西村渚山と加能作次郎が富士の裾野を巡ってから来ることになっていた。大正5年、代子は二八歳（満27歳）の年増芸者で今後の身の振り方に迷う年である。四海波太郎とはまだ繋がっており、「向うから便りがあるかえ?」という問いに「群山からあつたきりよ」と代子が応じているのは、四海波が朝鮮全羅北道の米の積出港群山《クンサン》で相撲興行している時に手紙を寄越したことを指すと考えられる。四海波の番付はこの頃小結であった。『山荘にひとりゐて』は代子の浮気と花袋の本気が縺れ絡まっていた頃、しかし芸者と客とは所詮金で繋がっているに過ぎず、花袋も妻子を捨てて代子と暮らす気はないからやはり遊びである、不真面目な関係である、といった悩みを吐露した小説である。そこへ加能作次郎と西村渚山という博文館で花袋の後輩格の二人が富士巡りの途次に訪れた。「Mさんは来ないの?」と女が聞いている。前田晁は忙しくて来られないと花袋が応じているが、前田は大正二年に博文館を退社し、四年に富士見の寺で『陥穽』を訳したことは先述した。大正四年一〇月から六年五月まで「読売新聞」の婦人部長を務めていた。「先生がゐなくつちや、一日の新聞も出来ないといふやうな位置にゐるんだからね。忙しいッてこぼしてよこしたよ」と「私」（花袋）が女に聞かせたのは前田の現状に即しているものである。加納作次郎、西村渚山、前田晁は文学事典などに詳しいのでここではこれ以上の説明を避ける。名取湮浪、小林草村、小林涼風それぞれの個人情報は余り多くはないが、『山鳥一羽』を見ると名取湮浪は富士見の信用組合に勤めていたようだ。草村や涼風も銀行などに勤める傍ら家業の農業にも務めた。富士見村は昭和三〇年に周辺の村と合併して富士見町になった。八ヶ岳の南西に広がる町である。

【参考文献】

小林一郎『田山花袋研究―危機意識克服の時代㈠―』（昭56・3　桜楓社）

（伊狩　弘）

㊷ 中村白葉《なかむらはくよう》

明治二三年生。本名長三郎。名古屋商業高校卒業後、東京外国語学校（現・東京外国語大学）露語科に入学。在学中、級友米川正夫らと雑誌「露西亜文学」を発刊した。また「秀才文壇」「文章世界」「早稲田文学」などに作品が掲載された。卒業後は鉄道院就職、忠誠堂の「中央文学」編集など様々な仕事に従事しつつ、翻訳・創作を行った。大正四年にロシア語からの直接訳でドストエフスキー『罪と罰』を翻訳。また『トルストイ全集』『チェーホフ全集』など、多くの全集・作品集の刊行に尽力した。昭和四二年、ソビエト連邦より名誉勲章授与。昭和四三年より第四代日本ロシア文学会会長を務めた。昭和四八年、芸術院賞受賞。昭和四九年没。

【関係する主な作品】

『秋と冬との間』（大3・12「文章世界」）、『ゴンクウルの「陥穽」』（『東京の三十年』大6・6　博文館）、『三人』（大7・3「中外」）

【作品等との関連】

「文章世界」の投稿者であった白葉にとって、花袋は文学上の師として尊敬する対象であった。『田山花袋先生に従ひて　先生の生地上州館林に遊ぶの記』（大10・3「文章倶楽部」）、『水郷の旅』（大11・7「文章倶楽部」）など、花袋、前田晁（木城）、窪田空穂らと共に旅する様子が綴られた文章がある。花袋の話しぶりを「田山先生が例の無雑作な調子で言はれる」「田山先生の言ひ方は、例に依つて忙しない」と表現しつつも、批判的に見るのではなく、「こんな事にも先生の物にこだはらない、闊達な人格が見えて嬉しい」という評価を下すこと、あるいは旅を愛した花袋について「先生は此行に於ける東道の主で、先生には、此辺はすべて曾遊の地である。それを少しも面倒がらずに、寧ろ進んで吾々を案内して下さる。『これは一寸出来ない事だよ、ねえ、おい』と此旅の間窪田さんが時々感嘆の声を洩らされたのも道理であつた」と述べていること（『水郷の旅』）からも、その尊敬の念が看取される。

花袋の『ゴンクウルの「陥穽」』で「N君はドストイフス

キイの『罪と罰』とを翻訳してゐた」、あるいは『三人』の中で「二組の三人《ダブルスリー》！面白いですね。書けますね。チェホフか何かの短篇にでもありさうですね。」と言って笑う「N」は中村白葉を指している。

【参考文献】

旅の行程を含む伝記的事実、作品評価は小林一郎『田山花袋研究』全一〇巻（桜楓社）に詳述されている。また、宇田川昭子『新資料紹介　中村白葉の白石実三宛未発表書簡』（平10・12「文学研究パンフレット　花袋とその周辺　第29号」文学研究パンフレット社）では大正三年から昭和四一年にかけての八通の葉書の翻刻・解題とともに、昭和四八年五月、群馬テレビで放映された「上州再発見　自然主義作家白石実三」の中のインタビューの記録がある。米川らと明治四三年に創刊した雑誌「露西亜文学」の内容や同時代の雑誌との影響関係については、紅野敏郎『連載／逍遥・文学誌(100)「露西亜文学」―米川正夫・中村白葉・昇曙夢・播磨楢吉・相馬御風ら』（平11・10「国文学　解釈と教材の研究」学燈社）の中で詳述されている。

白葉没後、木村彰一『中村白葉先生を悼む』（昭49・11）が「ロシア語ロシア文学研究」（6号）巻頭に収録された。岡部匠一『中村白葉―おろしや言葉を究めた人・トルストイとチェーホフの訳者―』（平8・3「日本海域研究所報告」26号　金沢大学日本海域研究所）は白葉の生涯、翻訳者としての仕事を編年体で記している。丸尾美保『ロシア昔話「おおきなかぶ」の受容研究―「おおきなかぶ」（福音館書店、1952）以前を中心に―』（平31・3「梅花女子大学心理こども学部紀要」9号）では、大正七年に日本に紹介された『おおきなかぶ』は、中村白葉訳の『蕪菁（かぶら）』（世界童話大系第5巻　露西亜篇(一)『アファナーシエフ童話集』大13・10　世界童話大系刊行会）、吉田薫訳『かぶら』（大14・4『ロシア小学読本』世界文庫刊行会）二点が、その後の翻訳に影響を与える原型となり、受容されたと論じられている。

（高野純子）

㊸ 岡谷繁実《おかのやしげざね》

【関係する主な作品】

『時は過ぎゆく』（大5・9　新潮社）

【作品等との関連】

岡谷繁実は幕末期明治維新の志士。通称鈕吾《ちゅうご》。号は寒香園主人。岡谷家は先祖が藩主秋元家の親戚にあたり、代々家老を務める三〇〇石の家柄である。

繁実は天保六年に山形城内に生まれた。秋元家の転封により弘化三年に館林に移住するが、翌四年、祖父と父の死去により一三歳で家督を継ぐ。嘉永五年江戸で西洋砲術を学び、翌六年に家老矢貝高厚の娘光と結婚した。翌嘉永七年（安政元年）の日米和親条約締結の際、繁実は米国の使節

岡谷繁実　館林市立資料館蔵

や軍艦などを目にし、吉田松陰とも会談した。この時、米人が跳梁するのを見て切歯慨嘆に堪えず『名将言行録』を書き始めたという（工藤三壽男『岡谷繁實の生涯』）。その後、安政四年には水戸に遊学し、水戸彰考館の図書に付いて歴代天皇の山陵の状を調査し、のちに宇都宮藩の家老となる戸田忠至（間瀬和三郎）とその惨状を嘆いた（贄田太二郎『花袋を語る』）。また翌年江戸の昌平黌に学んだ時には、高杉晋作、藤田東湖、吉田松陰とも交流した。

尊王攘夷の志を持った繁実は、万延元年に上京して三条実愛に会い、攘夷実行の勅使を江戸に差し向けるよう建言するとともに、藩にも尊王攘夷を勧めたが、藩内の異論が多く、繁実は約一年間謹慎となる。文久二年、館林藩は宇都宮藩に続いて天皇陵の補修を願い出、河内分領の雄略天皇陵の修復を許可されるが、これは繁実の建言によるといわれる。しかし、時の中老岡谷瑳磨介は、尊王攘夷には批判的であったという。こうした中、尊王攘夷派の大久保鼎、大谷斧次郎、木呂子退蔵ら九名が、中老岡谷瑳磨介を失脚させる「断髪党事件」が起こる。これにより繁実は中老の就任、館林藩は尊王派が優位となった。

文久三年の「八月十八日の政変」によって、会津・薩摩藩を中心とする公武合体派が、尊王攘夷を唱える長州藩を追放すると、幕府と長州藩との対立は決定的となった。このため、長州藩の支藩・徳山藩からの養子である館林藩主秋元志朝は、繁実と共に幕府の長州征討回避に奔走することとなる。翌元治元年、繁実は志朝の命により長州に下り、長州藩主毛利敬親《たかちか》、徳山藩主で志朝の実兄毛利元蕃《もとみつ》に面会した。しかし館林藩による周旋は失敗に終わった。その後、長州藩が京都に攻め込む「禁門の変」が起こり、館林藩は幕府から長州藩との内通を疑われた。このため藩主志朝は致仕して養子の礼朝に藩主を譲り、繁実も中老を罷免され、家禄剥奪、蟄居処分となった。館林藩は勤王から佐幕へと転換した。

しかし、繁実はその後、志朝の冤罪を説くために上京し、慶応四年討幕の機運の高まる中、勅許を持たぬまま東山道総督府の鎮撫隊として挙兵し、美濃、甲斐、信濃を平定した。また、この年一月に大久保利通が大坂遷都論を唱えたことに対し、繁実は四月に江戸遷都を太政官に建白している。

一方、一時は佐幕に転換した館林藩であったが、戊辰戦争の開始後、新政府軍に従うこととなり、関東や東北地方を転戦し勝利した。

翌明治二年、繁実も朝政御一新により大赦となり、館林藩への帰参を許され、新政府の公議人として江戸詰めを命じられた。この後、繁実は国の役人として奥州巡察使随従、岩城国巡察使附属、若松県大参事、水沢県七等出仕などを歴任した。

この間、繁実は、角筈にあった秋元家の下屋敷「角筈邸」を明治四年に購入し、横田良太の差配でその土地を開墾して、梅と茶の大農園「寒香園」を明治二五年まで経営した。

繁実は明治六年から内務省出仕となり古社寺宝物調査などを担当、明治一一年からは国史を編纂する内閣修史局（後の東京帝国大学史料編纂所）御用掛となり、南北朝史料の編纂に尽力した。中でも繁実が明治一一年にまとめた『長慶天皇事蹟考』は、南朝の長慶天皇が第九八代天皇として大正一五年に皇統譜に登列される契機となった注目すべき歴史書である。繁実は、明治一九年に修史局を退職し、翌二〇年からは秋元家の委嘱により藩史の調査編纂に携わった。

しかし、繁実の歴史書『皇朝編年史』（明33）が、修史局編纂の『大日本編年史』の一部を盗用したとして明治三五年に東京帝国大学総長により告訴された。告訴は四一年に取り下げられ、繁実は大正八年に死去した。代表作に『名将言行録』『皇朝編年史』などがあり、繁実が調査編纂した史料や蔵書は、館林市立図書館、資料館に『寒香園文庫』『岡谷家文書』として伝わっている。

田山花袋の先祖が秋元家に召し抱えられたのは秋元家の谷村《やむら》時代（寛永10〜宝永元）と言い（程原健『田山花袋周辺の系譜』平7　上毛新聞社）、穂弥太が繁実に取り立てられるようになったのは、弘化二年の山形から館林への国替以前のことと推定される（小林一郎『田山花袋研究―館林時代―』）。

『時は過ぎゆく』の繁実がモデルの「勤王家の旦那」は、主人公青山良太の妻の実家が「昔から世話になっているお家」であり、妻の「昔の主人」でもある。また『時は過ぎゆく』では、山陵狂いと呼ばれた旦那が大和や河内の山陵、南朝の遺跡を検分した時にその伴をしたことから主従関係が始まるが、実際のそれは安政四年の繁実の水戸遊学中なのか、元治元年の雄略天皇陵補修時なのか判然としない。さらに、作中では、藩の幕長周旋に際し、良太は有事には長州に下るという重要な役割を与えられた家臣となっている。これらの記述を信じれば、田山家も良太も藩士としての身分は低かったが、常に繁実の傍に仕え、互いに信頼しあっていたことが推定される。明治四年に秋元家の下屋敷を「寒香園」として開墾する際に、一番信頼のおける良太にその差配を任せたのも、このためであろう。

秋元家の角筈の下屋敷は、秋元家が甲斐谷村（現山梨県都留市）の城主時代に、江戸に登る途中の宿とするために設けたもので、この場所にはかつて十二社《じゅうにそう》熊野神社があったという（『時は過ぎゆく』）。十二社熊野神社は室町時代の創建といわれ、境内には大きな滝や池があり、多くの人が訪れる江戸西郊の景勝地であった。寒香園では梅や茶、柚子、葡萄などの栽培を行い、梅では近くの「銀世界（梅屋敷）」と並ぶ名所となった。また、製茶や水車事業のほか、ドイツからから技師を招いて地ビール「巴ビール」の製造も行われた。しかし、寒香園は明治二五年に東京市水道局に買収され、淀橋浄水場へと変貌した。これに伴い、隣接する十二社熊野神社でも滝が埋め立てられたが、湧水と池は残り、昭和初期まで人々に愛され、料亭や待合も賑わった。

花袋の家族が、良太夫妻やその主人である繁実を頼って上京したのは、ちょうど寒香園の開墾の頃である。兄の実弥登は、警視庁勤務だった父の死後も東京に残り、繁実の世話で明治一九年に修史局に就職した。これにより、花袋一家で上京できたのである。しかし、明治三五年に繁実が著作権法違反で告訴されると、実弥登も史料編纂所を罷免された。この後、実弥登は繁実の藩史編纂事業を手伝い、明治三六年に『埋れ木―岡谷瑳磨介事蹟―』をまとめたが、明治四〇年に死去した。実弥登の人生は良くも悪くも、常に繁実の影響を受けていたと言えよう。

『時は過ぎゆく』は当時の田山家の人々の動きが淡々と描かれる一方で、勤王か佐幕か揺れ動く藩の様子や、幕長周旋に奔走した繁実の功績について触れていない。花袋は再び、明治維新に翻弄された士族の悲劇を構想していたが、繁実の姿を『時は過ぎゆく』とは別の視点から描こうとしていたのであろうか。

【参考文献】

贄田太二郎『花袋を語る―「時は過ぎゆく」について―』（昭35「館林文化」第6号　館林市文化協会）、工藤三壽男『館林藩尊攘派志士　岡谷繁実の生涯』（平7・3「館林双書」第23巻　館林市立図書館）、『館林市史通史編2近世館林の歴史』（平28　館林市）、「田山花袋没後七十年記念特別展『時は過ぎゆく』をめぐって」（平12　田山花袋記念文学館）

（阿部弥生）

㊹ 秋元礼朝《あきもとひろとも》

【関係する主な作品】

『時は過ぎ行く』（大5・9　新潮社）

【作品等との関連】

秋元氏は鎌倉時代の武将であったが、後に徳川に従って関ヶ原で戦い、その功によって上野国総社（群馬県前橋市）に一万石を賜った。江戸時代には譜代大名として幕府を支え、甲斐国谷村《やむら》（山梨県都留市）、武蔵国川越、出羽国山形を経て、十代志朝《ゆきとも》の弘化二年、上野国館林に移った。幕末まで六万石の石高を襲封した。花袋の祖父母、父母らはこの移封の後も山形の高擶陣屋、漆山陣屋に出仕したが、文久二年に館林に移った。

秋元礼朝は嘉永元年太田資始《すけもと》の五男として生まれ、安政六年秋元志朝の養子となった。元治元年、志朝の隠居に伴い家督を継ぎ、従五位下、但馬守に叙せられ、慶応二年奏者番（江戸城の要職）となる。しかし翌年には、将軍慶喜による大政奉還が為され、やがて戊辰戦争が勃発した。こうした中で志朝や礼朝は新政府側につき、旧幕府軍征討のため会津、仙台方面に出兵した。明治二年に版籍奉還が実施され、礼朝は館林藩知事となったが、明治四年には廃藩置県が行われ、館林藩は館林県となり、礼朝は知事を免じられ、帰京を命じられた。このころから礼朝は健康状態が良くなかったらしい。知事を免職となった直後、戸田忠綱の弟和三郎（興朝《おきとも》）を養子にむかえ、家督を譲った。明治一六年、歿。享年三六。

『時は過ぎ行く』では西南戦争の後、館林から上京した祖父（穂弥太がモデル）が駿河台に旧藩主を訪ねることが書かれ、「昔ならば……十万石の殿様で、軽いものなどには、ぢかにお目通りが出来なかつたのに……それなのに殿様はづか〳〵と手軽に端近にお出ましになつて、岡田は可哀想なことをしたが、国家の為めだから余り嘆かぬやうにと仰しやつた。それが、堪らなく勿体ないやうに父親に思はれた。」とある。

【参考文献】

『―館林藩最後の城主―秋元家の歴史と文化』（平29・3　館林市教育委員会文化振興課）

（伊狩　弘）

㊺ 淀橋浄水場（熊野神社）

【関係する主な作品】

『時は過ぎ行く』（大5・9　新潮社）

【作品等との関連】

岡谷繁実と秋元礼朝の項目を参照して欲しいが、現在の新宿副都心一帯は『時は過ぎ行く』の重要な舞台であった。それは角筈一帯に秋元家の下屋敷があったことによる。それを明治になって岡谷繁実が秋元から買い取り（小説によれば六万坪）、梅と茶の農園「寒香園」を作った。農園作りに働いたのが、花袋の叔母まさの夫横田良太である。『時は過ぎ行く』から彦太（穂弥太）が良太とともに農園を散策するところを引く。

『これは大事だ、これまでにするには、並大抵のことで

新宿中央公園造成中（昭和 45 年）、ここに淀橋浄水場があった（新宿みどり土木部）

は出来ない。……矢張、地面がわるいから、茶なんかゞ好いかな。これは好いところに思ひ附いた。』

こんなことを言ひながら歩いた。大きな松の樹の下に来た時には、『これは、これで余程古い。私がよくこの下邸に来る時分には、丁度此処のところに御殿があつて、この松が、かう座敷から見上げて見えるやうになつてゐたが、何でも殿様の御先祖が谷村からお上りになる時分からあつた松だと言ふことだ。一体此処の邸は、お家の先祖が、甲州の谷村から来ると、一日路で、日暮に此処に着くので、始めは庄屋などに宿を取つてをられたが、何うかして一軒、邸が欲しいと言ふので、それで、此処に地所を買つて、下邸をお拵へになつた。もとは、あの十二社の熊野の社が此処にあつたといふことだ。だから御維新の時にも、此処の邸だけは、お上に返さなくとも好かつたのだ。その谷村時分からあるんだから、この松はもう余ほど古い。』かう言つて、空を凌ぐばかりに高く聳えた老松を仰ぎ見た。

谷村《やむら》に封じられたのは二代泰朝《やすとも》、三代富朝《とみとも》、四代喬知《たかとも》まで、江戸時代前期であるから、この松は樹齢三百年に近いだろうが、この松もやがて切られる。後に岡谷はこの農園でビール醸造を試みた。「外国人の技師などがやつて来て、邸の中を歩いてゐたりした。その技師は名をカアルスロツプと呼ばれた。」とある。しかしこの事業はうまく行かなかった。

そのうちに東京では江戸時代以来の不衛生な水道を改良する案が持ち上がり、明治二五年に岡谷の地所が浄水池になることとなった。「『良太、裏の地面が上水の水溜に売れさうだ。』かう旦那は莞爾しながら言つた」とあって、岡谷にとっては土地が売れ、嬉しいわけだが、良太は永年開墾した茶畑などが無になって空しいわけだが、なんともならない。

淀橋浄水場（豊多摩郡淀橋町）はかくて明治三一年一二月に完成、通水し東京市街に綺麗な水が供給されることになった。但し戸別に水が通ったのでなく共同の蛇口から水を汲んだ。十二社熊野神社は池や滝などがなくなったが新宿の鎮守であり続けている。そして昭和四〇年、浄水場は廃止され、跡地は新宿副都心になって現在に至る。岡谷の地所の正確な範囲は分からないが、おそらく西新宿二丁目三丁目の甲州街道に面した辺りだろう。

【参考文献】
小林一郎『田山花袋研究―「危機意識」克服の時代㈠―』（昭56・3　桜楓社）
（伊狩　弘）

㊻照尊院・菅原実玄

【関係する主な作品】
『老僧』（明34・4「太陽」）、『ある山の寺』（大4・1「早稲田文学」）、『KとT』（大6・1「文章世界」）。『ある山の寺』の「なにがし院の主僧」また他の二作品の「老僧」のモデルが菅原実玄である。

【作品等との関連】
花袋が日光の照尊院に滞在したのは四回である。初めて照尊院に滞在したのは、明治二二年八月のことである。その後、二七年七月から松岡国男・山田恒一と共に一ヶ月、二八年一〇月初めから二ヶ月、二九年一〇月、三〇年四月から約一か月半の滞在が知られている。この中で重要なのは、明治二八年と明治三〇年の滞在である。

まず、明治二八年の滞在であるが、実はその前の九月に、花袋が中央新聞社を退社したという事実がある。中央新聞退社後、創作に専念する目的で、日光に向かったのだといえる。またこの滞在期間に、菅原実玄の勧めもあり、栗山郷鬼怒沼を探訪している。次に明治三〇年の滞在であるが、実はこの時独歩とともに、照尊院に滞在していた。四月二一日に日光に向けて出発、六月二日に帰京するまで、独歩と行動をともにしていたのである。この旅行は独歩を慰めるためもあったが、田山家の重苦しい空気から逃れる目的もあったと考えられる。兄実弥登の二番目の妻川村ことが次男千秋を出産後、添い寝中に乳房で窒息死させてしまうという事件が起こっていた。これが三月一七日のことであり、四月一九日には、ことは実家に帰されていた。花袋はことが実家に帰る前の四月三日に独歩と共に布佐の松岡国男の家を訪ね、泊まっている。そして布佐から帰って間もなく、独歩と共に照尊院に向かった訳である。照尊院では部屋を四部屋借り、二部屋をそれぞれの書斎に当て、後の二部屋を寝室と食堂とした。ここでも著作に多くの時間を当てたが、執筆に飽きた時は二人で議論をしたり、散歩に出掛けたりした。また探勝地を二人で旅行してもいる。この時の経験は『KとT』に詳しく書かれている。

【参考文献】
小林一郎『田山花袋研究―博文館入社へ―』（昭51・11　桜楓社）、文学研究パンフレット「花袋とその周辺」第5号・第11号（昭61・平元）、宮内俊介『田山花袋全小説解題』（平15・2　双文社出版）
（岸　規子）

㊼ 落合道徳《おちあいみちのり》

海軍省属官。登山を趣味としていたが、大正五年七月、南アルプスで遭難死。

【関係する主な作品】

『山の悲劇』(大6・1 「文芸倶楽部」)

【作品等との関連】

『山の悲劇』は南アルプス横断を思い立った「O」が遭難死するまでを主題とした作品である。当時においては決してメジャーとは言えない、密かな趣味としてのスポーツ登山が描かれている。

宮内俊介が指摘するように、「O」のモデルは落合道徳であり、実際の遭難事件に取材している。落合道徳は大正五年七月、単独で山梨県釜無川沿いに入山したが、消息を絶った。享年は数え三三歳。彼の遭難は、日本山岳会の発行する「山岳」(大5・10)に掲載された「落合海属の死」がかなり詳細に報じている。その経歴、境遇についてもこの記事からよくわかる。作中では「父母もなく」とあるが、父は健在、ただし父方の伯母(作中では「叔母」)と二人暮らしであることは一致している。

伯母の証言によれば、道徳の原籍は「高知市鷹匠町一七」、父は臆蔵。横浜の第一中学を卒業後、海軍兵学校に入ったが、脳病のため退校し、海軍省筆生を経て海軍属に昇進。「山歩きが好きで、毎年夏休みには必ず山岳旅行を」していたという。

「山岳」の記事には登山行程についても細かく記述されており、花袋は恐らく、これを参照したことだろう。作中の遭難はかなりの迫真性を持つが、記事の寄与は大きいと思われる。作品研究において必須資料であることは言うまでもない。

「山の悲劇」発表時点では道徳の遺体はまだ発見されていない。遺体は二年遅れ、大正七年八月に仙丈ヶ岳・藪沢源頭部で発見された。九日の朝日新聞に「落合氏の死体発見二年振りにて　日本アルプス山林中に於て」との見出しで報じられ、こちらには父による証言が見える。

内閣印刷局による『大正五年　職員録(甲)』を参照すると、海軍省の大臣官房「属」として落合道徳の名が確認できる(532頁)。前年の職員録には確認できないことから、没年にはまだ新任であったことがわかる。

「山岳」記事の親友の評価によれば道徳は「精神修養を重んじ酒色は絶対に遠ざけ」る性格であった。作中の境遇とも一致するが、作品冒頭に触れられる失恋については花袋の創作であろう。

【参考文献】

小林一郎『田山花袋研究―「危機意識」克服の時代(二)―』(昭57・6　桜楓社)

(山本　歩)

㊽ 岩松善蔵

【関係する主な作品】

『一兵卒の銃殺』(大6・1　春陽堂)、『西鶴小論』(大6・7「早稲田文学」)、『時は過ぎゆく』(大5・9　新潮社)、『重右衛門の最後』(明35・5　新声社)他

【作品等との関連】

「一兵卒の銃殺」の主人公尾崎要太郎は、生まれつき「扞格」な性格で、兄と対峙し、父母に疎まれ祖母に溺愛された男として描かれる。物語の筋は、主人公が酒とりわけ女のため「帰営」の時間に遅れ、それまでのふしだらな兵役生活を振り返り結局脱営する。要太郎は独り南に向かって歩き、有名な稲荷神社のある町の旅館に投宿する。そこでかつて「情事」関係にあった自家の下女と偶然に遭遇し驚き、心が揺れ動く。要太郎は、金もなくこの女と駆け落ちを決意し、旅館に放火する。しかし、要太郎はやがて脱営兵で放火犯と分かられ、取り調べ中に逃亡。近くの沼に潜伏するが、兵役帰りの屈強な地元民に取り押さえられ、裁判を経て銃殺される。

この物語は、花袋が柳田国男から司法省の記録類を見せられたことに始まったと言われている。所謂脱営兵問題があり、それを花袋は、自然主義的な小説に構想した。所謂遺伝の問題である。要太郎は、淫蕩な性格を有したのは生まれつきだという解釈である。重ねて他人を斟酌する心を持たない、狭い考え方の人物だと設定されている。これらは、人間一人では解決できない大いなる自然の存在に囲繞されて形成されたものだという考え方である。花袋は、これらを措定したのである。更に花袋は小説にリアリティを付与するため、自ら宮城県岩沼町(現岩沼市)などに赴き調査を重ねた。

物語の要太郎は、前述したようにモデルとなった実在の人物がいた。彼は、仙台第四連隊陸軍歩兵二等卒岩松善蔵と言った。岩松善蔵は、宮城県宮城郡広瀬村大字作並32番地、岩松秀三の長男で、明治一七年二月一〇日に生まれて

岩松善藏の生家の一部。昭和年代の写真。

いる。戸籍の番地には、実在の郵便局が存在した。物語上の次男という設定は、花袋による虚構である。

人物造詣のポイントとして、生まれつき淫蕩であったこと、金銭に執着心があったこと、他人を怪我させても自己の思いを貫こうとする利己的な考え方などは、比較的よく描写されている。ある意味で「運命」に蹂躙されていく男という存在としては、どこか『重右衛門の最後』の主人公に通じるようなものを覚える。しかし、これらはすべて事実ではなかった。モデルとなった岩松善蔵が逮捕された後、「河北新報」（明40・7・5）では善蔵のかつての「窃盗」問題や、「賭博」の事実を報道し、夜陰に紛れて「恐ろしき放火の罪」ならびにその際の金銭「窃取せん」と目論んだことを詳述した。善蔵の女問題には、ほとんど触れていない。この点については、小林一郎や岩永胖も述べている。所謂花袋の虚構の部分についての言及である。

岩松善蔵の家系については、岩永胖や井上泰も述べている。

物語『一兵卒の銃殺』を総合的に判断すると、当時の雑誌「新潮」の評にあったように「不可知的・神秘的運命」の世界を描いている、あるいは前田晁の「自然の無関心」というものに何ほどかの検討の余地がありそうだ。それは、花袋が言う「最も淫蕩なもの、我等の生活を支配する大きな力」を描き出そうとした目論見にあったとも言えよう。

尚「河北新報」（明40・9・25）には、「放火兵士銃殺されん」との題名のもと「歩兵二等卒岩松善蔵は審理の結果有罪と決定し、死刑の宣告を受けたる由」「同人の放火事件は一点酌量すべき点なく」と記される。井上泰によると善蔵の母親岩松たつは、善蔵死刑の前日面会に来ていたという。

【参考文献】

小林一郎『田山花袋研究―「危機意識」克服の時代㈡―』（昭57・6　桜楓社）、岩永胖『自然主義文学における虚構の可能性　田山花袋の研究』（昭49・7　桜楓社）、井上泰「『一兵卒の銃殺』の一考察」（昭35・3「文芸研究」第34集）、渡邉正彦「田山花袋『一兵卒の銃殺』試論」（昭48・1「日本文学研究」大東文化大学日本文学会）

（千葉正昭）

㊾ 岩沼・竹駒神社

【関係する主な作品】

『一兵卒の銃殺』（大6・1　春陽堂）他

【作品等との関係】

「一兵卒の銃殺」では、「T町」という形容で宮城県岩沼町（現岩沼市）が説明される。主人公が、北から徒歩で町を遠くから捉える場面が、「高い低い甍、白い土蔵、混雑した家並、それが広い晴れた平野の地平線の上に浮き出すやうに…。／汽車のレールがずつと町に入つて行つて」と解説される。ここでは平野の向こうに瓦屋根が見え、加えて鉄道が敷かれた利便性を有した町として紹介されている。

あるいは「町が長く続いた。それはこの平野の中では、M市についでの重要な町で、人口も一万近くあつて、月に三回賑やかな市も立つので、何処となくあたりが活気に富んでゐた。家並なども揃つてゐた。／でも、町の中心まで来るには、かなりの距離があつた。少くとも七八町、もつとあるやうにすらかれには思はれた。呉服屋、乾物屋、雑貨屋、金物屋、桶屋、ある家の前では、小僧が精々と荷をつくつてゐた。ある店では、此処等に見かけないやうな若い東京風の細君が、束髪姿を後に見せて、丸い小椅子に腰をかけて、物を買つてゐた」とある。ここは県南第二の都市で、市場も定期的に開かれ「活気」に満ちて様々な商店が集中しており、どこか東京にいる若い「細君」のようないでたちの女性も見受けられる都会であるとも説明している。

実際岩沼は、奥州街道と江戸浜街道が合わさる要衝であった。多くの商人が留まる宿場町でもあり、後に述べる竹駒神社の門前町としても栄えたところでもあった。明治二〇年東北本線が敷かれ駅前には、町中から三軒の旅館が開業した。明治三一年には常磐線が開通する。のち商店の外に芝居小屋岩沼座も、開業した。このように明治期になっても交通上の要として活気をもった町として、岩沼はあった。

現在まで多くの村々が合併し、宮城県南東部に位置し、南北に一〇キロメートル、東西に一三キロメートルの広がりを持ち、南は阿武隈川河口に接している。

更に『一兵卒の銃殺』では、岩沼の名所の一つ竹駒神社をも紹介している。「それでも空気が澄んでゐるので、碧い空との対照が、美しく人の顔に照り栄えた。物がすべて明るく浮き出すやうに見えた。華表も、門も、社殿も、両側に並んでゐる家も、参詣に出かけて行く人達も、何も彼も……。／華表を入らうとすると少し手前の右側に、茅葺の、ちよつと見ると小屋のやうな家が二軒並んでゐて、其処に同じやうな婆さんが二人、稲荷のお狐様に供へるための鶏卵と油揚とを、頻りに参詣者に勧めてゐた」と、あるいは「大きな門――それは古風な典雅な建築で、何でも七八百年をその儘経過したといふので有名であつた」と、説明される。物語では、「大きな門」の方へ参詣しようとする人々が、「明るく」闊歩するように映るというのである。すでにその神社に集う事だけで御利益を得るようにも見えるというのだ。有難い場所としての、解説でもあろう。

果たしてこの社でもある竹駒神社とは、どのような場所なのか。その縁起伝承は、承和九年までさかのぼると言われている。参議小野篁が陸奥守を拝命して多賀城の陸奥国府に赴任するに際し、山城国紀伊郡伊奈利山に詣でて、稲荷明神を国府鎮護の神となさんことを懇請した。篁は、御分霊を小箱に納めて任地に向かう途中名取郡長谷村（岩沼）で、狐が八回も啼き、これを怪しみ箱を開けると、分霊が

現在の竹駒神社

白狐の姿になりたちまち姿を見失ってしまった。篁は、あたり一面に縄張りをして、神社を創建した。これが、いまの竹駒神社であるという。

　現在日本三大稲荷の一つに数えられる竹駒神社は、分霊社三百余を数えると言われている。御祭神は稲荷大神で、倉稲魂神《うかのみたまのかみ》、保食神《うけもちのかみ》、稚産霊神《わくむすびのかみ》が祭られている。稲荷大神とは、五穀主宰の大神を意味する。竹駒神社が古い時代より五穀豊穣の祈願を捧げ、衣食住を守護する神社として尊崇を集め、また豊漁の神、商売繁盛の神、さらに除災招福、開運出世の神として、多様なご利益をもたらす神社として、東北地方のみならず国内各地より広く信仰を集めている。

　次いでこの神社の北方にそびえる歌枕として有名な「武隈の松」は、岩沼のシンボルでもあるとかつては解説されてきた。がいま振り返る人は少なくなってきている。古くは藤原清輔、能因法師、松尾芭蕉などが、近代では幸田露伴などが訪れた名所でもある。

【参考文献】

村田一明『竹駒神社』（平5・3　竹駒神社）、岩沼市史編纂委員会編『岩沼市史　第10巻』特別編Ⅱ民俗（令2・3　岩沼市）、小林一郎『田山花袋研究－「危機意識」克服の時代(二)－』（昭57・6　桜楓社）、岩永胖『自然主義文学における虚構の可能性　田山花袋の研究』（昭49・7　桜楓社）

（千葉正昭）

⑸ 蓬田《よもぎだ》旅館

【関係する主な作品】

『一兵卒の銃殺』（大6・1　春陽堂）

【作品等との関係】

『一兵卒の銃殺』には、「『T町では、相馬屋が一等さ。』誰もかれも皆なかう言つた。」「『相馬屋、それは稲荷さまの前だ。もうぢきだが──』」「そこに三階建ての大きな古い旅館のあるのを見た。それが相馬屋であつた。店の真中に置いてある真鍮の大きな火鉢や、講社のビラや、左にひろく出来てゐる門などが一番先にかれの眼に映つた。店に接して、別に奥深く庭から入つて行く入口なども見えた」と、解説される。あるいはその建物の内部や、内側から周囲がどのように眺められるかについて、次のように説明される。「室やら、庭やら、裏の方やらをもつと見て置かなければならないと思つたかれは、二階三階の廊下をぐるぐる歩いた。しかも成たけ人目に触れることを恐れて、客がゐたり婢がゐたりするところは急いで何か用事でもあるやうにして通つた。庭から下駄を穿いて向うに行つた時には、木戸を明けて裏の畑の方まで行つた。廊下から裏へと出て行く扉のあることをも彼は見て置いた。野菜畑の向うには井戸があつて、そこで体の大きな下男が（中略）せつせと風呂に水を入れてゐるのを見た」と。主人公要太郎の人目を避けている様子がうかがえるが、旅館の裏庭からの風景は、野菜畑が広々と見渡せる光景が示される。土地観のあるものならば、東側に広がる田畑だろうと想像するに違いない。

この旅館が、やがて火事で燃える。その様子が、次のように解説される。「稲荷の境内にも、種々な人々が集まつてその火事を見てゐた。火の反射の光で、広場も、楼門も、社殿も、社務所も一面に昼のやうに明るかつた。祭礼の夜でもあるかのやうに、人がぞろぞろと通つた。社殿の前のところには、宮司や禰宜やその家族などが見てゐた。『相馬屋は古い家だがな、何うして火事なんか出したかな。粗相かな。あそこは評判が好い家だから、他人から恨みを買ふやうなことはない筈だが……。それに、百年以来ある家だ。惜しいことをした。』かう年を取つた禰宜は言つた」と。ここには、地元の人々からの率直な相馬屋に対する思いが綴られている。「評判が好い家」という一般人からの認識は、暗に主人公要太郎の作意が芳しいものでなかったことを語るように列挙されているのだ。物語では、脱営兵で所持金が無くなり困窮の果てに放火という行為にでたのが要太郎であった。その放火された旅館は、地元では「評判」が良かったのだ。火事の原因究明が進むと、犯人への眼差しの厳しさは強くなる。

実際には当時の河北新報の記事によると名取郡岩沼町字百四十七番地旅人宿蓬田大蔵方と、記されている。この番地は、当時の岩沼町中心街の南側地区と判断される。蓬田屋旅館は、南町《みなみのまち》に大きな構えであり、もう一軒が東北線岩沼駅の東側駅前にあった。明治四〇年の焼失事件のあとは、駅前に残るだけとなった。が明治期から昭和にかけて、竹駒神社参詣人や行商人客らが相当数利用した。焼失した事件以後も駅前地区に残った旅館が、なかなかの盛況ぶりを示した。明治時代岩沼の目抜き通りには高松旅館、蓬田屋旅館があり、明治二〇年東北本線が、明治三〇年常磐線が開通すると駅前には、水戸屋、大久旅館、蓬田屋旅館支店、川村屋などが軒を連ねた。蓬田屋旅館が、物語に登場するように三階建てであったかどうかは判断し難いが、竹駒神社参拝人にとっては第一の旅館であったことは間違いなかった。

　大正五年二月の「最新岩沼全図」（盛保堂）によると、駅前には旅館三軒、運送業二軒、岩沼座という映画館か劇場のようなもの、鮮魚商店等があったのも、街の活気を彷彿とさせる。目抜き通りには、雑貨商、古物商、海産物商、下駄店、酒造店、床屋、米穀店、入れ歯屋、呉服店、醤油屋、餅屋、医院、八百屋、魚屋、麴味噌屋など、様々な専門店が並んでいた。小都会を形成していたと言ってよい。下の写真は、明治・大正時代に南町と呼ばれた地区の一角である。向かって左側に蓬田屋旅館があったと推測される。

【参考文献】
小林一郎『田山花袋研究―「危機意識」克服の時代㈡―』（昭57・6　桜楓社）

（千葉正昭）

現在の岩沼市南町の商店街

⑸1 作並温泉

【関係する主な作品】

『一兵卒の銃殺』（大6・1　春陽堂）

【作品等との関係】

『一兵卒の銃殺』では、主人公尾崎要太郎の郷里が温泉街として次のように登場する。それはまず自分の実家とそれを取り巻く街並みという順番で解説される。「通りに面した田舎の三等郵便局の一室がかれの眼の前に浮んだ。それは丁度山の裾のやうな処になつてゐる町で、温泉が湧出してゐて、古い二階造の家々には、温泉御宿とか、御宿とか書いた招牌が古くなつてかゝつてゐた。山の翠微はすぐその町の前から起つて、雲は絶えずそれにかゝつた。それに、そこは大きな山脈を此方から向うに通つて行くやうな街道が町を横断してゐるので、荷車だの運送車だの乗合馬車だの俥だのが絶えず音を立てゝ通つた。十月になると、山又、山の奥は雪で、その月の末はもう屋根の上がいつも真白になつた。（中略）さういふ時には、湯の元の大湯からは、白い湯気がぱつと颺つて、それが遠く二里も三里も下の山の路からも指さゝれた」と、ここには山合の温泉街が結構賑やかであったこと、それでいて冬は雪に覆われる地域であることが説明される。

現在の作並温泉

あるいは「かれの故郷は、温泉があり、温泉宿があり、それに雑つて、街道に面して、宏大な女郎屋が何軒もあるので、町の空気としては、何方かと言へば淫猥に傾いてゐた。女郎がだらしない風をして、二階の欄干に凭つて通りを見下してゐることなどは決してめずらしい事ではなかつた。それに芸者も二三十人はゐたし、処々にある小料理屋には、其処にも此処にも色の白い酌婦が大勢置いてあつた。男と女と艶めかしい風をして並んで通りを歩いてゐたり、男のあとを追ひかけて女が袖を引張つてゐたりするさまを、かれは度々見かけた」と、いう解説も付される。ここには要太郎の「故郷」である「温泉」が、結構「淫猥に傾いて」いる「だらしない」風紀の街であり、それを多くの住民が認めていたという説明である。そしてこの男女関係のふしだらさが、主人公要太郎の性格形成にも作用していたことを証明するように描かれている。

実際の作並村は、広瀬川沿いの関山峠手前に形成された宿場形態を示していた。歴史は、天正の初め頃から作並の文字が使用されていたとも言われている。寺社として著名なのは、天正三年の曹洞宗檜倉山興源寺の開山と言われている。寛永の初めには、二四〇名くらいの人口を擁していた。宿場として御境番所が置かれていた。足軽二人が定住。宝暦年間には、御境目守として岩松長三郎の名前が残されている。この作並村には、古くから行基の教示、あるいは奥州合戦の折りに傷ついた鷹の浴湯による発見と定かではないが温泉のはじまりに関する伝説がある。塩類温泉で、無色無臭である。安政年間から、湯宿が盛んになったと言われている。街道筋に当たっていたため、明治以降は仙台山形間の主要交通路と重なり、いっそう利便な湯治場として人々を吸収した。物語『一兵卒の銃殺』の温泉街の活気のある描写も、全くの虚構ではなかったろうとの判断もできる。昭和一二年仙山線の開通、昭和三八年国道四八号線の指定の後は、温泉郷としてめざましく発展した。前にその街道筋の旅館街の一角の写真を掲載する。

【参考文献】

小林一郎『田山花袋研究―「危機意識」克服の時代㈡―』（昭57・6　桜楓社）、『角川日本地名大辞典4　宮城県』（昭54・12　角川書店）、平凡社地方資料センター編『日本歴史地名体系第四巻　宮城県の地名』（昭62・7　平凡社）など。

（千葉正昭）

㊷ 新田屋

群馬県邑楽郡千代田町舞木にある割烹・新田家。かつては旅館としても営業していた。花袋は大正六年一月に宿泊して気に入り、直後に発表された『河ぞひの家』に「A」という町の「太田屋」として登場させて以来、新田家と周辺・赤岩の景色や風俗について描いた作品をいくつか残している。

【関係する主な作品】

『河ぞひの家』（大6・3「新小説」）、『お蔦』（大6・4「文章世界」）、『助六の長胴着』（大6・11「文芸倶楽部」）、『河ぞひの春』（大8・1・1～同・4・30「やまと新聞」）

【作品等との関連】

花袋は大正六年一月に郷里の館林に帰ってきていたが、そのついでに利根川沿いの赤岩へ足を伸ばし、初めて新田家にも訪れた。ここでの出来事はまず「文章世界」（大6・2）に『家鴨の水かき』という随筆の形で発表されたが、同年九月に刊行された『山へ海へ』（春陽堂）のなかの「赤岩と妻沼」には周辺を含めてより詳しく赤岩の印象が描かれている。それによれば、「やがて土手下に、昔の戦国時代の城址のあつた赤岩の町が、丸で世から隠れたやうに、眠つたやうにしてこの文明の世から度外視されたやうに、又はさびしく残つてゐるのを旅客は発見するであらう」とあるように、当時の赤岩は館林からそれほど離れていないにもかかわらず、喧騒とは無縁で自然がまだ多く残る風光明媚な土地であった。一方で、新田家（花袋は「新田屋」と表記している）についてはそこで提供される「鯉のあらひ」を「東京ではとても食へないほど旨い」と絶賛し、「初めて私がそこを知つたのは、つい今年の春だが、私は小泉の方から来て、車夫につれられて、そこで昼飯を食つた。そしてすぐに気に入つて了つた。二月の間に、私は其処に三度行つた。最後には十日ほどゐた」と短い間に頻繁に通っていたことが述べられている。

また、同時に花袋は新田家に働く人々にも好感を抱いており、飽くまでもフィクションとは言え、『河ぞひの家』の「太田屋」は「皆な精々と家のために働く」がゆえに地域でも評判の「旅籠屋」という設定を与えられた。とりわけ、先の『家鴨の水かき』のなかで「東北の飯坂から来たといふ眼の綺麗な頰の豊かな女中が酌をして呉れた」と述懐していたことからも窺われるように、会津出身の女中・鈴木モトの存在は大きい。新田家で接客に当たったモトは、店のなかでも花袋と接する機会が一際多かったと思われるが、赤岩を舞台とする小説には彼女をモデルとしたであろう人物がほぼ必ず登場している。なかでも短篇小説『河ぞひの家』、『お蔦』それぞれの「お元」、「お蔦」は共に物語の主人公という扱いであり、また、『河ぞひの家』を更に潤色して内容を膨らませた『河ぞひの春』ではモトの半生を「N屋」の「お園」に仮託して描き、花袋自身とされる旅客Tと関係させている。このように一時期の花袋はモトを繰り返し描いていたのだが、創作意欲を刺激されたのは単にその人柄に惹かれたからだけではなかっただろう。おそらくそこには開発から取り残された赤岩という土地と不釣り合いにモトが俗世間的な恋愛問題を抱えていたことを聞き、そのコントラストに想像力を刺激されたという面があった。『河ぞひの春』の言葉を借りるならば、「表面は何処でも静かで何事もないやうに見えてゐながら、底は存外男と女の色の濃い世界」としての赤岩に関心を持っていたのである。それゆえ新田家とモトへの創作上の関心は切り離せないものであり、モトが赤岩を離れ、『河ぞひの家』を『河ぞひの春』に書き直して以降は花袋において新田家とその周辺への言及はなくなっていった。

【参考文献】

小林一郎『田山花袋研究―「危機意識」克服の時代(二)―』（昭57・6　桜楓社）

（栗原　悠）

㊺ 鈴木モト

【関係する主な作品】
『河ぞひの家』（大6・3「新小説」）のお元、『お蔦』（大6・4「文章世界」）のお蔦、『河ぞひの春』（大8・1・1〜同・4・30「やまと新聞」）のお園、『眉』（大10・7「国粋」）のお貞、『用水べり』（大11・11「新小説」）の吉本の上さんのモデルと見做される。

【作品等との関連】
鈴木モトは、福島県会津出身。同藩士の娘。一五歳の頃、同県飯坂の温泉宿に勤める。二四歳の頃、群馬県邑楽郡永楽村赤岩の料亭兼旅館新田家に移る。一年程後、宮永喜十郎の世話により近傍の中原鉄道小泉駅前に小料理屋寿々喜を営む。宮永死後の昭和一二年、会津に戻り、翌年あるいは翌々年に四六歳か四七歳で死去したとされる。花袋は大正六年二月、新田家で女中の鈴木モトと初めて会った。その際の模様は『鴨の水かき』（大6・2「文章世界」）に「其処には東北の飯坂から来たといふ眼の綺麗な頬の豊かな女中が酌をして呉れた。『よくこんな田舎にやつて来たね。それもいづれ男の為めか何かだらう』などと私は言つた」とある。大正七年一月、寿々喜で会った際のモトは『機を織る音』（大7・3「文章世界」）に「去年十日ほどそこの旅舎に世話になつてゐる頃に懇意になつた女中」「恋の物語のために由つて親しくなつた女」と記される。

『河ぞひの家』には、作中人物お元の経歴が次のように語られている。お元は飯坂で鉱山師の男との間に一子を儲けたものの夭逝、近辺の鉱山での成功の見込みもなくなったため、二人で「野州のAの山奥」（足尾か）に移る。だが、一、二年でAにおける生活も窮迫し、男には別に懇意にする茶屋女も出来たため、一旦彼等は別れてお元は太田屋（新田家）の女中となった。その前話にあたる『お蔦』には、「お蔦はここ（飯坂）から西に十里を隔てたY市（米沢か）の生れで、父母もまだ丈夫、同胞も二三人あつて、十七の時、初めて亭主を持つたが、一年とも添はない中にその亭主に死別れて、それから一年ほど実家に帰つて遊んでゐる中、世話をする人があつて、この温泉場のK館へとやつて来たのであつた」とある。また、鉱山師には東京に妻があるとされている。『河ぞひの春』は、N屋（新田家）におけるお園の生活を最も幅広く展開するが、そこには虚構も多いと目されている。前二作と異なり、作者花袋を連想させるTとお園の関係も語られるが、その素材は後に『眉』と『用水べり』で主題化された。大正前期に芸妓飯田代子をモデルとする花柳小説を多作した花袋が、新たな素材領域として注目したのが、鈴木モトの地方における女中としての生活だったと考えられる。

【参考文献】

大谷晴月『「河ぞいの春」と赤岩』(『花袋とふるさと』昭43 みやま文庫)、小林一郎『田山花袋研究—「危機意識」克服の時代(二)—』(昭57・6 桜楓社)、同 (三)(昭58・3)

(小堀洋平)

㊺ 四海波太郎《しかいなみたろう》

四海波太郎(明16・1・1~昭8・12・10)は、小野川部屋(大阪)、出羽海部屋(東京)に所属した元力士。本名は佐渡太郎市。現在の兵庫県洲本市出身。一七一センチ、九〇キログラム。最高位は大阪では東関脇、東京では東小結。大正六年一月に引退、四代君ケ濱を襲名した。「四海波」のしこ名は、謡曲「高砂」中の「四海波静かにて」から「君の恵ぞ有難き」までの祝言小謡からとったと考えられる。

花袋の愛人である向島芸者の飯田代子は、大正の初め小結まで進んだ力士の四海波と一時深い仲となり、花袋はこの三角関係に苦しんだ。「四海波と正式に結婚するなら私は退こう」とまで言ったが、四海波にはほかに女がいたため代子は離別し、花袋との関係は壊れなかった。

【関係する主な作品】

『お八重』(大6・3 春陽堂)『剃刀と鋏』(大6・9 「早稲田文学」)

【作品等との関連】

飯田代子は力士の四海波に惚れ込んで愛情をそそいだが、四海波の女癖の悪さや博奕の尻ぬぐいなどに嫉妬懊悩した。「剃刀と鋏」は、師匠と呼ぶ男(四海波)に貢いでいた芸者のお袖(代子)が、ある老妓に師匠をとられてしまい、冬のある晩、酔って老妓の家に押しかけ、剃刀を振り回したあと川に飛び込んでしまう。助けられて家で静養したお袖は、師匠の写真を切り刻む。「男の手や足を切つた鋏は矢張自分の手や足を切つてゐるやうな気がした。また自分の恋や心がその一鋏毎に滅びて消されてゐるやうな気がした。涙がまたその白い頬を流れて来た」という場面で終わる。

『お八重』は、芸者お八重(代子)が関取のB(四海波)の行状に希望を失い、落籍いたと欺き別れるが、あとでその嘘がばれて、引退するというBの引退相撲興行を後援しようと決意するいきさつが描かれる。『剃刀と鋏』の後日談といえる。ほかに『帰途』(大13・10 「サンデー毎日」)という作品も、芸者が愛人の関取の巡業先まで追いかけて、帰りの汽車の中で旦那(花袋)のことを考えてしまうという、同題材の小説である。

【参考文献】

小林一郎『田山花袋研究—「危機意識」克服の時代(一)—』(昭56・3 桜楓社)、小林一郎『田山花袋研究—「危機意識」克服の時代(二)—』(昭57・6 桜楓社)、小林一郎『田山花袋

研究―歴史小説時代より晩年―』（昭59・3　桜楓社）には、飯田代子と四海波との交情や花袋の懊悩が触れられている。また、田部井福一郎『作品から見た花袋の恋』（昭35・5「館林文化」第6号）にも、代子と四海波との関係が詳しく書かれている。宮内俊介『田山花袋全小説解題』（平15・2　双文社出版）。

（大和田　茂）

㊺ 田島たき

花袋が贔屓にしていた新田家のおかみ。郷里・館林にほど近い赤岩にあるこの旅館（現在は割烹）を一時期の花袋が好んでいたのは、その立地や料理の美味しさなどもあったが、それと同時にはたきをはじめとする働き者の新田家の人々に対する好感があった。

【関係する主な作品】

『河ぞひの家』（大6・3「新小説」）、『助六の長胴着』（大6・11「文芸倶楽部」）、『河ぞひの春』（大8・1・1～同・4・30「やまと新聞」朝刊）

【作品等との関連】

田島たきは慶応三年一一月一〇日に生まれた。同い年の夫・増田千万吉とは明治二〇年に結婚している。夫婦はいち、初太郎、とみ、せきという一男三女をもうけた。このうち、次女のとみの夫として橋本仏《ちかし》を養子縁組している（大五）。花袋が新田家を初めて訪れたのはこの翌年のことであり、店には千万吉とたき、とみと仏の夫婦のほかに千万吉の父・増田仙太郎と継母・ふく（旧姓・福島）がいた。ただし、後妻のふくはやはり大正五年に仙太郎と結婚したばかりであった。また、大正六年にはとみと仏との間に一郎という息子が生まれたが、同年末にはとみが亡くなり、その後、仏は千万吉とたきとの養子縁組を解消したとされる。

従って、花袋が新田家を訪れたタイミングは三代の夫婦が揃っていたきわめて短い間ということになるが、彼らの働きぶりについては新田家を舞台としたとされる小説『河ぞひの春』（第13章）のなかで次のように書かれている。

「い、上さんだ……。名代の働き者だアな。あそこぢや隠居夫婦に旦那夫婦に、それに今年の春、総領の娘つ子に養子を取つたで、三夫婦揃つてむつまじく暮してゐる」

主人公・お園（新田家の女中・鈴木モトがモデルとされる）が勤めにやって来る時に店の評判を車夫に訪ねた場面であり、無論、フィクションの表現である点に留意する必要はあるものの、『河ぞひの家』においても「勝手まで出て真黒になつて働くといふ上さん気質」とされ、たき（をモデルにした人物）については一貫して真面目で勤労熱心な側面が強調されている。だが、そのような家族像を描き込む一方で、

『河ぞひの春』の「N屋」の主人(千万吉)はかつての恋人と縁の切れたお園に対して執拗に関係を迫ってこようとする人物に設定されている。

実際の千万吉とたき夫婦は花袋より五つほど年長であり、大正六年当時既に五〇の歳を過ぎていた。対するお園は若く容姿にも恵まれた女性として描かれ、それがために「N屋」の主人の浮気対象となる。ここにおいてお上の反感はお園に向かい、お園自身はそうしたお上を当初「亭主が浮気で、あゝしてなりふり構はず働いてゐる」(第78章)と同情するのだが、最初に提示されていたお上の勤労熱心な性格がそのような解釈に回収されていく点は注目に値しよう。繰り返すように、『河ぞひの春』は新田家の人間関係に多分に花袋自身の脚色を加えた小説なのだが、花袋は鄙びた赤岩にはおよそ似つかわしくない女中・モトの世俗的な恋愛の悩みを聞き、お園を主人公としたストーリーを膨らませていくなかで、これとは対照的にひたすら仕事に打ち込むお上の姿をネガのように造型したのである。その意味でお上のモデルと考えられるたきは花袋における新田家イメージの一翼を担う重要な存在だったと言えるだろう。

【参考文献】

小林一郎『田山花袋研究―「危機意識」克服の時代(二)―』(昭和57・6　桜楓社)

(栗原　悠)

⑯ 増田仙太郎・増田千万吉・福島ふく

【関係する主な作品】

『助六の長胴着』(大6・11「文芸倶楽部」)、『河ぞひの家』(大6・3「新小説」)、『河ぞひの春』(大8・1・1～同・4・30「やまと新聞」)

【作品等との関連】

田山花袋の『助六の長胴着』、『河ぞひの家』、『河ぞひの春』等の作品には、その物語の中心舞台となる「料理旅館」がでてくる。「A(町)のN屋(『河ぞひの家』では太田屋)」とあるのが、それである。作品の中では記号や仮名で書かれているが、実在した地名・旅館である。小林一郎氏が実地踏査して、地名や旅館名、またそれを取り巻く人々について詳細に解明している。それによると、「A町」とは群馬県邑楽郡千代田村赤岩であり、「N屋」は新田屋(新田家)である。この新田屋を経営していたのは増田家であり、作品の中の表現を引用すれば、隠居夫婦に旦那夫婦、総領の娘に養子を取った三夫婦が揃って、切り盛りしていた。左に増田家の系図を記す。(小林一郎『田山花袋研究―「危機意識」克服の時代(二)―』昭57・6　桜楓社)

ここでは、増田家の系図を参考にして、(1)新田屋(家)(2)増田仙太郎(3)増田千万吉(4)福島ふくについて、前記三作品の中で花袋がどのように描いているか、その描写を通して「旅館（作品の中では「旅舎」）」や「人物」について検討してみたい。

（1）新田屋（家）

「それでも主人が確りしてゐるので、此処にざらにあるだるま屋式の旅舎には堕落せず、AのN屋と言ふ昔からの名声を保つて、名物の河魚料理も旨く、女中も堅く、一家揃つて家業に勉強するといふ評判であった。つい此間、今ある離座敷の向うに、もう一軒六畳一間の離れを新築したが（後略）」（『助六の長胴着』）「土地でも評判の好い家で、昔から代々続いてやつて来てゐて、女中の風儀なども堅いと言はれてゐた。（中略）皆な精々と家のために働くので、『太田屋は客扱ひが好い。それに深切だ。彼に泊ると、家でも帰つたやうな気がする。それに食物が旨い。同じ銭なら旨い方を食ふのが好いからな。』などと町の人々は評判した」（『河ぞひの家』）「『大きな茶屋はまアN屋一軒だアな。（後略）』」「続いて家並の外れにさう大して立派でない二階屋と、その入り口の大和障子と、松の緑の靡いてゐる古い門に軒灯の出てゐるのとが映つた。（中略）上框ところに置いてある自転車やら、野菜の一杯入れてある大きな籠やら、客を迎へるための真鍮の火鉢やら、壁にかけてある三越の美人の古い広告のビラやらが一緒になつてごた〳〵とお園の眼に映つた。そしてその入口の左の方には、棚と板の間と釜とを持つた広い厨がそれと指さゝれて、鮪の半身の吊してある向うに湯気が白く上がつてゐるのが覗かれた」（『河ぞひの春』）

家族や従業員が力を合わせて真面目に働き、伝統があり、

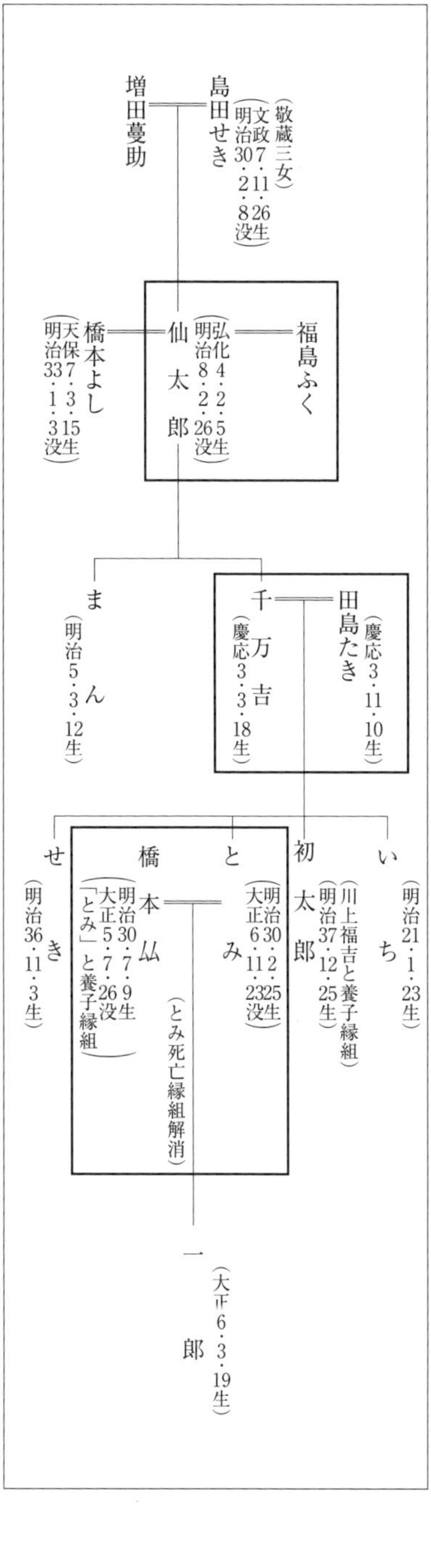

地域で評判の「新田屋(家)」。次に、その新田屋(家)を支えている親子三代の夫婦の内、三名の人物像に焦点を当てて、検討してみたい。

(2)増田仙太郎

仙太郎は隠居夫婦の夫で、作品の中では「お爺さん」とも記されている。

「昔は道楽をした人」「爺はもう七十六である。体は丈夫で、何処にも障りはないが、先年足を病つてから、歩くのが一番不自由で、杖に依らずには歩けなかつた」「長年大きな川の水量の加減を見る経験に富んでゐるので、旅舎の爺は県庁から頼まれて、毎日三回も四回も出かけて行っては、その増減を詳しく書いて、統計を取つてそれを県庁に報告した。爺の言ふことは、洪水の時などには殊によく適中した。余程の時でなければ、爺は心配らしい顔をしなかった。水が土手にひた〳〵になる位まで増して、町の人達が大騒ぎしても、爺は黙ってせつせと危い処の修理に力をそゝがせた。『なアに、この位のことは幾度もある。俺が危ねえッて言はねえ中は大丈夫だ』かう爺は静かに言つた」「箱屋のその婆さんが、會て一度は此の旅舎の年老いた爺さんの本妻になつたことのあるのを話した(後略)」(『助六の長胴着』)「今の隠居なんか、それは通人で、酸いも甘いも何も彼も呑み込んでゐるやうな人だアね。若い時は芝居の囃し方をして、あつちこつちを打つて廻つて歩いたさうだが、太鼓なんか実に旨かつたさうだ。三味線でも何でも上手なもんだ。今でも何うかすると、若いものと一緒に唄ふが、声も節も旨いもんだ」「七十二三だんべ」「(前略)代々主人が女好きでね」「あの隠居は何人女房を替へたか知れないやうな人ですしね、(後略)」(『河ぞひの春』)

作品の中の描写とは言え、この様に抜き出してみると、その人物像が具体的に浮かび上がってくる。

(3)増田千万吉

千万吉は旦那夫婦の夫である。作品の中では「主人」とも記されている。

「主人は若い頃は彼方此方を旅して料理の旨い拙いを試して修業して歩いたといふ四十男」(『河ぞひの家』)【教員杉山とお園との会話から】「『あそこの家庭は面白いでせう。』『さあ、面白いッて別に……。』『商売は堅くやつてゐるし、女中にも無理にだるまの真似なんかさせないけれども、代々、主人が女好きでね。』『そんなことはないでせう。』『さうかね、まだ知らないですかね。(中略)今の主人だつて、あれで随分女にかけてはいろんなことがあるんですよ。』『隠居さんはそんな話ですけども旦那の方はそんなことはないでせう。堅い方ですもの……。』かう言うと、教員は笑つて、『それぢや此頃堅くしてゐるんですよ。今は何うか知らないけれども、私の行く時分には、あの町の中に妾の様にしてゐた女があつてね。上さん妬いて困つてゐましたよ。』『さうですかね。そんな風なところはちつとも見えませんがね。』『さういふ人が却ってさういふことをするもんですよ。』」（『河ぞひの春』）

その後『河ぞひの春』の作品の中では、お園に対する旦那の一方的な恋心が募り、今で言うところのパワハラとストーカー的な行動により、旦那はお園にしつこく迫り、一夜情を交わすのである。

(4)福島ふく

ふくは隠居夫婦の妻で「お婆さん」とも記されている。小林一郎によると、「仙太郎の妻は、大正五年十月三十日に結婚した福島ふくと、考えられる。ふくならば、後妻である。」とここでは確定的な表現は避けられている。（前掲『田山花袋研究』昭57・6　桜楓社）

「『今ゐるお婆さん、そらちよつと小綺麗にしてるでせう。お上さんよりも綺麗に見えるお婆さんがゐるでせう。あのお婆さんは、元は棲を取つた人ですツて……』」（『助六の長胴着』）「隠居の上さんが小さな丸髷に結つて、家の子供に雑つて、土手沿ひの畠に野蒜やなづ菜を摘んでゐる姿も（以下略）」「隠居の上さんが若いので、それを主人の上さんと間違へたり、（後略）」「かと思ふと、小さな丸髷を結つた隠居の上さんが、籠と包丁とを持つて野菜畑から霜にしもげた菜を持つて来て、それを午前の日影の暖かにさし添うその井戸流しで丹念に洗つてゐるさまがくつきりとあたりに際立つて見えてゐたりした」（『河ぞひの春』）

隠居の上さんの描写は多くはないが、小綺麗にしていて美しいお婆さんは、やはり後妻の福田ふくであることが推察できる。以上(1)〜(4)について作品の中の描写から旅館（旅舎）や人物像をとらえてきたが、これだけでも大よその様子はうかがい知ることができる。

今回取り挙げた三作品の中では『河ぞひの春』が長編小説である。この作品は「真面目な愛欲小説」と言われているが、少しもひわいさを感じさせない作品に仕上がっており、最後まで読めば、どんなに過去のある女性であってもいくらでも幸せになることができると思わせる。生きる勇気と希望を与える作品である。

【参考文献】

小林一郎『田山花袋研究―「危機意識」克服の時代(二)―』（昭57・6　桜楓社）

（依田　博）

57 須川温泉《すかわおんせん》

現　岩手県一関市厳美町祭時山国有林

温泉の泉質は強酸性のみょうばん緑ばん泉で硫黄を含んでいる。

須川岳《すかわだけ》

宮城県栗原市と岩手県一関市及び秋田県雄勝郡東成瀬村

に跨がる標高一六二六メートルの山で一般に栗駒山と称されることが多い。平成二六年四月に国土地理院が標高値を改訂して約一メートル低くなった。地域によって酢川岳や大日岳、駒ヶ岳とも称される。

【関係する主な作品】

『無名の渓山を探る』（大7・9「文章世界」）、『山上の雷死』（大7・10「中央公論」）、『猊鼻渓を見る』（大8・8「太陽」）、『湯乃道』（大8・9〜10「文芸倶楽部」）、『須川岳へ』（大9・8「文章世界」）、『秋の旅處々』（大13・9「女性」）

【作品等との関連】

花袋は『思い浮かぶ儘に』（大6・7「新日本」）の中で出かけて見たい所の一つとして示した場所を目指して、大正七年八月、東北の月遅れの七夕時期に長男先蔵と次男瑞穂を連れて約四〇日以上に渡る旅に出た。その行程は、上野を夜行で出て一関から長坂・猊鼻渓、平泉、厳美渓、須川温泉を経、秋田県の小安温泉に抜け湯沢、そして山形県酒田、鶴岡、そして葡萄峠から新潟に出て帰京するという旅である。その後、花袋はこの旅で得たことを素材にして三つの作品を書き上げている。『山上の雷死』と『湯乃道』、そして『廃駅』（大10・11・9〜大11・3・21「福岡日日新聞」）で、須川温泉に関わるのは『山上の雷死』と『湯乃道』である。

この旅の目的と動機は『無名の溪山を探る』の中から探ることができる。手紙形式の文体で「徒歩旅行」をしながら「山水の隠れた勝を探るつもり」であると旅の目的を示し、「陸中の猊鼻渓を一番先に目当て」と書き起こしている。その理由に弟富弥から絵はがきを貰っていたことと岩手県知事（花袋は堤勝太郎と記しているが堤定次郎の誤りか）からも来遊を勧められたことを挙げている。交通の便も儘ならず夏の暑い最中、約一六キロの田舎道を歩いて長坂の町にやっとたどり着いた花袋の印象ではこの地に優れた山水があるとは想像もできなかった。しかし、舟に乗り緩やかな砂鉄川の奥に行くと石灰岩の岸壁が約一二〜一三町（実際は約二キロ程）に渡る奇岩の奇勝に遭遇し、幽邃雄大な点では耶馬溪とは感じが異なり瀞八

須川岳頂上の全景と花袋の宿泊した「大正館」。（向かって右より二番目の白い屋根）。

丁に似ても岩石の形では猊鼻渓の方がよいと感想をもらしている。平凡な川の一部にこのような奇岩景勝があったというギャップに驚きを感じているのである。

また、長坂の町の夜の印象も虫集めの焚き火が暗闇に多く点され、不思議でロマンチックなお伽噺の中にいるようで、その火が落ちればまた落ちたなりの星空の美しさに感じ入っている。『秋の旅處々』でも猊鼻渓を取り上げ、砂鉄川を緩やかに舟が進むにつれ「幽深な渓谷がひらけ」、夢の国かお伽噺の故郷のようだと印象を書きとめている。

猊鼻渓は、大正一四年一〇月に徳川頼倫や植物学者の三好学が唱導した「史蹟名勝天然記念物保存法」（大8・4公布）の認可を受け、現在、一関エリアの主要な観光地になっている。明治四四年四月に刊行された『新撰名勝地誌』（全12巻　博文館）では、掲載もされなかった猊鼻渓が国の史蹟に認可されることになったのは花袋の紹介も一助になり得たと推測できる。

花袋たちはその翌日、朝早く長坂を出て平泉、達谷窟を経て厳美渓に一泊し須川温泉に向かっている。この須川温泉に行く途中、急に風雨に遭い、瑞山地区で休んでいた時に、前日、須川温泉で金縁の眼鏡に落雷し、男が亡くなったことを聞く。『山上の雷死』や『湯乃道』の素材である。この顛末は『須川岳へ』が詳しい。大正八年八月にやはり先蔵、瑞穂の二人を連れて金華山へ行き、帰途、列車で石巻から小牛田駅に向かう途中の車窓から見えた須川岳を見て、前年の旅で遭遇した須川温泉での出来事を回想しているものである。宮城県側から見える須川岳（栗駒山）の様子が第一から三章まで車中客との会話で具体化され、四章から前年の回想が示される。中でも途中で出会った菅笠をかぶった色の白い顔の女が、被害に遭った男の細君であり、その悲哀を想像する。これが『湯乃道』ではより内容が細かにデフォルメされ、被害に遭った男の妻らしき女性に対して「私」は「人生の悲しい『詩』の一句」を想像し、「饅頭笠の下に、それとなく美しい丸髷姿の女の顔隠されてあるのを発見し」、「何処か艶めかしい感じがそれとなく私の心をそゝるやうに」なる。そして、最後の部分でその女が男の死骸を横たえている部屋の梁に自分の帯を通し、首を吊って死ぬという一つの小説タイプに仕上げられている。

『山上の雷死』には、このようなことには触れていない。この作品では舞台が「S岳」の須川岳、「S温泉」の須川温泉、そして「金縁の眼鏡」をかけた男と「雷声」で金縁の眼鏡をかけた男が落雷に遭うという点だけである。須川温泉の建物の状態も虚構されている。『山上の雷死』では「此の温泉場には旅舎はなかつた」とあるが、花袋たちが行った当時、旅舎はあったわけで、その建物は、明治四一年に三井合名会社が鉱山採掘を諦めて閉山した解体材料で造られたものであり、「明治館」と呼ばれ、その後、大正時代に建てられた建物を「大正館」と言っていたという。その点が『須川岳へ』で「棟割長屋のやうな旅舎」と表現していることや『山上の雷死』では「舟のやうな家屋」と表現されている。

現在、全体が新しい建物になり、昔の面影といえるものは、建物の配置程度と湯量であろう。『須川岳へ』から花袋たちは、厳美渓から約四〇キロ強を歩き、途中の瑞山からの三〇キロ弱は雨にもあい泥濘道を難儀しながら六時間もかけて午後四時に須川温泉にたどり着いているが、今は一関駅前から定期バスも運行している。

【参考文献】

『山上の雷死』について、小林一郎『田山花袋研究―「危機意識」克服の時代(二)―』(昭57・6　桜楓社)では、花袋の宗教問題に触れ作品の内容を精査分析している。岸規子著『田山花袋作品研究』(平5・10　双文社出版)は、先行論を基に花袋文学における作品の意義を問いかける。五十嵐伸治は『愛と苦悩の人田山花袋』(昭55・11　教育出版センター)で実地検証報告を含め、花袋の宗教問題について触れる。『田山花袋作品選集』(平5・3　双文社出版)の『山上の雷死』に、脚注や参考文献が付いている。

(五十嵐伸治)

㊽ 泉斜汀・織原せつほか

【関係する主な作品】

『錆びた沼』(大7・10「中外」)、『再生』(大8・4「太陽」)、『印旛沼にて』(大10・7「新文学」)、『水あほひ』(大11・1〜同・12・1「太陽」)

【作品等との関連】

『錆びた沼』『再生』『水あほひ』を、「印旛沼」ものと呼ぶ。花袋がその印旛沼に行ったのは泉斜汀を訪問するのが目的で、大正七年七月八日ないし九日のことで、一〇日には帰京している。斜汀は泉鏡花の弟で、明治一〇年一月三一日、石川県金沢市新町二三番地に生まれる。本名は、豊春。当時の彼は、内縁の妻織原せつが結核に罹患し実家の千葉県印旛沼郡木埜村大字萩原新田九番地で養生中であり、再起の執筆をかね離れに起居していた。せつは、明治二一年一一月二二日生まれの三〇歳であった。病は本復することなく、大正九年二月八日に歿している。その時の光景を、大正九年の随筆集『水郷めぐり』の「印旛沼にて」では、「私の不意の訪問は一家の静かな空気を破つたに相違ひなかつた」と記しており、突然の訪問は斜汀を「今まで寝てゐたI君が慌てゝ離座敷の雨戸を明け出したり、暫くして、I君が眠むさうな顔をそこに出したりした」と写した。斜汀は尾崎紅葉の門下の鏡花を頼り、明治二九年に祖母きてと共に上京、小石川の大塚町五七番地で同居していたので、同門同士の花袋とは旧知の間柄であった。

さらに、この印旛沼を、花袋は「さうですね。面白う御座んしたね。船も好かつたけれども、丘陵の中の散歩がロマンチツクでしたね。丘陵の中だけをシインにしてすぐれた小説が書けるやうな気がしますね。『実際、丘陵の中を歩いて見なければ、印旛沼の本当を見たとは言はれませんね』私はこんなことを言つて、霞ヶ浦に比較して話したり何かした」と、「錆びた沼が今しも銀色に輝いてゐるさまを想像」しながら、斜汀と「夜は遅くまで話」をしたのである。このような風物を背景にしてできあがった小説が、雑誌「中外」に掲載された『錆びた沼』であり雑誌「女学雑誌」に連載された『水あほひ』であった。

ところで『錆びた沼』の「かれと病妻」と『水あほひ』の「貞吉と淑子」とは、斜汀とせつとを軸とする小説であった。しかし、それはあくまでも作家花袋の内面を写した物語である。また、印旛沼一帯の地誌を中心にして描いた『再生』を加えて、「印旛沼」ものと呼ばれている。大正七年は、花袋にとっては重要な年であった。その前年、書肆博文館から書下ろしで出版した『東京の三十年』を、たんなる回想集としてではなく、反ルポルタージュ文学と位置づけると、文壇からは不評であったその『再生』も別種の文学思想への転換をしめす作品であったと読むことができる。そうした転換期の一環としての宗教小説群は周知のとおりだが、『錆びた沼』と『水あほひ』とは後の「『女』の物語」シリーズに結びつく作品であった。

後者の文学は大正七年、第一次世界大戦終了後のデモクラシーの動向とジャーナリズムの発展と一体となって成立した「大衆小説」である。それは今日なら中間小説であり、花袋の大正期を代表する作品群であった。『錆びた沼』では父織原吉之助と母なみとの対立が大家であった旧家を崩壊させた、とある。さらに、『水あほひ』は二人の確執を「妄狂い」と「役者買い」として取りあげ、花袋は廃滅と愛欲の問題をモチーフにしより明瞭に作品化している。その母なみは、印旛沼郡木埜原村大字下井新田の吉植庄之輔の長女である。両親の結婚については病床の娘（せつ）の口を借り、花袋は「父と母との家庭の悲劇は、だからお互いに水と油のやうなとても雑り合ふことの出来ないお互いの性質から来てゐるのです。そしてその油と水とを無理に最初に一緒にした田舎の結婚制度から来てゐるのです」と、『錆びた沼』で語らせていたのである。こうした二人の関係を家格で結びつく旧習の慣しとして取りあげること自体が、戦後の新時代の到来を予告させていた。

また、織原せつが他界したのは大正九年だから、歿後の『水あほひ』では淑子（せつ）の死が報知された。その死は構成上の相違だけでなく、織原家の内幕を仔細に語ることとなった。父吉之助の死は、明治四一年二月一三日、四三歳である。時に、母なみは三七歳であった。やはり、淑子の独白である、「何しろ、母さんは随分贅沢をしたんですよ。何アに、そつちで使ふなら此方だつて負けてはゐはしないつていふ風に使つたんですからね。だから、好い加減な財産はすぐに目茶苦茶になつて了ふわけですわ…」だとか、あるいは「淑子は母親の性の悩みを昔から知つてゐた。母親は三十ぐらゐの時から、全く父親に捨てられたと同様になつてゐたので、その孤独を押へるのにかなりに努力を要さなければならなかつたのであつた」と、『水あほひ』で書きこんでいるのはせつの死と無関係であるまい。つまり、花袋の当時の問題意識がつよく反映した結果だとしても、そのことが許される状況がうまれていたので、『錆びた沼』の象徴風であるのと『水あほひ』の現実的である作柄の差異となってあらわれていたのである。

大正八年四月、雑誌「太陽」に発表した『再生』は花袋の転換期、創作のスランプをはさみ明治から大正はじめの自然主義時代の脱出期、大正の六年から七年前後の文学観を顕著に現していた。その一節「埋れたり、生れたり、亡びたり、または芽を出したりする意志は、こののどかな静かな、何事もないやうな、唯、明けて暮れて行くとしか思はれないやうな空虚な中にも、微妙に、人知れずかくされて働いてゐて、無意味に無意識に働いたり呼吸したりしてゐる生物の上に絶えず動いて行くのであつた」と大自然のリズム、金剛不壊の思想を、花袋は「新しい再生はそのルウインのあらゆるもの、上に起つた」、と嬉々として語ったのである。「嬉々として語った」というのは、この作品が本間久雄や木村毅らに観念の露出だと、否定的に評価されていたからである。

例えば、「池に捨てられて長い年月をその底に埋められた仏像が、光を放つて再び世に出るやうになつた」土地の伝説を、「今やその古い仏龕の中に暗黒の長い生を経て来た不動明王の像の上にも、さうした伝説が当てはめられるやうな時期は到来した。機縁と言つて好いか、宿命と言つて好いか、それとも金剛不壊なあるもの、持つた自然のあらはれと言つて好いか、兎に角その不動明王の像は、その暗い仏龕の中から踊りだして、その光明を世間に漲らせる時は来た」とあるような説明は、評論家には理解されなかった。理由づけの不明瞭なこと、作品展開が疎漏であること、さらには創作態度が粗雑であること等々を彼らは批判したのである。

しかし、転換期の文学思想は『水あほひ』と同時期、大正一〇年一一月から翌一一年の三月にかけて「福岡日日新聞」に連載した新聞小説で開花した。柳田国男から伝聞した話、その東北山形との県境新潟の黒川俣村字北中の寒村での「敗滅」と「再生」を作品化した『廃駅』である。この長編小説は、大正末年から活発化するプロレタリア文学運動と並行して勃興したた農民文学運動のなかから、光があてられた。「土の文学」を探究する農民文芸会（会長、吉江喬松）が編纂し、大正一五年に春陽堂から刊行された『農民文芸十六講』のながれのなかで農民文学の傑作として評価されたのである。

大正期全般の花袋文学は浪漫主義時代や自然主義時代の明治の文学を脱却して、新境地を開いた。その一端が、「印旛沼」ものと呼ばれた作品であり転換期の嚆矢の一つであった、といえるのである。

【参考文献】

小田切秀雄編・犬田卯著『日本農民文学史』（昭33　農山漁村文化協会）、赤松宗旦（柳田国男校訂）岩波文庫『利根川図志』（昭43）、小林一郎『田山花袋研究―「危機意識」克服の時代』㈡、同㈢（昭57・6、58・3　桜楓社）、笠原伸夫『評伝　泉鏡花』（平7・2　白地社）、沢豊彦『田山花袋と大正モダン』（平17・3　菁柿堂）

（沢　豊彦）

㊾　川俣駅・小杉勢以・三村秀子

【関係する主な作品】

『再び草の野に』（大8・1　春陽堂）

【作品等との関連】

埼玉県側の利根川土手の脇（現・埼玉県羽生市本川俣）に、かつて川俣駅というわずか四年余の短命の駅があった。東武鉄道の利根川鉄橋が完成する前のことだ。『再び草の野に』は、この「T川」河畔の「KM駅」を舞台に、そのあまりに短い期間に凝縮して起こった栄枯盛衰のさまを綴った作品である。

川俣駅は明治三六年四月二三日に開業した。ちなみに、『花袋全集』第八巻の「解説」で、前田晁が「今の東武線の終端駅が、曾て北武蔵野の羽生にあつたのがもう一つ先きまで延びて、利根川の手前の土手下の茫々とした草野の中に川俣といふ駅がおかれ」と記しているのは事実とは異なる。前年に加須まで延伸されていた東武鉄道は、加須―羽生―川俣間の二駅分を同日に開業しているからだ。もとより、当の『再び草の野に』が、H町（羽生）まで開けていた鉄道が「もう一つ先まで延びて」KM駅まで達したという設定のもとに書かれているから、前田の事実誤認も故無しのこととは言えない。いやそもそも、花袋は周到に地名をすべて匿名化した上で小説化しているわけだから、歴史的事実との符合をいちいち穿鑿するのは的を射ておらず、むしろその虚構の編成過程から、花袋の作意を汲み取るべきである。

そういう観点から作品を読み直してみると、まず目に付くのは、明治三六年の駅開業を日露戦後に変更している点である。「それは丁度文化の大きな波が、また都会の忙しく息つく空気が、あらゆる原始的の状態を破壊せずには置かないといふメカニカルフオオスが、更にまたその当時国を賭しての戦争の勝利に夢中になつてゐる国民の国運の振興に対する思潮が、一時にこの狭いさびしい昔の野の一角にまで押寄せて来たやうに見えた」。この印象的な一文がまるごと直喩表現になっていることに着目しよう。ここでは、あまりに小さなものが、過剰なほどにまで大きなものと直接結びつけられて語られているが、この誇張とも取れる表現が意味することとは何か。それは、鉄路の敷設と鉄道駅の開業という一現象を、得体の知れない圧倒的な力が束となって国土を席巻してゆくさまの徴候として捉えているということである。花袋は『東京の三十年』（大6・6　博文館）の中でこう言っている。「交通の便につれて、住民の種類の変つて行くのは、寧ろ本能的、無意識的と言つても好い位で、注意して見てゐると、其処に一番に烈しい変遷の渦を巻いてゐるのを見ることができた」（「東京の発展」）。

　東武鉄道は、そもそもその創立願提出（明27・4）の段階から、東京市本所と栃木県足利までの八三・七キロメートルの敷設を申請・認可されたという経緯を持つ。よって、もともと川俣駅の設置は（財政難で頓挫しかかっていたとはいえ）利根川鉄橋が建設されるまでの暫定的なものであり、足利までの延伸は当初から決まっていた。川俣―足利間の開通は、明治四〇年八月二七日。このとき同時に、川俣駅は川向こうの現川俣駅の地に移された。ところが『再び草の野に』では、KM駅の開業、T川鉄橋の建設、川向うのKM駅の開業、この三事業が切り離されて描かれている。通常これほどの大事業が計画的になされないことなど考えられないが、本作では、KM駅の駅長でさえ、勤務駅についての将来の見通し《パースペクティブ》を与えられていないのである。はたして本作では、目先の利益や刹那的な欲望の充足にばかり心を奪われた人々の人間模様が描かれることとなった。わずか四年の間に沸いた泡沫的な好況ににわかに熱狂するものの、退潮後に残るものは「荒涼たるルウイン」ばかり。離合集散した人々の四年間の享楽や贅沢、手柄・利益はすべて虚しいものに帰してしまった――このように記すと、計画的でしたたかな鉄道会社に、視野狭窄で無反省な庶民たちが対置されているように思われるが、はたしてそうだろうか。

　全三部構成からなる「その三」で、語り手は繰り返し、KM駅周辺の消長をローマや奈良、ブルージュといった古代・中世の廃都の歴史に見立てている。ここでも、小さなものと大きなものとが、メタファーの力によって半ば強引に結びつけられているわけだが、その含意するところは、近代文明を象徴する鉄道さえも、いずれ時間の経過に伴う淘汰を免れ得ないということなのではないか。事実、私たちは、鉄道網が全国に敷かれることで古い街道筋の文化が廃れたことを知り、また、自動車の普及が主に地方における鉄道の廃線を招いたことも知っている。街道の宿場町は駅前商店街へと移り、その駅前商店街が郊外型の商業施設に客を奪われてシャッター街になっているさまも目の当たりにしている。また、百年余り続いた自家用自動車の時代も、主にＡＩの台頭によって大きな歴史的転換点を迎えつつあるというのが昨今の論調である。いったい誰が、適切なパースペクティブを有すると言うのだろうか。ＫＭとは、どこでもない＝どこでもある土地のことである。

　さて、『再び草の野に』における虚構化という観点からもうひとつ興味深いのが、近代文明とは対蹠的な存在と思われる「寺」についての挿話である。江戸時代のある日、一人の老齢の旅僧が村（のちのＨ町）にやってきた。ちょうどその日が母親の初七日に当たるという男がこの老僧を引き留め、読経をしてもらった。するとそれを伝え聞いた人々が次から次へと僧に法要を依頼し、一月以上も留められたあげく、彼は村の粗末な寺に住み着くようになった。何度かの代替わりを経るうちに、村も次第に富み栄え、それともに立派な本堂もできあがった――『田舎教師』（明42・10左久良書房）の舞台として知られる建福寺の起源をめぐる物語である。したがって、本作に登場する「和尚」のモデルは、明治三二年にこの寺の二三世住職となった玄綱大和尚、すなわち太田玉茗に他ならない。

花袋が、玉茗の妹りさと結婚したのは、明治三二年のことである。一方の玉茗は、二年後の明治三四年一一月に、大里郡久下村（現熊谷市）の小杉喜三郎の次女勢以《せい》と結婚し、翌年には長女秀子が生まれた（玉茗は明治35年10月、太田家を廃家して母親の実家の三村姓を名乗ったから、彼女は三村秀子として育った）。勢以や秀子のことは、『梅雨日記』（明42・8「文章世界」）、『幼きもの』（明45・1「早稲田文学」）、『秩父の山中にて』（大3・5「青年日本」）、『籾がら』（大4・10「早稲田文学」）、『ボールドに書いた字』（大4・10「文章世界」）、『娘達』（大11・1～12「婦人之友」）、『死の前二日』（昭2・10「改造」）などに見えるが、当時の町の様子がしのばれる『梅雨日記』の一節を以下に紹介しよう。明治四二年六月七日、『田舎教師』の材料蒐集のため行田を訪れた花袋は、取材後、俥で羽生の建福寺に赴いた。「養蚕の頃とて、常に似ず町は活気を帯びたり。戸を悉く開放ちて、柱に、繭買入所といふ紙札を張りたる家を処々に見たり。建福寺の傍、溝に沿ひたる道を行くに、桑刈りたる跡の空しき畠を通じて、寺の白き壁見え、細君と秀子（今年8歳）の其処に佇立みて、此方を見るに逢ふ。太田君喜んで迎ふ。秀子『叔父さんが車で来るのを遠くから見て居た――』と跡を長く引きて言ふ」。

　よく知られているように、日露戦争の従軍から帰って建福寺を訪れた花袋は「小林秀三之墓」という新しい墓があるのに気づき、また、彼の日記を玉茗から借りて読んだことを機縁に『田舎教師』執筆を思い立った。名作『田舎教師』は、この建福寺が生んだと言っても過言ではない。そして、その小林秀三をモデルにした小学校教師Sが、日露戦後を舞台にした『再び草の野に』にたびたび姿を現し、KM駅をめぐる狂騒と凋落とに人生の悲哀を感じていることは重要である。日露戦後を知らぬはずの小林秀三をあえて傍観者として登場させた、あからさまな虚構の設えにも、花袋の作意が透けて見えるようである。

【参考文献】

吉田精一『自然主義の研究 下巻』(昭33・1　東京堂)、岩永胖『自然主義文学における虚構の可能性』(昭43・10　桜楓社)、羽生郷土研究会編『『田舎教師』と羽生』(昭51・3　羽生市)、小林一郎『田山花袋研究―「危機意識」克服の時代(二)―』(昭56・6　桜楓社)、原山喜亥編著『埼玉最初の近代詩人 太田玉茗の足跡』(平25・6　まつやま書房)

(永井聖剛)

⑥⓪ 東武鉄道

【関係する主な作品】

『東京の近郊』(大5・4　実業之日本社)

【作品等との関連】

東武鉄道の創立は明治三〇年のことだが、それに先立つ明治二八年、当時の財界人・知識人一二人からなる発起人会が「東武鉄道株式会社設立願」を逓信大臣に提出したのが新鉄道構想の始まりである。織物業は当時の日本の代表的な輸出産業。両毛はその中心地域だったが、取扱高が増えるにつれ、従来の舟運では対応しきれなくなっていた。鉄道設立の目的は、両毛織物業と東京港湾を直結して、養蚕・製糸業者の出荷に便宜を与え、さらに沿線各地の産業開発および遠隔地利用者の利便を図ることにあった。

明治三〇年、英国ベイヤー・ピーコック社の機関車を輸入。翌三一年から路線工事に着手し、三二年には北千住・久喜間で運転を開始。三六年には利根川南岸の川俣に達し、懸案であった利根川鉄橋の竣工によって、明治四〇年、館林を経由して足利までの路線が開通した(浅草業平橋から伊勢崎に至る伊勢崎線全線が開通したのは明43)。

花袋にとって東武鉄道の開通は、特別の意味を持っていた。館林や羽生への移動が容易になったからである。『東京の近郊』(大5・4　実業之日本社)の「東武鉄道」は、こう書き出されている。「私はよく東武鉄道に乗つて、羽生から館林の方へと出かけた」。館林は言うまでもなく、花袋が一六歳までを過ごした故郷である。その館林は、明治維新の頃にはわずか一万人足らずの町だったが、「館林は製粉が出来、汽車が出来、モスリンが出来てから非常に賑かになつた」（「東武鉄道」）。製粉は館林製粉株式会社（のちの日清製粉）、モスリンは上毛モスリン株式会社を指す。館林の近代化は鉄道と近代産業とによって推進されたのだった。一方の羽生には、新体詩人で花袋の義兄でもある太田玉茗が住む建福寺があった。「古い大きな庫裏の一間、私はよく其処に出かけて行つて酒を飲んだ」（同）。花袋が玉茗のもとに足繁く通った様子は、長谷川吉弘「花袋「不惑」時代の羽生行と作品」（平2・3　「田山花袋記念館研究紀要」）に詳しい。

【参考文献】

東武鉄道社史編纂室編『RAILWAY100　東武鉄道が育んだ一世紀の軌跡』（平10・3　東武鉄道株式会社）、『館林の近代化―東武鉄道と日清製粉―』（平11・10　館林市教育委員会文化振興課）

（永井聖剛）

61　根津《ねづ》嘉《か》一郎《いちろう》

【関係する主な作品】

『再び草の野に』（大8・1　春陽堂）、『小さな廃墟』（大4・7　中央公論）、『東京の近郊』（大5・4　実業之日本社）

【作品等との関連】

花袋の家は明治一九年七月に一家を挙げて上京したが、花袋は東京に住んでからも郷里であった館林をはじめ周辺の地を旅することが多かった。特に東京浅草駅を始発とする東武鉄道の停車駅である埼玉県の久喜・加須・羽生駅から群馬県の川俣・館林、栃木県の足利駅などに降りて旅することが少なくなかった。ことに東武鉄道が埼玉の利根川沿いの川俣駅まで開通した明治三六年前後および利根川に鉄橋ができ、対岸の群馬に新たな川俣駅が設けられた明治四〇年までの四、五年および『再び野の草に』が書かれた大正七年前後は羽生・川俣・館林に逗留する機会が多く、羽生や川俣の吉野屋、田中屋などは『再び野の草に』執筆の逗留旅館でもあった。後年花袋は「私にとっては、旅は文芸への道の最初で、また最後であらねばならぬかも知れなかった」と語ったというが、花袋にとって旅は作家活動に深くかかわり、その作品の大半が地誌文学とも言える旅によって得られた材料や形式に基づくものであった。

『再び草の野に』のあらましは、「T川縁の沼の畔にある某村は、十二三軒しかない聚落だったが、旅の僧侶に小さな寺に住まって貰ってから数代経ると、次第に大きな村となっていた。その後、国を挙げた戦争の勝利の後に、村に鉄道が遣って来て、何も無かったT川縁に終着駅が出来た。早速駅前には料理屋が出来、川向こうのT町の花山に行く乗降客が増えると、一銭蒸気なども運行されるようになり、駅周辺は益々繁華となった。駅周辺の料理屋や連れ込み宿を舞台にした男女の事件が繰り返される中、T川に鉄橋が掛かり、四年後、駅が川向こうに移ると、料理屋等も引越し、一気に元の野原に戻った」という作である。中核となる話は鉄道敷設に伴う利害や文明の力が、人間及び社会に及ぼす影響としていかに大きかったかを事実と虚構を交えて捉えた点にある。そこには花袋が地方出身者という立場から都市的社会への変化に触れることを通して、故郷や田舎を再発見し、その変容と思い入れが托されている。「毎年、欠損々々で、K駅までさへ延びるか何うかといふことは一時大きな疑問だつたが、N氏が力を入れるやうになつてから、やつとあそこまで出来た。あそこまで出た以上、何うしても此方に出て来なくちやならなくなつたので、T川までレイルを引くだけで、別に費用もかゝらないからグングン出来て来たが、さア、T川の鉄橋で一煩悶さ。」「この鉄道としては何うしても野州から上州の機業地に連絡させ、更に運好くば、足尾まで延ばして、あの鉱山の銅を一手で運ぶやうにしなければ十分な成績を挙げる事は出来ないのだから、何うかしてT川の鉄橋をかけなくちやならないんだ」というK駅(加須駅)H駅(羽生駅)KM駅(川俣駅)からT川(利根川)を渡る鉄道の敷設に携わった中心人物が作中のN氏で、モデルは東武鉄道会社社長の根津嘉一郎である。根津は万延元年六月生まれで山梨県出身。実業家として館林の日清製粉会社・東武鉄道・富国生命社長など交通・運輸・倉庫などに関係し、さらに教育、文化事業として国民新聞社長・武蔵高校・根津美術館を創設するなど日本の近代社会の発展に大きな貢献を果たした。昭和一五年一月、八〇歳で逝去。

【参考文献】

柳田泉『田山花袋の文学二』(昭33・9　春秋社)、吉田精一「自然主義の研究下」(昭33・1　東京堂)、岩永胖「自然主義文学における虚構の可能性」(昭43・10　桜楓社)、小林一郎「田山花袋研究—館林時代—」(昭51・2　桜楓社)、同『田山花袋研究—「危機意識」克服の時代(二)—』(昭57・6　桜楓社)、沢豊彦「田山花袋と大正モダン」(平17　菁柿堂)、馬京玉「田山花袋研究」(平19　發行處・韓国語)、原山喜亥「田山花袋　羽生ゆかりの作品をめぐって」(平20　アサヒ印刷)

(神田重幸)

㉖ 金華山

現宮城県石巻市鮎川浜金華山。金華山瀬戸(山鳥の渡し)を挟んで牡鹿半島の東南約一キロの海上に浮かぶ島。周囲は約二六キロ、面積は約九・九二平方キロ、最高点は四四五メートルで、全島が黄金山神社の神域となっている。

【関係する主な作品】

『島の虐殺』(大9・8　「雄弁」)他

【作品等との関連】

管見によれば、花袋が紀行文の中で金華山に触れたのは『新撰名勝地誌〈巻之五〉東山道東北部』（明治44・4　博文館）が最初である。凡例で「陸前には松島、金華山の勝あり」と書き、さらに本文中で地理や歴史、習俗などを七ページにわたって解説している。これ以前に花袋は少なくとも三度、宮城県を訪れているが（明治27年10月、明治36年8月、明治42年11月）、金華山へ足を運んだかどうかは判然としない。確実なのは、大正八年の夏、長男・先蔵と次男・瑞穂を連れて金華山を訪れていることである。なお、『山水小論』（明44・7　「文章世界」）『山水小記』（大6・6・24　「東京日日新聞」）、『山行水行』（大7・7）、『風雨の日』（大8・10　「文章世界」）、『温泉周遊　東の巻』（大11・5　金星堂）、『金華山』（大11・10　「婦女界」）、『旅の話』（大14・6　博文館）、『古人の遊跡』（昭2・8　博文館）、『海をこえて』（昭2・11　博文館）、『山水百記』（昭5・4　博文館）にも金華山の名前が見える。

『新撰名勝地誌』に「金華山に至れば、則ち傍の林巒より数十頭の鹿出で来りて、人に馴るゝこと家畜の如く、人の食物を与ふるを待つさま、恰も奈良のそれの如し」とあるように、金華山に上陸するとすぐに目に入るのが野生の鹿である。これらは黄金山神社の神の使いとして、狩猟を禁じられてきた。『島の虐殺』には、その禁を破って鹿を捕獲し、死骸から皮を剥いで金儲けを企む男たちが描かれている。このような話が本当にあったか否か地元紙を見ても確認することはできなかったが、花袋が大正八年の金華山滞在の際に着想を得たのは確かであろう。ちなみに、小林一郎は地元の人間から「「鹿」の話を聞いた中に、この話の素材になるような事柄があった」と推測している。

【参考文献】

小林一郎『田山花袋研究』全一〇冊（桜楓社）、『霊島金華山』（平元・3　金華山黄金山神社社務所）、千葉正昭『田山花袋「仙台から金華山へ」』（平19・4　「解釈と鑑賞」至文堂）

（千葉幸一郎）

㉝ 後藤《ごとう》正樹《まさき》・小田清五郎ほか

【関係する作品】

『廃駅』（大10・11・9～同・11・3・21「福岡日日新聞」）

【作品等との関連】

花袋は大正七年八月に長男先蔵、次男瑞穂を同行させた東北旅行に出かけている。山形県鶴岡から新潟県村上までの旅の様子は、紀行文『葡萄峠を度る』（大8・8「文章世界」、『花袋紀行集 第三輯』（大12・7　博文館）に所収）に詳しく、またそこで見聞した内容を元にした『廃駅』の原型とも言うべき作品『葡萄の宿』（大8・1「新公論」、『花袋紀行

「日本歴史地名体系 第一五巻・新潟県の地名」
（昭61・7　平凡社）

集 第三輯』（大12・7　博文館）に所収）がある。

温海温泉は現在の山形県鶴岡市にある温泉地で、松尾芭蕉『奥の細道』の旅では『曽良旅日記』に記述が見られる場所である。花袋もこの旅で宿泊しており「温泉場のあるところへと入って行く路は非常に感じが好かった」（『葡萄峠を度る』）との感想を持っている。

『廃駅』では登場人物の男たちが芸者目当てに通う温泉場として描かれ、さらには主人公長兵衛が女中として仕えていた「お留」を訪ねて行く場所でもある。作中「温海は温泉があるので、女達でもたまには出かけた。そこには大きな旅舎が軒を並べている」や、「細い通りがあって、そこから三味線や鼓の音が絶えずきこえた」などと描かれている。

そして花袋の旅は温海温泉の後、奥州三関である「鼠ヶ関」を通って日本海沿岸を勝木まで行き、そこから勝木川を上るように山の中へと進んで『廃駅』の舞台である北中の宿場までたどり着いている。

北中は現在の新潟県村上市北部、江戸期以来「出羽街道」の宿駅で繁栄したという場所である。それに対して『廃駅』は、大正時代の北中を中心とした村々を舞台にして、鉄道が代表するような近代文明から取り残された旧街道を描き、滅びゆくことへの哀惜が作品の主題となっている。花袋が訪れた大正七年八月、北中は「いかにも山中の村らしい感じ」、「古駅の物静かな感じ」を醸し出すような静かな村として紀行文で描かれ、鉄道（羽越線）が旧街道の村々（北中が含まれる黒川俣村）を通らず、日本海海岸のルートに決まったことによって経済発展から徐々に置いていかれるのである。ちなみに現在は国道七号線が通り、「日本海東北自動車道」の開通とインターチェンジの設置が計画されており、道路網が充実した地域となっている。

小田清五郎は主人公長兵衛のモデル、北中で最も大きい旅館「小田屋」の主人であり、明治四四年から大正三年まで黒川俣村（合併して山北町、更に合併して現在は村上市）の村長であった人物である。清五郎は明治一〇年五月に岩船郡黒川俣村北中に生まれ、明治二八年に黒川俣村大毎《おおごと》の有力者の娘、佐藤タカと結婚した。

『廃駅』では「太田屋」の長兵衛として登場し、村長時代に馴染んだ「村上の女」（「鈴木タマの項参照」）を囲って財産を入れ込み、そのため不和となっていた妻（「佐藤タカ」の項参照）の不貞に苦しむ男として描かれている。このような芸者に入れあげる中年男というモチーフについて、花袋と飯田代子の関係を反映したものとして読む批評が多い。作品の最後では、財産も女も失い、妻の不義の場面に遭遇して家族を惨殺し、自らも自殺するという結末になっている。ただし、この殺人と自殺の場面は花袋の創作である。

そして後藤正樹は妻の不貞の相手、入江巡査のモデルとされている人物である。この関係も花袋の創作とされる。後藤は後に佐藤タカと結婚し、タカが亡くなるまで一緒であったという。花袋は入江巡査を狡猾な間男として描いているが、丸山幸子は決して悪い人ではなかったという評判を紹介している。

長兵衛は作品の後半（事件の十年後の場面）で村人に「おらが祖母から聞いた話では、その太田屋の旦那だっていう人が、好い男で、それに器量人で、村のためにいろいろ尽したひとだった」と語られる人物でもある。しかし、鉄道誘致や鉱山の開発などの様々な苦労は時とともに消えていき、誰にも顧みられなくなるという『廃駅』のテーマそのものを体現する人物となっている。

さて葡萄峠は長兵衛が「村上の女」に会いに行く道として描かれるが、北中から出羽街道を南（村上方面）へ向かう峠の名前である。現在の国道七号線はトンネルによって峠を避けて通っているが、現在でも峠道は残っていて、「奥の細道」関連の場所として観光案内が立っている。

花袋は葡萄峠を旅するにあたって、峠の途中にある「明神岩」を目的の一つにしていた。紀行文の中で「橘南谿が『東遊記』に書いた（葡萄峠雪に歩す）の一文は、若い時から私の頭に印せられて、いつかは一度通って見たいと思っていた」（「『葡萄峠を度る』」）といっているように、花袋にとって「明神岩」は旧街道の風景を象徴するものであり、『廃駅』の作中でも登場させている。

橘南谿は江戸後期の医者で、紀行文によって知られていた人物である。『東遊記』の「葡萄嶺雪に歩す」は雪の深い季節に村上から北上する内容で「此所に矢伏明神とて神祠あり。（中略）甚だ高き絶壁あり。巌の高さ二十丈余有りと云う。其巌の辺に古木の杉数十本有るに、其杉の梢ようよう岩の半ばに及べり。此辺は誠に唐画を見るごとく奇絶比類なし」と「明神岩」が描かれている（『東西遊記』（昭49・2 平凡社）より引用）。

『廃駅』がこのように忘れ去られつつある古跡、つまり「址」を偲ぶ作品であるとすれば、この峠が作中「この十年の間に、葡萄峠の山の中の村落はすっかり衰えて了った」や、「何も彼もすぎ去った。山の外に流れ去る渓流と共にとこしえに過ぎ去った」と描かれていることがよく理解できる。作品の最後は、北中も「いつかまったく畠になって了っていた。もはやそこには、昔の旅舍のあとも、あの惨劇のあった二階屋もなかった。すべて全くもとに帰した」と描かれている。

　そして大沢鉱山は『廃駅』でストライキのあった所のモデルである。ただし葡萄峠付近には江戸期から多くの鉱山があり（丸山論）、花袋がどこを想定していたのか場所の断定はできないという。また、ストライキの場面は花袋の創作とする説が有力である。

　では、なぜ花袋は書いたのか。伊狩弘によると、近代主義から脱する価値観、いわば人間社会の原始的状態を描こうとしたのではないかということである。『廃駅』の後半、かつて鉱山で働いていたという農夫を登場させ、閉山に対して「働いて食うものをさがすのは、鳥、獣でもやっている。それであるのに、働くことすら勝手に出来ねえ！（中略）どうもおらが腑に落ちねえ。」と語らせている。花袋は、鉱山という近代産業の影を見て、人間のあるべき姿を『廃駅』の農夫によって描いているのである。

　村上は新潟県北部の都市、かつては内藤家四五〇〇〇石の城下町であった。花袋が訪れた大正七年当時、鉄道がこの町まで来ていたので帰りは汽車に乗って東京へと戻っている。

『廃駅』では村長時代の長兵衛が芸者「村上の女」と馴染んだ土地である。丸山によると、当時村上には料亭や置屋が十何軒以上あり、瀬波温泉と共に大変栄えていたという。その繁栄を体現するのが「村上の女」であり、作品の最後で長兵衛は妻を捨てて女と共に再起を図ろうとする。しかし「村上の女」に断られ、それから帰宅した日が事件の当日となっている。

　このように村上（「近代」の繁栄）は長兵衛を拒否したと言える。しかし実際の小田清五郎は妻と離縁した後「村上の女」と結ばれ、置屋を経営して成功したという。

（関塚　誠）

【参考文献】

小林一郎『田山花袋研究―「危機意識」克服の時代㈢―』（昭58・3　桜楓社）、丸山幸子『「廃駅」について』（昭55・11『愛と苦悩の人・田山花袋』教育出版センター）、伊狩弘『「廃駅」の研究』（平26・3「宮城学院女子大学大学院　人文学会誌」）

㊹ 佐藤タカ・鈴木タマほか

【関係する主な作品】

『廃駅』（大10・11・9～同11・3・21「福岡日日新聞」）、単

行本『廃駅』（大11・12　金星堂）

【作品等との関連】

佐藤タカは『廃駅』の主人公長兵衛（「小田清五郎」の項参照）の妻「お虎」のモデルとされる。古くから続く宿場町北中（現在の新潟県村上市、「北中」の項参照）で最も格式の高い旅館「小田屋」を清五郎と共に経営していたという。佐藤虎雄、行雄は二人の子供とされる。丸山幸子によると、タカは明治中ごろ清五郎と結婚し、その後入江巡査のモデルである後藤正樹と再婚している。

『廃駅』では、長兵衛に馴染みの芸者がいることに嫉妬する妻として描かれ、花袋は「一体、お上さんもしつこいだよ。何もそんなにやきもちをやかなくったって好いんだよ。村長さんでもしていりゃ、自然茶屋ばいりをするようになるのは当り前だでな」と女中に言わせている。そして作品の後半になって入江巡査との不貞が露見するのであるが、これは花袋の創作である。

丸山の調査によると、佐藤タカは「美人でもあり、見識の高い気性の激しい勝ち気な人」であったという。清五郎と離縁した後しばらくは「小田屋」を経営し、後に巡査であった後藤の赴任先へ行ったとされる。

清五郎とタカの夫婦については、花袋が大正七年実際に「小田屋」を訪れた際（「葡萄峠」の項参照）土地の人からいろいろ聞いている。それを元にした『廃駅』の原型とも言うべき短編小説『葡萄の宿』（大8・1「新公論」）、『花袋紀行集　第三輯』（大12・7　博文館に所収）という作品がある。

そこで花袋と思われる「K」という旅行者が「きっと、亭主の心持がよく分る上さんではなかったんだね」と、事情を知る女中から聞いた印象を話している。この部分について花袋の創作である可能性があるが、『廃駅』の「お虎」との共通点が見られる。ただし、大正七年当時の花袋が妻との不和であったという説があり（尾形明子）、モデルとの相関性がどれほどのものか断定できない。

さて、花袋全集に付された加能作次郎解説に葡萄峠の旅から帰った花袋の様子が伝えられている。「「君、到頭葡萄へ行って来たよ。」と例の元気なにこやかな、否それ以上、何かしら新しい感激に燃えているような調子で言われるのだった」との証言であり、小説『廃駅』は単にモデルというだけでなく、花袋に「新しい」文学的衝動をもたらしたように見える。

『廃駅』の最後は長兵衛が妻と入江巡査の不貞に逆上し、子供たちを道連れにして惨殺、自らも命を絶つという惨劇で終わっている。しかし、この部分も全て花袋の創作である。なぜ花袋はそのような結末にしたのか。ここで、花袋が明治の終わりから大正初めにかけて繰り返し言及しているローデンバックの影響を考えてみたい。

光石亜由美によると、花袋は『奈良雨中記』（明38・9

「新古文林」、『旅すがた』明39・6　隆文館　収録）で「ロオデンバハは、伯耳義の廃都ブルーグの詩人として声明ありき」と紹介しているという。また、談話として発表された『ローデンバツハの「廃都」』（明41・3・22「読売新聞」）の中で、花袋は「近頃読みたいと思って居た矢先に、蒲原（有明）君がBruges la Morta（廃都）と云う小説を持って居ると云う事で、早速借りて来て読んで見た」と語っている。そしてこの『廃都』というタイトルこそ、自らの小説を『廃都』と名付ける要因であったとの説がある（丸山幸子、岸規子など）。

『廃都』は現在、『死都ブリュージュ』（窪田般彌　訳　昭63・3　岩波文庫）として流布しているが、光石によると明治後年にローデンバックをとりあげていた花袋は、かなり早い段階での受容であったという。

『廃都』の主人公ユーグは亡き妻を偲んでブリュージュを訪れ、そこで妻の面影をもつジャーヌという踊り子と深い仲となる。かつての繁栄をとどめながらも静かに衰退し続けるブリュージュという廃都の中で、ユーグは物思いに沈んでいる。そしてジャーヌが妻の肖像画に触れたことを許せず、ついには絞殺してしまうという内容である。

花袋は談話の中でブリュージュについて「此の小説の題名であり亦舞台にもなって居るBruges la Mortaと云う都は中々面白い処だ（中略）中世紀時代には栄えた旧都である」とし、また作品の結末について「妻の大切にして置いた者をいじり始めたのを腹立たしく思って遂に殺して了う。殺してからは死んだ妻と自分の事を熟々考えて廃都の荒寥たる光景と対照して深く思に沈む」と書いている。

このように『廃都』は小説のタイトルだけではなく、結末の殺人というアイディア、そして「廃都」となった北中を「人間廃滅の惨めな縮図」と描いたことに大きな影響を与えている。花袋とローデンバックについてこれまで様々に論じられてきたが、『廃都』における殺人について管見に入らなかったので一言付け加えておいた。

鈴木タマは『廃駅』で長兵衛と馴染んだ芸者「村上の女」のモデルである。丸山によると、当時村上（「村上」の項参照）には岩船郡役所があり、村長時代の清五郎が度々訪れていたという。また村上には料亭や置屋が十何軒以上あり、そこで相川屋の芸妓きん、本名鈴木タマと深い仲になった。これらが要因となり、清五郎は妻タカと離縁し、村上でタマと二人、置屋を経営したとされる。

『廃駅』では長兵衛が財産を入れ込んで破産の原因を作り、妻との不和を引き起こした存在として描かれるが、『葡萄の宿』では、「村上のその芸者だって、親類の者なんかわるく言うだろうけど、唯、騙して金を捲き上げたばかりでは。いろいろなことがあるに相違ないよ。人情も涙もあるんだよ」と「K」に語らせている。

丸山によると、実際のタマは「絶世の美人であり、二人が経営した置屋は「繁盛振りを示し」ていたという。また、花袋研究諸家に共通して飯田代子との関連が指摘されている（尾形など）。『廃駅』では、一九歳で長兵衛と馴染んだとあり、この年齢設定に代子との相関性が見られるという。

作中唯一生き残った存在となる「村上の女」は、作品の最後で長兵衛の墓を訪れている。そしてその姿を見た土地の人に「一度、お墓参りに内所でやって来たっけ、おらは行き逢ったけども、そんなにわりい女でもねえだよ」と語らせている。

このように、旧街道の宿場が滅びゆく様を描いた『廃駅』は、『再び草の野に』や『時はすぎゆく』など花袋文学の大きな流れの中にある。吉田精一はそれを「初期以来の花袋の作風、即ち廃墟の風物に対する深い興味」とし、「「址」の文学」と名付けている。

【参考文献】

小林一郎『田山花袋研究―「危機意識」克服の時代㈢―』（昭58・3 桜楓社）、尾形明子『「廃駅」を中心に』（昭53・11 「東京女学館短大紀要」・『田山花袋というカオス』平11・2 沖積舎 所収）、丸山幸子『「廃駅」について』（昭55・11 『愛と苦悩の人 田山花袋』 教育出版センター）、岸規子『「廃駅」論―主人公の「惨劇」をめぐって』（平6・6 「解釈」・『田山花袋作品研究』 平15・10 双文社出版 所収）、伊狩弘『「廃駅」の研究』（平26・3 「宮城学院女子大学大学院人文学会誌」）、光石亜由美『紀行文に描かれた「奈良」―田山花袋「奈良雨中記」とローデンバック「死都ブリュージュ」』（平25・3 奈良大学総合研究所「総合研究所所報」）、吉田精一『自然主義の研究 上下』（昭30・11、同33・1 東京堂）

（関塚 誠）

㉟ 東萊温泉《とうらいおんせん》 （韓国語読み「トンネオンチョン」）

【関係する主な作品】

『海をわたる』（昭3・7 金星堂）、『温泉周遊』（大14・4 「週刊朝日」）

【作品との関連】

大韓民国釜山広域市の北部、東萊区にある温泉で、釜山の中心部から地下鉄で三〇分ほど、釜山港のフェリーターミナルから車で三〇分ほどのところにある。七世紀の新羅の時代に王族が利用したと伝えられる歴史のある温泉で、朝鮮・日本統治時代に開発が進んだ。

花袋は大正一二年六月一四日、満州・朝鮮の旅で、慶州から蔚山を経由して東萊温泉に入り、蓬萊館という宿に一泊している。この時の様子は『アカシア』所収の『海をわたる』に描かれ、さらにその一部はそのまま『温泉周遊』の「東萊温泉」の項にも使われている。両者に共通しているのは、温泉場に着いた時の落胆、宿の平凡さ、しかし、その湯殿の手前の鏡の前で、美しい朝鮮人の女が化粧をしているのに心を奪われ、湯に浸かってみると、湯量の豊富さと泉質の良さに心地よさを味わうという流れである。

花袋は翌朝、東萊温泉から自動車で釜山港に向かい、下関に向かう船に乗って帰国している。

【参考文献】

小林一郎『田山花袋研究―「危機意識」克服の時代㈢―』（昭58・3　桜楓社）

（加藤秀爾）

⑯　高《たか》柳《やなぎ》保《やす》太《た》郎《ろう》

【関係する主な作品】

『海をわたる』（大14・4　「週刊朝日」）、『満鮮の行楽』（大13・11　大阪屋号書店）

【作品等との関連】

明治二年～昭和二六年。石川県の士族の二男に生まれ、高柳家の養子となる。陸軍士官学校、陸軍大学校卒業。日露戦争に第二軍司令部附参謀（作戦担当）として参加した。その後は対ロシアの諜報活動に従事して、最高位は中将。南満州鉄道総裁室嘱託として、満鉄の情報活動の基礎を作った。文士を招待してその時のことを書いてもらうというのも、こうした活動の一つである。

花袋は南満州鉄道の招待で、大正一二年四月から六月にかけて満州と朝鮮を旅している。大連に着くと、南満州鉄道の本社で高柳に面会し、高柳の案内で社長や理事に紹介されたことが、『満鮮の行楽』の「埠頭」と名づけられた章の冒頭に記されている。また、『アカシア』所収の『海をわたる』は、この旅行から帰国する際の体験に基づくものだが、帰国前日に宿泊した釜山近郊の東萊温泉の宿から「本社のTさん」にお礼の電報を打つ場面がある。この「Tさん」が高柳であることは間違いない。

【参考文献】

小林一郎『田山花袋研究―「危機意識」克服の時代㈢―』（昭58・3　桜楓社）

（加藤秀爾）

⑰　蔚《うる》山《さん》

【関係する主な作品】

『満鮮の行楽』（大13・11　大阪屋号書店）

【作品等との関連】

現在は大韓民国の蔚山広域市となっており、人口は一一六万人。朝鮮半島の南東部に位置し、日本海に面している。韓国有数の工業都市で、現代グループの企業城下町の観を呈している。日本統治時代には工業都市・捕鯨基地として栄えていた。

豊臣秀吉の朝鮮出兵の際、慶長二年の慶長の役で、浅野幸長らが現在の市の中心部の、標高五〇メートルほどの山に蔚山倭城を築いた。完成直前に朝鮮・明連合軍がこの城を包囲したが、加藤清正の援軍を得て、撃退に成功した（第一次蔚山城の戦い）。朝鮮・明連合軍は翌慶長三年にも攻めてきたが、今度は十分な籠城体制ができていたため、加藤清正がこの城を守り切った（第二次蔚山城の戦い）。しかし、秀吉の死により帰国命令が出て、清正は年内に撤退し、帰国している。城跡は現在、公園となっており石垣の一部が残されている。

花袋は大正一二年六月一四日、満州・朝鮮の旅で、慶州から列車で蔚山に着き、自動車に乗り継いで東萊温泉に入っている。『満鮮の行楽』の「帰国」と名づけられた最終章には、「歴史で知つてゐる蔚山の籠城、清正の奮闘、さうした光景の跡などは何処にも認められなかつた。唯、向うの小さな山を指して、『あそこださうですよ、蔚山の城のあつたところは――』とM君と話しあつただけだつた。」と記されている。

【参考文献】

小林一郎『田山花袋研究―「危機意識」克服の時代㈢―』（昭58・3　桜楓社）

（加藤秀爾）

㊱68 橘《たちばな》　捨吉《すてきち》

橘捨吉（生没年月日不明）の人物像は、モデルとして登場する数点の作品から伺うことしかできない。小説のモデルであるがゆえに当然、作品に描かれたことが事実であるとは言えないが、橘捨吉を探る手立てとして推測を含めて以下に書きとめる。

橘捨吉について、岩永胖が『田山花袋研究』（昭31・4　白楊社）で、『百夜』について「これは代子が関東大震災の後に、向島の芸妓をやめて、巣鴨庚申塚の大正大学裏に移転し、そこに囲われることになり、やがて当時の荏原郡碑衾町碑文谷の義弟橘捨吉の附近に妾宅を新築することになったいきさつを小説化したものである」と触れているだけである。小林一郎も『田山花袋研究―「危機意識」克服の時代㈢―』（昭58・3　桜楓社）の中で震災後に飯田代子が「橘捨吉に嫁した光子夫婦のいるK町（駒形か）に無事避難していたということや先の岩永胖と同様、『百夜』に登場する新吾のモデルとして紹介するにとどまっている。

橘捨吉は、岩永胖が指摘したように花袋の後半生に影響を与え、愛欲小説にも多くモデルとして登場する飯田代子の妹光子の夫である。橘捨吉と光子の年の差は作品『初芝居を見に』や『小さな舟』から推定すると七～八歳程であろう。
　また、『百夜』では、飯田代子がモデルとなるお銀の生年月日は、明治二二年二月一一日の大日本帝国憲法発布の前日になっている。宮内俊介は『田山花袋全小説解題』（平15・2　双文社出版）で作品のモデル事項で飯田代子の生年月日に関して、作品によって明治二二年二月二日と記述していたり、また他の作品では二月三日生まれと記述している。恐らくこのことは、岩永胖が前述の論考で飯田代子について「当時、東京府荏原郡品川町大字北品川二百拾五番地飯田吉三郎―元京橋区南植町―長女、明治22年2月2日生」としたことを参考にしたと考えられる。小林一郎も『田山花袋研究』において、この岩永胖の資料を参考にして飯田代子がモデルとなる各作品の人物の年齢を明治二二年の生まれと起算して記載していると推測できる。小説『百夜』に示された内容と岩永胖の指摘を信用度の高いものと想定して考えると飯田代子が明治二二年生まれであることを基準に推察すると捨吉は明治二三、二四年頃の生まれで、光子は三一年頃の生まれとなる。捨吉と光子の出会いについては、定かではないが飯田代子が一度落籍され、その後再び赤坂の芸妓屋「近江屋」に抱えられた頃だろうと思われる。
　田山花袋の作品から推定すると橘捨吉は、建築土木関係を主とする企業に入社し、幼なじみの飯田光子と大正四年頃に結婚し、福岡で新婚生活を送り、その後東京に戻って関東大震災に遭遇している。捨吉光子夫婦は三人の娘を授かり、そのうち長女の和子を飯田代子は養女としている。

【関係する主な作品】

『初芝居を見に』（大5・2　「婦人公論」）、『小さな舟』（大6・6　「雄弁」）、『百夜』（昭2・2・21～同・7・16　「福岡日日新聞」）、『温泉めぐり』（大7・12　博文館）

【作品等との関連】

『初芝居を見に』では捨吉は政吉として、光子は袖子として登場する。作品では「政吉が十五、袖子が八つ位の時」から兄妹のように過ごし、この二人の成長過程が袖子の家を中心に描かれる。そして、二人を見守る袖子の姉が濠端の狭斜で棲を取る立場の人になっており、この姉が飯田代子である。そして政吉の母親は、中年で寡婦になり、酒好きと設定されている。政吉は、中学を中途でやめ、その後、徴兵検査に合格して規定の年数を勤め上げ、会社勤めや役所勤めもする。二三、四になった時、政吉はある会社の上司に引き立てられて福岡に転勤することになる。政吉と袖子は絶えず手紙のやり取りはしているが、端から見ると二人の心はなかなか進展する様子がない。そんな中、夏の初めの頃に、不意に、政吉の母親が袖子の家にやってきて、政吉の嫁に袖子をと所望する。これが契機となって二人の心が動き出し、袖子の姉が政吉に上京せよと手紙を送ったことから政吉は三年ぶりに帰省し、政吉と袖子の思いが一つになる。そして、姉に支度を調えて貰った袖子は、正月五日に政吉と二人で下谷二長街へ初芝居を見に出発したところで作品は終わる。

下谷二長街には、当時、市村座があったことから、市村座に芝居を見に行く設定になっている。既に政吉は二六、二七歳になり、袖子が二〇歳位になっていた。『初芝居を見に』が大正五年二月の「婦人公論」掲載から考えると作品の時代背景も前年の正月頃ではないかと想定できる。これは、大正四年の六月頃に花袋と代子が九州を訪れた時に、福岡で新婚生活を送っていた捨吉夫婦が現地の案内をしたことが『温泉めぐり』98章に記載されていることによる。つまり橘捨吉は飯田代子の妹光子と結婚して福岡で新婚生活していた時のことにほかならない。

『初芝居を見に』とほぼ登場人物が重なるのが『小さな舟』である。『小さな舟』の主人公は順吉でモデルが捨吉であり、光子は秀子として、そして代子はおかねとして登場する。順吉の生い立ちについて、この作品では順吉は、今の母親の病死した妹の子らしいという曖昧な設定状態になっている。また、順吉は『初芝居を見に』では中学を中退したことになっているが、ここでは「ある商科の中学校」を修了したことになっている。その後「兵営生活を三年」勤め上げ、「二三ケ所商店のやうなところを勤め」て「K の役所」に雇用されていると設定される。この点は、『初芝居を見に』とほぼ重複するが、順吉は、秀子ではなく「その秀子の姉の、おかねといふ今年二十五になる、順吉より一つ年上の美しい」、「艶な美しいコケツトリイなところ」に惹かれているという設定になっている。

橘捨吉と飯田光子、代子との出会いについては、作品では「おかねがAの狭斜街からある旦那にひかされて、順吉の家の近くに住つた」と叙述していることと『初芝居を見に』では「政吉が十五、袖子が八つ位の時」と設定していることを合わせて推察すると明治四〇年頃ではないかと思われる。

『百夜』では、捨吉は、新吾として、光子はお糸、代子はお銀として登場する。捨吉夫婦は関東大震災の時には福岡から東京に戻っており、三人の女の子を授かっている。『百夜』では志摩子、喜久子、かね子となっており、この捨吉夫婦の長女を代子は養女としてもらい受け育てている。この志摩子が『こころの珊瑚』（昭2・5・22〜同・9・21「読売新聞」）ではお弓（代子）の子の鞠子としても登場する飯田和子である。

『百夜』84章の「結婚してから十年になるといふ記念」の日から新吾の具体的なことが記述され、「K組」（建築や土木関係の会社か）の「購買掛」の職に就いていることになっている。『百夜』の時代背景が関東大震災後の大正一二年九月から一四年頃までで、お銀を抱えていた島田がお銀の新居を新吾、お糸夫婦の郊外の家付近に建てることになる時期を考えると捨吉と光子の結婚はやはり、大正四年ではないだろうか。代子の新居が橘捨吉の荏原郡《えばらぐん》碑衾町《ひぶすまちょう》碑文谷《ひもんや》の新居附近と言うことになっており、『百夜』でお糸の家に行くために乗る電車は、恐らく大正一一年九月に目黒蒲田電鉄が設立して、翌年に一一月には、丸子玉川・蒲田間が開業していることから現在の東急目蒲線であろうと思われる。

【参考文献】
主に、岩永胖『田山花袋研究』（昭31・4　白楊社）と小林一郎『田山花袋研究―「危機意識」克服の時代㈢―』（昭58・3　桜楓社）によるところが多い。飯田代子関係では、沢豊彦『田山花袋の詩と評論』（平4・2　沖積社）同じく沢豊彦『田山花袋の「伝記」』平21・10　箒柿堂）が参考になる。

（五十嵐伸治）

69 田山花袋記念文学館

【住所】 群馬県館林市城町一番三号
【電話番号】 〇二七六―七四―五一〇〇

昭和六二年四月一八日に、田山花袋旧居のある「歴史の森」に「田山花袋記念館」として開館。平成一三年四月に「田山花袋記念文学館」と改称した。

館林における田山花袋の顕彰事業をさかのぼると、昭和二二年に郷土史家の小保方守治らによって「田山花袋顕彰会」が発足し、昭和二四年に尾曳稲荷神社に花袋歌碑が建立されたことに始まる。この後も、五月一三日の花袋忌に合わせて講演会等が開催されるほか、三〇年忌などの大きな節目には、館林市文化協会や観光協会の主催により、講演会やコーラス、劇「田舎教師」の上演などが行われていた。

こうした中で、昭和三八年からは館林市立図書館が花袋の普及や顕彰活動を行うほか、花袋の著書の収集にも力を入れた。昭和四〇年には、東京在住の花袋の次男瑞穂より図書館に花袋愛用の机、電気スタンド、柱時計（結婚祝いに尾崎紅葉・川上眉山から贈られたもの）、鞄、脚絆などが寄贈された。

一方、同じ昭和四〇年には、花袋にゆかりのあるつつじが岡公園内の「一柳亭別館」（旧称躑躅《つつじ》館）が、所有者から市に寄贈された。この建物は明治一八年に料亭「躑躅館」として建てられ、最後は花袋とゆかりのあった芸妓・石島こと（琴寿）が経営した一柳亭の別館として使われた。花袋の小説『新しい芽』の舞台にもなった場所である。寄贈後は「花袋記念館」と改称され、毎年四月から五月のつつじまつり期間中に公開されたが、老朽化のため、昭和五四年に解体された。

また、館林市立図書館では「郷土の文豪田山花袋展」（昭

田山花袋記念文学館

47）などが開催され、田山家の協力によって花袋の原稿や遺品、デスマスクなどが展示された。図書館は昭和四九年に館林城三の丸跡に新築移転したが、館内の郷土資料室が手狭となり、図書館敷地内に附属の郷土資料館を建設し、昭和五三年一一月に開館した。

同じ頃、館林市役所移転予定地にあった明治時代の洋風建造物「旧上毛モスリン事務所」の保存活用の要望が起こり、県立館林女子高校隣の「歴史の森」に移築することになった。これに伴い、昭和四六年から市教育委員会が管理していた「田山花袋旧居」も「歴史の森」に移転し、二つの建造物を保存活用することとなった。

これに伴い、昭和五六年四月「館林市立資料館」が設置され、図書館の郷土資料館は資料館から独立して「館林市第一資料館」となり、「歴史の森」は「館林市第二資料館」となり、同年一二月に開館した。依頼、資料館では花袋の書や原稿、書簡なども積極的に収集していたが、昭和五八年に旧居前に花袋の胸像が建立されたのを機に、田山花袋記念館の建設要望が起こった。

その後、第二館資料館南側の館林城本丸跡地が市の所有となったので、旧居に隣接するこの地に田山花袋記念館を建設することが決定した。建設の趣旨は、田山花袋を顕彰し永く後世に伝える花袋に関する調査研究センターとしての役割の他、市民の多様な文化活動に応えるための文化創造の場とするためであった。昭和六〇年度より建設準備を進め、昭和六二年四月一八日に開館した。この時、館林市立資料館収蔵の花袋関係資料は記念館に移管した。展示は花袋のおいたちと文学的足跡を紹介する常設展示室と企画展示室が中心で、在りし日の花袋の書斎も復元されている。開館に伴い、田山家から自筆原稿や友人作家たちの書簡など約四〇〇〇点の資料の提供を受けたが、これらは今まで未発表のものが多く、花袋研究のみならず近代文学館研究においても大変貴重な資料ばかりであった。館ではこれらの資料を用いて様々な角度で花袋を紹介する特別展や企画展を行うほか、未発表資料の調査研究にも努め、その成果を公表するために「研究紀要」や「研究叢書」を刊行している。刊行物の詳細は館のホームページを参照されたい。

現在の収蔵資料点数は約一一三〇〇点で、田山家受入資料約七二〇〇点の他、飯田代子、進藤長作(友人)、松浦辰男(歌の師匠)、坂本石創(弟子)の旧蔵資料、程原健ら郷土の研究者の蔵書などの貴重なコレクション資料がある。

【参考文献】

『館林双書　第六巻』(昭51・3　館林市立図書館)「館林市立資料館年報1」(昭57)「田山花袋記念館年報1」(昭63)

(阿部弥生)

⑳ 田山花袋旧居

【関係する主な作品】

『ふる郷』(明32・9　新声社)、『姉』(明41・1「中学世界」)、『昔の家を見に』(明44・10「中学世界」)

【作品等との関連】

「田山花袋旧居」は、田山花袋が六歳から一四歳までのおよそ約八年間の少年時代を過ごした家で、「花袋成長の家」とも呼ばれる。

「田山花袋旧居」は現在の館林市城町六七八番地に所在していたが、建物は昭和五六年に現在の館林市第二資料館(館林市城町二番三号)内に移築され、一般公開されている。木造茅葺平屋建で、縁側に面した八畳が二間、玄関に三畳間、玄関に東に四畳間があり、台所には板の間と土間がある。江戸時代後期の武家屋敷と推定されるが、棟札や図面などの正式な建築年代のわかる資料は現存していない。また、旧居跡は、建物の礎石を残した史跡公園として、一般に公開されている。

「田山花袋旧居」のあった現在の館林市城町六七八番地は、館林城内の総郭内の「裏宿」と呼ばれる場所に位置し、江戸時代末には「一五七三番屋敷」と呼ばれていた。秋元家城主時代の「館林城絵図」によれば、当時ここは「石川宗内」という家臣の家であり、宗内は、花袋の母てつの姉

現在の田山花袋旧居（館林市第二資料館内）

さだの婿で、花袋から見れば伯父に当たる人物であった。その後、明治一〇年四月から一二年三月まで、ここには旧秋元藩士の程原要三郎の三男鉢三郎が分家して住んでいた（館林町戸籍七）。鉢三郎の父要三郎は、花袋の祖父穂弥太の姪である綾見ゆいの夫で、やはり花袋の家とは姻戚関係になっている。

　田山家は文久二年に羽州の高擶陣屋（現在の山形県天童市）から館林に移り、総郭の外伴木（現在の館林市尾曳町）の家（明治5年の壬申戸籍では「館林町一四六二番屋敷」）に住んだ。秋元家の転封から一八年後のことである。その後、明治維新を迎え、警視庁の巡査となった花袋の父鍋十郎は妻子を呼び寄せ、東京で暮らしていたが、明治一〇年四月に父が西南戦争で戦死したため、同年八月に母てつ・姉かつよ・花袋・弟富弥の四人は祖父穂弥太の迎えにより館林に帰った。当初は祖父母が残っていた外伴木の家で暮らしていたが、明治一二年四月に裏宿の家（現在の「田山花袋旧居」）に転居した。この転居の様子は、花袋の小説『ふる郷』にも書かれているが、作品では、転居先は「裏宿」ではなく「内伴木」としている。また、引っ越しの理由としては、①小学校が遠いこと②家が古くなったこと③城沼が近くて子供には危険だったことを挙げている。明治一九年四月、兄の実弥登が修史局に就職したので、一家を挙げて上京することとなり、同年七月、前住人の程原鉢三郎の父程原要三郎に売却した。この売却に伴う「建家売渡証」や、田山家が上京前に使っていた椀と膳が程原家に伝わり、現在は田山花袋記念文学館に収蔵されている。

花袋上京後、花袋旧居は明治二五年に旧藩士の尾形覚三に売却された。花袋は上京後も館林を訪れ、旧居にも足を運び、その様子を『姉』や『昔の家を見に』などに書いている。また、大正一二年一月には、十二巻本「花袋全集」の口絵写真の撮影のため、福岡益雄や川俣馨一らと外伴木の生家跡や躑躅ヶ岡、花袋旧居を訪れている、またその時の撮影写真も現在田山花袋記念文学館に収蔵されている。花袋が昭和五年に死去した後、昭和二四年に「田山花袋顕彰会」が建立した歌碑の除幕式が行われ、顕彰活動が始まった。こうした中で、旧居の土地と建物の所有者が変遷したことから、館林市が昭和三六年に土地と建物を買収し、教育委員会が保存管理することとなった。昭和四六年に館林市の史跡第一号に指定され、管理人を住まわせて建物を管理してきたが、昭和五四年九月から管理人が不在となり、日常的な管理は教育委員会と地域住民の奉仕活動によって行われていた。しかし、将来的な保存活用を図るため、群馬県重要文化財の「旧上毛モスリン事務所」とともに「歴史の森」内に移築して、昭和五六年一二月開館の第二資料館として公開するとともに、旧居跡は史跡公園として保存することとなった。これにより、館林市指定史跡「田山花袋旧居」は、昭和五七年に「田山花袋旧居及び旧居跡」と名称変更した。また平成一六年には程原家に残っていた「建家売渡証」も追加指定され、指定文化財の名称を「田山花袋旧居及び旧居跡附建家売渡証一札」と変更した。

【参考文献】

「館林市指定文化財田山花袋旧居―保存修理（茅葺屋根葺替え）調査報告書」（平12　館林市教育委員会）

（阿部弥生）

三　花袋と外国作家

(1) ユイスマンス　ジョリス＝カルル

Joris-Karl Huysmans

1848. 2. 5 —1907. 5. 12

ユイスマンス

フランスの小説家。内務省に勤めながら小説家を志し、『マルト、一娼婦の物語』（1876）でゾラに認められるが、デカダン派に転向し、『さかしま』（1884）を発表。悪魔主義へ傾斜していき、『彼方』（1891）を経て修道院で静修、告解をし、聖体拝領する。所謂カトリック三部作『出発』（1895）、『大伽藍』（1898）、『修練者』（1903）を上梓するものの、教会からは異端扱いされた。美術批評にも優れたものがあり、印象派の紹介に努めた。

【関係する主な作品】

『ある友に寄する手紙』（大4・12「文章世界」）、『ある僧の奇蹟』（大6・9「太陽」）、『残雪』（大6・9〜大7・3「朝日新聞」）、『遺伝の眼病』（大7・1「太陽」）、『山上の雷死』（大7・10「中央公論」）

【作品等との関連】

花袋は『小説に於ける象徴諸派』（明39・3「早稲田文学」）において、ユイスマンスの三部作を象徴派の特徴ある作品として触れている。『扉に向つた心』（大2・8「文章世界」）の中で、四、五年前に読んで理解できなかった主人公の心持ちが、四〇歳を超えて理解できるようになったと述べていることから、明治四一、二年頃には作品を読んでいた可能性がある。『渓声を前にして』（大2・9「新潮」）・前田木城（晁）『年齢に関した事を』（大9・11「文章世界」）に依れば、大正二年七月、日光医王院滞在中に英訳による『出発』(En Route)、『大伽藍』(The Cathedral)の一作を実際に精読したことがわかる。前田は「デユルタルの心理の上に、田山さんは霊犀一点相通ずる何物かを見出し」、「『残雪』の心境は其処から展けて来たのではなかつたか」と比較的早いうちに、『残雪』におけるユイスマンス文学受容に関して言及している。花袋自身は、ユイスマンスの「心理の描写」（『扉に向つた心』同掲）を評価し、「ナチユラリズムからミスチズムに入つて行つた」（同）作者その人の心持ちに興味を覚えていた。デュルタルの肉欲に悩まされた「多艱多難のその前半生」の背景の叙述が「煩悶の多い生活も肯定される」（『J.K.Huys Mansの小説』大2・9「新潮」）小説構成の妙も指摘している。博文館退社、島崎藤村の渡仏、岡田美知代と飯田代子のことや新旧交代の文壇状況等により懊悩する渦中にあった当時の花袋が、自分の「心」を「Durtalの心持」に重ね合わせ、『出発』のデュルタルの悩みや「孤独」に材を得て『残雪』の杉山哲太の創造を試行したと考えられる。物語の背景、時空は言うまでもなく異なるが、デュルタルが生の苦悩からキリスト教による救済を求めようと行を続けていく心の経緯は、仏教によって「魂の問題」から「金剛不壊」の境地を求めようとした哲太の心のありようと重なる。続いてユイスマンスの影響により、「神秘」に興味を持って描かれたのが『山上の震死』でもあった。昭和以降の作品にとりあげられるユイスマンスの名は少なくなっていくが、たとえば『毒と薬』（大7・11　耕文堂）等の大正期に発表されたものに頻出し、『蜻蛉日記』を「心境小説」と捉え、道綱の母が参籠するところにユイスマンスの『途上《ママ》』を重ねてもいるように（『夜坐』大14・6　金星堂）、ユイスマンス文学は、「主客合一」「自他融合」の文学世界を志向する大正期の花袋に大きな影響を与えた。

【参考文献】
ロバート・バルディック『ユイスマンス伝』（岡谷公二訳　学習研究社）・ヘンリーハヴロック・エリス、ジョリス＝カルル・ユイスマンス『ユイスマンス　デカダンスの美学』（山本規雄訳　閏月社）、吉田精一『自然主義の研究』下巻（昭33・1　東京堂）、五十嵐伸治『大正期における花袋文学の一端―「山上の雷死」考―』（花袋研究会編「愛と苦悩の人・田山花袋」昭55・11　教育出版センター）、小林一郎「田山花袋研究」全10冊（桜楓社）、千葉正昭『状況としての宗教小説―大正期花袋一面と周辺―』（平9・2「近代文学研究」）、伊狩弘『田山花袋研究「蒲団」から「残雪」へ―虚無主義と刹那主義の展開、ユイスマンスとの関連―』（「宮城学院大学大学院人文学会誌」第17号）、五十嵐伸治「五十九」（田山花袋・花袋研究学会編「田山花袋『近代の小説』注釈書」（花袋研究学会）、市川しのぶ『ジョリス＝カルル・ユイスマンスと田山花袋―La-hautと「残雪」―』（平24・9「日本比較文学会東京支部研究報告」）

（大本　泉）

(2) ゾラ　エミール

Émile Zola

1840. 4. 2 — 1902, 9. 29

自然主義文学発生のきっかけとなったフランスの作家。

ゾ ラ

フランス実証主義の哲学者テーヌや理論家クロード・ベルナール『実験医学研究序説』などの影響を受け、環境の中の人の行動や性情の変化を科学的に観察しようとした。これがゾラの『実験小説論』へつながり、その考えを「ルーゴン＝マッカール叢書」全二二巻として完成した。『居酒屋』『ナナ』『ジェルミナール』は、著名な作品として残った。とりわけ『居酒屋』は、下層労働者のたまり場の居酒屋の名で、本来「棍棒」を意味する。それは強い安酒の酔いの譬えでもある。この小説は、パリの労働者が生活の苦しさを忘れようとして酒に溺れていく様を描いたものであった。日本でも小杉天外の『はやり唄』や『はつ姿』など、次いで永井荷風の『地獄の花』『夢の女』などに影響がみられる。しかし、日本の自然主義系作家には、ゾラの考えた自然科学および社会科学を咀嚼する下地はなく、どちらかといえば写実の側面や性欲の問題に着目した。則ち日本の自然主義文学は、フローベール、モーパッサンから受け入れたものが多くなったといえる。島崎藤村や田山花袋には、一時期ゾラの影響を思わせる叙述がうかがわれた。

【関係する主な作品】

『小説作法』（明42・6　博文館）、『インキ壺』（明42・11　作久良書房）、『美文作法』（明39・11　博文館）、『東京の三十年』（大6・6　博文館）、『近代の小説』（大12・2　近代文明社）

【作品等との関連】

花袋に関係のある外国作家全般については小林一郎『田山花袋研究―館林時代―』（昭51・2　桜楓社）が詳しい。ゾライズム、自然主義、写実主義などの文学用語や日本における自然派諸家の考察も吉田精一『自然主義の研究　上・下』（昭30・11、同33・1　東京堂）など先行研究が多数存在する。従って本項では、花袋の著述に沿うかたちで花袋とゾラの出会いと別れについて略述したい。花袋が初めてゾラを知ったのは『東京の三十年』によれば明治一九年で、十代半ばの田山録弥は旧館林藩士野島八太郎の子息金八郎と交流し、新しい知識を得たり書物を借りたりした。「エミイル・ゾラの小説、その時分はかれの全盛期で、英訳になつたかれの本などはまだ日本では何処でも見られなかつた。それをN君は三四冊持つてゐた。〝Conquest of Plassans〟や〝Nana〟や〝L'assommoir〟などがあつた。N君はそれを私に示して、『今、フランスでこの人の作が流行つてゐるんだ。しかし、ひどいんだからな。君なんか読んでは、却つて害になるやうな作だからな。もう少し経つてから貸してやるよ。』かう言つて深く蔵つて置いたが、その為め、その見たいエミイル・ゾラの小説も見られなくなつた。それが悲しかつたのを今でも覚えてゐる」とあって、これが花袋とゾラの出会いである。実は、この頃のフランスでは『居酒屋』によって得たゾラの盛名は衰え、逆に猥文学の非難がゾラを襲い、ゾラ自身もやがて自然主義と決別することになる。

次は明治二四年五月二四日、花袋は牛込横寺町に喜久と結婚したばかりの尾崎紅葉を訪ねた。二階の書斎で紅葉と文学談義をし、ゾラにも話が及ぶ。この話題は、『東京の三十年』にも記載されている。花袋は紅葉と面談し、翌日は江見水蔭の家を訪問して成春社社員になったのである。ともかく花袋は紅葉の写実は三馬、西鶴から一飛びにゾラに飛んだと見做した。

花袋が元上渋谷に逼塞する独歩と会った明治二九年一一月以降のことであろう。『近代の小説』には生活に窮する独歩、小説家の活路を見出せない花袋が「本当に人生に触れたものでなければ、本当の芸術をつくることは出来ない。さういふことを私達は常に論じた。私はその時分、ニイチエとイブセンとトルストイとゾラを読んでゐた」云々とある。そして明治三五年『重右衛門の最後』が書かれ、三七年二月、自然主義宣言とも言うべき『露骨なる描写』では、何事も露骨でなければならぬと言い、「虚言《うそ》と思はゞ、イブセンを見よ、トルストイを見よ、ゾラを見よ、ドストイエフスキーを見よ、其の作の中にいかに驚くべき血と汗とが籠められてあるか」云々とある。このようにゾラはモーパッサンとともに花袋の文学を導く大きな動因であった。

しかしゾラ自身がやがて自然主義から離れた如く、花袋もまた飯田代子との関係や年齢による心境の変化もあってゾラを離れ、仏教やユイスマンスに傾いた。『J.K.HyusMansの小説』（大2・9「新潮」）に「ゾラが破産したナチュラリズムの境を頑固《ぐわんこ》に守って、そして最後は憐れな浅薄なシンボリズムに堕ちて行ったのに比べるとHuysMansが中世紀の芸術といふところから神秘主義に入つて行つたのは、大変に面白いと思ふ」とある。大正一四年の『長編小説の研究』では次のようにゾラ崇拝の頃を回顧している。

「僕はゾラは後になればなるほど、その具象的なところを失つて来てゐはしないかと思ふのですがね。やはり、ゾラはルウゴン・マッカルが好いと思ふんですがね？『労働』あたりになると、ナチュラリズムとはぐつと離れて来てゐはしないでせうか」

こんな話をするほどそれほど後には私はゾラから離れて来たのであつた。しかも『アベ・ムウレの罪』を読んだ時分は！　その時分は何んなに私は全心をそれに打ち込んだであらうか。あの新しい描写―ツルゲネフの『あひびき』などとはまた違つて、たとへば扇の目を畳んだ影のやうなところまでもドシドシ入つて行くやうなあの描写。あれに何んなに惚れ込んでその真似をしやうとしたか。ことに、あのムウレが病後を廃園の中に養ふあたりは、私に取つて忘れることの出来ないものであつたのである。私は一時聖典のやうにしてそれを私の机の傍に置いた。

右の回想にあるとおり、一時的にせよ花袋と日本の近代文学にとってゾラは聖典《カノン》のような存在であった。

【参考文献】

辰野隆・本田喜代治『フランス自然主義文学』（昭23・11　小石川書房）、吉田精一『自然主義の研究　上・下』（昭30・11、同33・1　東京堂）、伊狩章『硯友社と自然主義の研究』（昭55・1　桜楓社）、小林一郎『田山花袋研究―館林時代―』（昭51・2　桜楓社）、清水正和『ゾラと世紀末』（平4・4　国書刊行会）、山本昌一『ヨーロッパの翻訳本と日本自然主義文学』（平24・1　双文社出版）

（伊狩　弘・千葉正昭）

(3) モーパッサン　ギー・ド

Henry-René-Albert-Guy de Maupassant

1850. 8. 5 ― 1893. 7. 6

フロベール　ギュスターヴ

Gustave Flaubert

1821. 12. 12 ― 1880. 5. 8

ギ・ド・モーパッサン　フランスの小説家、劇作家、詩人。１８５０年８月～１８９３年７月。ノルマンディーの生まれと言われるが諸説あり。一八六二年、一二歳のとき両親が離婚、母に育てられた。一八七三年、二三歳の時パリで海軍省に勤務し、後に文部省に転じた。母の知人だったフローベルの指導を受けるようになり、一八五七年、短

モーパッサン

フローベル

編『剥製の手』を発表。以降、『脂肪の塊』、『女の一生』、『ベラミ』、『首飾り』、『ピエールとジャン』、『死の如く強し』、『我等の心』等を発表。しかし心を病み、一八九三年パリの精神病院で亡くなった。

ギュスターヴ・フローベル　フランスの小説家。１８２１年12月〜１８８０年5月。ノルマンディーのルーアンで生まれ、九歳の頃には物語を書いていたと言われる。代表作に『ボヴァリー夫人』、『サランボー』、『感情教育』、『聖アントワーヌの誘惑』、『三つの物語』、『ブヴァールとペキュシェ』（遺作・未完）などがある。

【関係する主な作品】

『インキ壺』（明42・11　佐久良書房）、『美文作法』（明39・11　博文館）、『花袋文話』（明治45・1　博文館）、『泉』（大5・5　日東堂）、『東京の三十年』（大6・6　博文館）、『花袋随筆』（昭3・5　博文館）

【作品等との関連】

明治三〇年代、花袋は盛んに外国文学を学び、自身の文学世界を更新させようと努めた。博文館に勤務していた頃、花袋が担当していた週刊誌「太平洋」に『西花余香』があった。そこへ花袋は数多くの西欧文学を紹介し大きな影響を読者に与えた。近松秋江に、「私（秋江）はあの人（花袋）から色々得たものです。（略）あの人はツルゲーネフやモウパッサンを読むべきことを教えてくれました。」（昭9・8「国語と国文学」）との回想がある。モーパッサンやフローベルに限らず、花袋は積極的に西洋文学を摂取した。

花袋が初めてモーパッサンに触れたのは、明治二九年入手の『ザ・オッド・ナンバー』であることが『東京の三十年』に記されている。『インキ壺』の「モウパッサンの憂鬱」には「モウパッサンの眼には、常に空虚な淋しい単調な空が映って居た」とある。明治三四年入手の短編集『食後叢書』から受けた影響には大きいものがある。この明治三四、三五年頃のモーパッサンからの影響が、自然主義作家へと移行する決定的な転換をもたらした。モーパッサン文学への誤解や偏り、あるいは花袋特有の感傷性との齟齬など問題点を抱えつつもモーパッサンの影響は、明治三八年ころまで確実なものがあった。小林一郎は「花袋の生涯の前半を特に大きく支配した外国の作家がモウパッサン」と指摘している。「平面描写」提唱の裏面にもモーパッサンの示唆があった。

やがて花袋はモーパッサンに距離を置くようになり、『愛読せる外国の小説戯曲』（明41・1「趣味」）では、フローベル、ゴンクール、ゾラらを挙げつつモーパッサンの名は消されている。『花袋文話』には「フローベルの作では重なものは四篇であるが」「いかに文体というものを重んじて居るかが察せられる」とある。『ボヴァリー夫人』の本邦初の翻訳者であった花袋には、『フロオベルとゴンクール』（明42・5「文章世界」）などもある。

【参考文献】

辰野隆・本田喜代治『フランス自然主義文学』（昭23・11小石川書房）、昭和女子大学近代文学研究室『近代文学研究叢書第32巻』（昭44・7　昭和女子大学光葉会）、伊狩章『硯友社と自然主義の研究』（昭51・1　桜楓社）、小林一郎『田山花袋研究―館林時代―』（昭51・2　桜楓社）、望月幸子『田山花袋研究・明治三十年代におけるモーパッサン受容』（昭63・3「日本文学」東京女子大学）、山川篤『花袋・フローベール・モーパッサン』（平5・5　駿河台出版社）、『続・花袋・フローベール・モーパッサン』（平7・3　駿河台出版社）

（馬場重行）

(4) ダヌンツィオ　ガブリエーレ

D'Annunzio, Gabriele

1863. 3. 12 ― 1938. 3. 1

【関係する主な作品】

『露骨なる描写』（明37・2「太陽」）、『再び草の野に』（大8・1　春陽堂）

【作品等との関連】

ダヌンツィオは、イタリアの詩人・作家。日本への紹介は明治三〇年代に本格化し、初期の移入は上田敏によるところが大きい。森田草平『煤煙』（明42・1～5「東京朝日

ダヌンツィオ

新聞」)への『死の勝利』の影響はよく知られている。

『田山花袋記念館収蔵資料目録Ⅰ』(平元　館林市教育委員会)によれば、花袋旧蔵のダヌンツィオ英訳書として以下の七冊がある。『快楽』*The Child of Pleasure*(1898)、『罪なき者』*The Victim*(1899)、『死都』*The Dead City*(1900)、『炎』*The Flame of Life*(1900)、『ジョコンダ』*Gioconda*(1901)、『ヨーリオの娘』*The Daughter of Jorio*(1907)、『コンテッサ・ガラテア』*Contessa Galatea*(出版年不明)。

花袋がもっとも積極的にダヌンツィオを受容したのは、明治三〇年代中葉より後半にいたる時期である。花袋は『西花余香』(明35・9「太平洋」)において、「新ロマンチシスムの中の急先鋒」たる「シンボリスト、又はデカダン派」の「勇将」としてダヌンツィオを挙げ、戯曲『死都』と『ジョコンダ』への感銘を記す。『伊太利の文壇』(明35・9・15「太平洋」)では、「廿世紀初頭に於る最も大なる新進小説家」との位置づけのもと、小説『罪なき者』と『死の勝利』が評される。著名な評論『露骨なる描写』(明37・2「太陽」)でも、表題の主張に適う作家の一人として、ダヌンツィオが言及される。「ダヌンチオの書を読んで、痛切なるあるものを感ずるのは、決して其の文章が巧妙であるからばかりではなく、其の描写が飽までも大胆に、飽までも露骨に、飽くまでも忌む所が無いからである。即ち、かれもまた十九世紀末の革新派の潮流に浴した一人であるからである。殊に、其作「インノーセント」の如きに至つては、露骨も露骨、大胆も大胆、殆ど読者をも戦慄するを禁じ得ざらしむる者がある。」ここで「インノーセント」とは、『罪なき者』を指す。

なお、『西花余香』(明34・5・20「太平洋」)に、「近日『外国文学の研究』といへる書を読む」として内容を紹介した中に「殊にダンヌンチオに於て最も重きを措きたるを見る」とある。ここにいう『外国文学の研究』とは、Crawford, V. M., *Studies in Foreign Literature*, 1899.のことである。「Gabriele D'Annunzio」の章を含む本書が、花袋のダヌンツィオ観に与えた影響は少なくないと思われる。

明治四〇年代に入ると、小栗風葉『恋ざめ』(明41　春陽堂)に寄せた序に、「中年の恋」をテーマとした「近代の新興文芸」の例として『ジョコンダ』が挙げられる。ここから、花袋が自身の『蒲団』とのテーマの共通性を意識していたことが分かる。後の『社会と自己』(大2・10「太陽」)にも、「中年の恋」を題材とした作家の一人としてダヌンツィオの名が見える。

明治末から大正期以降、花袋のダヌンツィオ評価は徐々に低下する。『ある友に寄する手紙』(大4・12「文章世界」)に、「ダヌンチオなどは私の伴侶としては、あまりに色彩が浮華すぎる」とある。『小説新論』(大6・1〜7「青年文壇」)では、「象徴的傾向が何の位まで『事実』の上の『神秘』の扉を開くことが出来たであらうか」という疑問のもと、「ダンヌンチオも一種の贅沢な不可解な文芸の中に落ちた」と断じられる。『東京の三十年』の「四十の峠」では、明治末から大正初め頃の心境として、「ダヌンチオやオスカーワイルドが面白いと言つたつて、その思想を模倣したつて仕方がない」とあり、耽美的傾向への倦厭が語られている。『長編小説の研究』（大14　新詩壇社）では、「詩から小説に入つて行つたやうな作家」の一人としてダヌンツィオが挙げられるが、その作品評価は「わるく誇張したところがある」という否定的なものである。

小説での言及について見れば、『再び草の野に』（大8　春陽堂）に、文学好きの若い車掌見習Aが読む本の一冊として、「クロオス表紙の四六判」の『死の勝利』が登場する。これは、生田長江訳『死の勝利』（大2　新潮社）を指すものと思われる。そこでは「刺戟のつよい南国の恋を嗅ぐやうな気のするダヌンチオ」というイメージが語られ、「イポリタやジオルジオ」という男女主人公への言及も見られる。この『死の勝利』への言及は、Aの同僚Kと小料理屋の酌婦お神とのエピソードの伏線となっている。

【参考文献】

小林一郎『田山花袋研究―館林時代―』（昭51・2　桜楓社）第四章「外国文学と花袋」、平山城児『ダヌンツィオと日本近代文学』（平23・12　評論社）

（小堀洋平）

(5) ツルゲーネフ　イワン・セルゲーヴィッチ

Ива́н Серге́евич Турге́нев

1818. 10. 28 ― 1883. 8. 22

ロシアの作家。代表作に『猟人日記』（1852）、『ルージン』（1856）、『貴族の巣』（1859）、『父と子』（1862）などがある。農奴制崩壊期の貴族文化にひかれつつも、ロシア社会の来るべき社会発展に関わる新しい知識人たちの精神史を、抒情性豊かな筆致で芸術的に記録することを使命とした。ここに余計者の思想が、生まれた。

ツルゲーネフ

【関係する主な作品】

『重右衛門の最後』（明35・5　新声社）、『蒲団』（明40・9「新小説」）、『花袋文話』（明44・12　博文館）、『東京の三十年』（大6・6　博文館）、『近代の小説』（大12・2　近代文明社）

【作品等の関連】

花袋は、『近代の小説』二章で二葉亭四迷の翻訳であるツルゲーネフ『猟人日記』の一編「あいびき」（明21・7～8「国民之友」）を読み、「その翻訳が、その翻訳の言文一致が、いかに不思議な感じを当時の文学青年に与へたか？　いかに珍奇と驚異との感じをその当時の知識階級に与へたか。現に、私などもそれを見て驚愕の目を睜つたものの一人であつた」と述懐している。これは当時の若者たちに、書く側の想いと表記が合致した様式がここにあるという認識を与えた衝撃でもあった。花袋は、それを「天然を描いた文章」と称した。そしてそれは「言文一致」の問題だけではなく、身の回りの自然を現実感あふれる描写だとも解釈した。花袋は、このツルゲーネフの自然描写を取り入れられないものかと、長野県三水村の風景描写に意を凝らした。それが『重右衛門の最後』の風景描写でもあった。「あひびき」の最後の描写で花袋が感心したのは、野山の風景に音が重なってそれが効果をもたらして広々とした空間が連想されるというようなものでもあった。果たして花袋が考えた自然描写が、ツルゲーネフのようなものを応用できたかは微妙だが試みはあった。あるいはツルゲーネフの作品にでてくる農夫像について「よく観察すれば日本に随分アントニイ・コルソフやチエルトッフ・ハーノブのやうな人間はあるのだ」と言っているが、これはあくまで小林一郎が語っているように、花袋が「観察」したレベルでありツルゲーネフと同じように造形されているとは言えない。

『蒲団』には、「『女子ももう自覚せんければいかん。昔の女のやうに依頼心を持つて居ては駄目だ。ズウデルマンのマグタの言つた通り、父の手からすぐに夫の手に移るやうな意気地なしでは為方が無い、日本の新しい婦人としては、自から考へて自から行ふやうにしなければいかん。』かう言つては、イプセンのノラの話や、ツルゲネーフのエレネの話や、露西亜、独逸あたりの婦人の意志と感情と共に富んで居ることを話し」という場面がある。これは主人公竹中時雄が、若い女弟子に説教する場面である。ここでの「エレネ」という女性は、ツルゲーネフ『その前夜』（１８６０）に登場するモスクワ在住の貴族の娘だ。このエレネは、親を捨てブルガリア独立運動の闘士と結婚し、かの地に赴くが男は病没。にもかかわらずエレネは、独立運動に邁進するがその後の消息は分からないという筋書きである。ここではこれからの女性は、慣習に捉われることなく強い意志と行動力とを持つことが求められると、竹中時雄が解説する。一方でこの竹中時雄を、好きな女性に対して明確な意思を示せない優柔不断なツルゲーネフ流「余計者」としても花袋は造形している。

花袋はまた『東京の三十年』で、ツルゲーネフを七か所以上取り上げている。とりわけ若かった時代に柳田国男、国木田独歩らと語り合ったことを二度以上綴っている。それは如何なる影響を受けたという問題よりも気構え的なものと言えるのではないか。例えば「郊外の一小屋」で、「私達の若い心は深くその新しい思潮にふれて行くのであつた。私と柳田君とは、イプセン、ニィッエ、ドオデエ、ツルゲネフについてよく語つた。我々はかうしてゐられない。ぐづぐづしてはゐられない。飽くまで新しい社会のチャンピオンとして出て行かなければならない。かういふ話が絶えず繰返された」ここにあるのは、文学様式の受容というものではなく社会の変革期における人間のあり方を問う主人公の造形だろう。ツルゲーネフの場合なら、農奴制崩壊期直前で貴族はどのような階級になっていくのか、あるいは従来の価値観を捨て如何なる生き方を模索すべきか等と書き綴っていくことを言っていたのだろう。他方花袋は、どうであったか。確かに社会の慣習という問題を捉えようとした時期が花袋にもあった。江戸以前からあった家の嫁姑問題に粘り強く現実主義的なかたちで取り組んだ物語『生』『妻』などは、傑作と言えるだろう。ただその筆致が続いたとは言い難く社会を捉えるというよりも、人間の個人的感情面を追求する方向へ傾斜したことも認めないわけにはいかないだろう。

【参考文献】

吉田精一『自然主義の研究　上・下』（昭30・11　昭33・1　東京堂出版）、岩永胖『自然主義文学における虚構の可能性』（昭45・7　桜楓社）、小林一郎『田山花袋研究―館林時代―』（昭51・2　桜楓社）、小林一郎『田山花袋研究―博文館時代(一)―』（昭53・3　桜楓社）、アンリ・トロワイヤ『トゥルゲーネフ伝』（市川裕見子訳　平22・4　水声社）

（千葉正昭）

(6) イプセン　ヘンリック

Henrik Johan Ibsen

1828. 3. 20 — 1906. 5. 23

ヘンリック・イプセン　ノルウェーの劇作家。近代劇の祖といわれる。裕福な商家に生まれるが、父は彼が八歳のときに破産した。一幕劇『勇士の塚』（1850）で文壇に認められ、やがて首都クリスチャニアの劇場監督となる。一八六四年に祖国を離れ、三〇年近くの外国生活を送る。一八七九年に発表した『人形の家』で広く世界的に知られることになった。故郷に帰国後も一九〇〇年まで創作活動を続け、亡くなった際は国王が葬儀に参列した。代表作と

イプセン

して『幽霊』（1881）、『野鴨』（1884）、『ロスメルスホルム』（1886）など。

日本に初めて紹介されたのは明治二五年に坪内逍遥によってで、森鷗外や夏目漱石、有島武郎らにも影響を与えた。とくに『人形の家』は、作者没後の一九一一（明44）年に島村抱月の訳・演出により上演され、松井須磨子がノラを演じて大きな話題となった。

【関係する主な作品】

『露骨なる描写』（明37・2　「太陽」）、『蒲団』（明40・9　「新小説」）、『髪』（明44・7・22〜同・11・12　「国民新聞」）、『東京の三十年』（大6・6　博文館）

【作品等との関連】

大正六年に刊行された『東京の三十年』においては、「丸善の二階」「郊外の一小屋」「小諸の古城址」「私のアンナ・マール」「地理の編纂」「イブセンソサイチイ」「四十の峠」といった章でイプセン（ただし表記はイブセン）について言及がなされている。花袋がイプセンから大きな影響を受けた証左であろう。それらの記述によると、はじめて花袋がイプセンの作と接したのは、明治三〇年代の前半、柳田國男の影響らしい。ゾラやトルストイ、バルザックやモーパッサンといった作家たちとともにイプセンの名は並べられ、そして、競うように手に入れて読み耽った思い出が記される。三七年に発表された『露骨なる描写』では、一九世紀後半までの「鍍文学」に対する新しい文学の一つとして、「イブセンにしても左様だ、その多くの戯曲の中に爪の垢ほども飾つたやうな、作つたやうな処は無い」と高い評価を与えている。欧州大陸の新しい文学が一気に流れてきたその時期、イプセンは花袋にとって重要な作家の一人だった。大きな話題を呼んだ『蒲団』でも、主人公が女弟子に「新しい婦人」について説く際に「イブセンのノラ」の名前は、「ツルゲーネフのエレネ」や「露西亜、独逸あたりの婦人」などの冒頭に置かれているのだ。結婚生活を捨てて家を出るノラの姿は、主人公やヒロインの目にどのように映ったのだろうか。

サロン化した龍土会をもの足りなく思った柳田が開いたのが「イブセン会＝イブセンソサイチイ」で、花袋は島崎藤村や長谷川天渓、岩野泡鳴、蒲原有明らとともに参加した。当時の「読売新聞」によると、第一回は明治四〇年の二月一日に一ツ橋学士会で開かれ、『幽霊』について論じられたという。会は翌年の春まで定期的に開催された。激しい議論が交わされるが、それでもそのあとは「牛肉を煮たものや「西洋料理」を食べて文壇の話も盛んに出る、そのような会であったらしい。「偶像破壊」「因習打破」「新旧思想の衝突」といったイプセンの主張が日露戦争後の自然主義流行とも重なることで、同時代の知識人や青年層に強い刺激を与えたのである。

【参考文献】

江頭彦造『花袋のイプセン劇受容』（河内清編「自然主義文学」昭37・1　勁草書房）、小林一郎「田山花袋研究―館林時代―」（昭51・2　桜楓社）、小堀洋平『田山花袋「髪」とイプセンの「ロスメルスホルム」』（平30・6「花袋研究学会々誌」35号）

（五井　信）

(7) ハウプトマン　ゲーアハルト

Gerhart Hauptmann
1862. 11. 15 ― 1946. 6. 6

ドイツの劇作家、小説家。イェーナ大学で自然科学、哲学、歴史を学んだ。ベルリンで自然主義文学運動に接触し、当時のドイツでも流行していたイプセンやホルツ等の徹底自然主義の影響を受け、戯曲『日の出前』（１８８９）を発表して有名になった。『寂しき人々』（１８９１）、『織工たち』（１８９２）等によりドイツ自然主義の中心的人物となる。『沈鐘』（１８９６）のような新ロマン主義的傾向の戯曲

ハウプトマン

も書いた。六〇年程の長い作家生活において、変動する時代のなかで苦しむ人間を、形式的にも内容的にも多様に描いた。花袋がハウプトマンを読み始めたころには、ドイツの劇壇文壇における第一人者と目されており、一九一二年にはノーベル文学賞を受賞した。フリッツ・マルティーニ『ドイツ文学史』（高木実訳　三修社）では、「ハウプトマンがいなかったら、自然主義は一つの幕間狂言に終わったであろう」、「ハウプトマンの文学には、キリスト教的な誠実さからくる社会的同情の倫理が生きている」と述べられている。

【関係する主な作品】

『女教師』（明36・6　「文芸倶楽部」）、『蒲団』（明40・9「新小説」）、『生』（明41・4・13〜同41・7・19「読売新聞」）、『妻』（明41・10・14〜同42・2・14「日本新聞」）、『藁』（明42・1「中央公論」）、『東京の三十年』（大6・6　博文館）

【作品等との関連】

『東京の三十年』には、島崎藤村『破戒』や国木田独歩『独歩集』が評価され、内心では焦っていたころに雑誌「新小説」から依頼が来た頃のことを、「丁度其頃私の頭と体とを深く動かしていたのは、ゲルハルト・ハアプトマンの"Einsame Menschen"であった。フォケラアトの孤独は私の孤独のような気がしていた」と述べており、その後『蒲団』が書かれた。『蒲団』には、「ふとどういう聯想か、ハウプトマンの『寂しき人々』を思い出した。こうならぬ前に、この戯曲をかの女の日課として教えて遣ろうかと思ったことがあった。ヨハンネス・フォケラートの心事と悲哀とを教えて遣りたかった」ともあり、作品全体の構成もハウプトマンの『寂しき人々』から着想を得ていることがわかる。福田恒存は『生』の新潮文庫版解説において、「花袋は――いや、かれのみならず、当時の作家たちは――自己の周囲の現実を見る眼を、主として外国文学によって、それも十九世紀末の自然主義小説によって養われたのであります。日本の自然や現実の再発見といっても、それは自分たちの生活に即した見かた、あるいは、自分たちの生活から直接にまなんだ見かたであるよりは、西洋の作家たちが西洋の自然や現実から文学的に抽象した、いわば文学的人生観照法であります」と述べたが、花袋におけるハウプトマン受容も同様のことが基本的には言える。明治の日本語という母国語の中から生まれ出る新しい文体や、その文体にとって描写対象となる新しい現実が日本には未だない場合に、西洋の文学においてすでに描かれた自然や生活、そして人生を一時的に借りて文学を作っていくという事例の典型として、花袋の文学が想定されるのである。小林一郎は『田山花袋研究』において、「日本の明治四十年代の知識人のなやみをハウプトマンの手法の一部をかり、或いは一部なりと実現できたらという願いが『蒲団』になった」と述べる。また、宮内俊介は、『田山花袋論考』において、ハウプトマン『寂しき人々』と「花袋の或いは時雄のヨハンネス演技といった議論」に言及しつつ、『蒲団』について、「自らを新派と考える時雄にとって、日本に於ける先行文学或いは先人の中に、感情移入を十分に果たし得る対象を見出すことが出来ず、やっと西洋文学の中にそれを見出した」と述べている。花袋における西洋文学からの影響、着想、触発、翻案、引用、模倣などについては、今後も論究の余地が多く残されている。

【参考文献】

小林一郎『田山花袋研究』全10冊（桜楓社）、吉田精一『自然主義の研究　上・下』（昭30・11　同33・1　東京堂）、宮内俊介『田山花袋論攷』（平15・10　双文社出版）、富田仁『アルフォンス・ドーデと近代文学』（昭52・6　カルチャー出版社）、『明治翻訳文学全集』全72巻（大空社）（奥山文幸）

(8) ドーデ　アルフォンス

Alphonse Daudet

1840. 5. 13 ― 1897. 12. 16

フランスの小説家。リヨンの官立中学に進学するが家業破産のため中退し、田舎の公立中学校代用教員となった。一六歳で文学を志してパリに行く。短編「スガンさんの山羊」を収録した『風車小屋だより』（１８６９）、短編「最後の授業」を収録した『月曜物語』（１８７３）、ビゼーの音楽を付して上演された戯曲『アルルの女』（１８７２）、エッセイ『巴里の三十年』（１８８８）などがある。明るくユーモアがあり、詩情豊かな作風で南仏プロバンスの故郷を描いた。ゴンクール兄弟、ゾラ、フローベール等と交際し、自然主義文学の影響を受けた。幻想と現実が絶妙に混じり合う小説を描き、フランス近代文学における短編小説家の祖ともいわれた。

ドーデ

【関係する主な作品】

『花袋文話』（明45・1　博文館）、『東京の三十年』（大6・6　博文館）、『長編小説の研究』（大14・11　新詩壇社）

【作品等との関連】

ドーデは、明治二二年には、森鷗外などによって新聞や雑誌に訳載されており、明治時代に広く紹介され、また、読まれた作家である。『花袋文話』には、「アルフオス・ドオデエ」の一章があり、「仏蘭西に於ける新興文芸の驍将で、フロオベルやゾラの起した写実主義に参して、大なる功績を十九世紀の文壇に残した」と評価し、「モウパッサンの短編に比べると、ドオデエのは余程明るい。所謂同情に富んで居る。楽天的である」というところに共感している。また、『東京の三十年』には、「ドオデエ」の名が一九回出てくるが、その一章「ゴンクウルの『陥穽』」には、「フロオベルやゴンクウルの名を始めて私の知ったのは、ドオデエの『巴里の三十年』を読んでからであった」とある。柳田国男『故郷七十年』に「田山に『東京の三十年』を書くようにすすめたのも私であった。ドーデの『パリの三十年』から刺戟をうけて、田山に、『君、東京生活が三十年になったら、こんな本を書くんだねえ』といったことを憶えている」とあり、『東京の三十年』では、ドーデを含めた西洋文学(主として英文や英訳本)について、柳田国男や国木田独歩などと語り合う場面が印象的である。角川文庫版『東京の三十年』の前田晁「解説」には、「花袋は早くから泰西の文学をひろく渉猟したが、フランスの近代文学については、まづゾラであり、ドーデーであった」とし、「少年時代に地方から都へ出て来て、同じやうに不遇をかこちつづけてゐた若い花袋」が、ドーデの『巴里の三十年』に魅了されていたことを記している。『巴里の三十年』では、満一六歳のドーデが文学を志して南仏の片田舎からパリへ向かう汽車の中にいる光景からはじまるが、『東京の三十年』の「再び東京へ」の章では、一六歳の少年の目に映る東京の文化的雰囲気と、ハイカラで文学好きな野島金八郎との出会いと交流によって西洋文学に目覚めていく契機が生き生きと描かれている。富田仁は、「花袋は、翻訳者としてよりもむしろ紹介者として、ドーデの文学の移入史上に大きな地位を占めている」(『アルフォンス・ドーデと近代文学』)とし、花袋の初期作品にある作家的資質、センチメンタリズムやロマンチズムの性向が、ドーデの人と作品に親近感を持つに至ることを述べている。なお、花袋によるドーデ作品の翻訳として、『跛娘』(明28・2「文芸倶楽部」)、『入寇』(明33・10〜12「太陽」)、『「擬ひ真珠」の後に題す』(明35・5「文芸倶楽部」)、『島の墳墓』(明36・10「太陽」)、『売家』(明36・12「文芸倶楽部」)などがある。

【参考文献】

小林一郎『田山花袋研究』全一〇冊(桜楓社)、吉田精一『自然主義の研究　上・下』(昭和30・11　同33・1　東京堂)、柳田国男『故郷七十年』(のじぎく文庫)、前田晁「解説」(『東京の三十年』角川文庫)、富田仁『アルフォンス・ドーデと近代文学』(昭52・6 カルチャー出版社)、山川篤『花袋・フローベール・モーパッサン』(平5・5 駿河台出版社)、『明治翻訳文学全集』全72巻(大空社)

(奥山文幸)

(9) トルストイ

Лев Никола́евич Толсто́й レフ・ニコラエヴィッチ

1828. 8. 28 ― 1910. 11. 7

【関係する主な作品】

『コサアク兵』(翻訳 明26・9 博文館)、『セバストポール』(翻訳 明33・11・23～同年12・23(4回)『東洋戦争実記』)、『小説作法』(明42・6 博文館)、『東京の三十年』(大6・6 博文館)、『近代の小説』(大12・2 近代文明社)

【作品等との関連】

花袋がトルストイを具体的に認知したのは、トルストイとツルゲーネフを紹介した徳富蘆花『魯国の小説及び小説家』(明23・2「国民之友」)であろう。その後、上野の図書館で『戦争と平和』を英訳で読み、関心を深めていく。また当時花袋は森鷗外による西洋文学の翻訳を愛読していた。鷗外の翻訳文体の顰に倣い、文章修業のため西洋作品の翻訳に努めたのである。その一例としてトルストイの『コサックス』(明26)の翻訳を挙げている。花袋の習作期の翻訳ながら史的にはトルストイ作品移植の初期に位置している。鷗外の「水沫集にかけ草につき草」を愛読したと記す花袋だが、『水沫集』にはトルストイの短編『Luzern』のドイツ語訳からの重訳『瑞西館』が収録されている。この作品は花袋のトルストイ理解に影を落としている。

ところで、トルストイが生まれた頃のロシアは、西欧型の近代市民社会が成熟しつつあった。他方西欧文明の衝撃により変質したロシアの知識層は、農奴制を基盤とする帝政ロシアの矛盾を見た。変革期の時代精神を身につけたトルストイは一八五七年の半年間、西欧を旅し、西欧近代の自由の現実を知り、ロシアとの違いに驚く。他方、西欧近代の矛盾も知ることになる。それはスイスのルツェルン

トルストイ

での体験で、旅芸人の歌い手に対する貴族やその周囲の人間たちの冷淡な偽善を目の当たりにしたためである。西欧近代に対し不審を感じたトルストイは小説『Luzern』を書いた。それは西欧を知ることでロシアの矛盾を知り、また西欧近代の矛盾を知った社会に生きる人間存在の本質を探る意識が生じたからではないか。トルストイがロシア農奴制の矛盾の解決のため、農民教育などの啓蒙活動をし、またキリストの真理に基づく愛、自己犠牲、謙虚、随順、悪に善で応える思想、いわゆるトルストイズムは矛盾する社会と人間存在と自己を脱却に導く求道的認識の発露でもあった。

『瑞西館』の前書きで鷗外は「魯西亜現代の一名家トルストイ伯が嘲世罵俗の短篇」と記す通りこの小説にはトルストイの葛藤が内包されていた。ルツェルンで感じた西欧近代に生きる人間の偽善に対する主人公の憤怒が描かれている。しかし、他方ではスイスの風光明媚な自然の景観に癒される主人公の心情も描かれていた。

花袋のトルストイへの言及は多岐にわたるが、二つの点に着目すると、一つはトルストイをニイチェ・イブセン等と同一視し社会に生きる人間の矛盾に対峙した作家として認識されている点。もう一つは自然描写に対する共感である。それは英訳で読んだ『コサックス』の感想として「オレニンの苦悶を考えたり（中略）ヂェロチカという老人の自然に対する感慨を思つた」という回想にも現れている。花袋の示すトルストイへの共感である。そしてこの二つの要素はともに『瑞西館』に描かれている。

さらに花袋のトルストイ理解を深める契機がメレジコフスキー『トルストイとドストエーフスキ』である。花袋はメレジコフスキーがトルストイを「肉と血の人」と評したと『卓上語』に記すが、それはキリスト教の霊肉二元の観点からトルストイをミケランジェロに比し、両者を肉体の表現者とみている点である。そして「レ・トルストイが言葉の上に於ける人間の肉体の偉大なる描写家」（昇曙夢訳）であるとメレジコフスキーは見た。花袋はトルストイの肉体描写の意義をメレジコフスキーから学び、文学表現における人間の精神と肉体の意義を知ることになったのである。

【参考文献】

小林一郎『田山花袋研究―館林時代―』（昭51・2　桜楓社）、柳富子『トルストイと日本』（平10・9　早稲田大学出版部）、糸川紘一『トルストイ　大地の作家』（平24・6　東洋書房）

（市川浩昭）

(10) チェーホフ　アントン・バーヴロヴィッチ

Антóн Пáвлович Чéхов
1860. 1. 17 ― 1904. 7. 2

【関係する主な作品】

『短篇小説の話』（明39・11　「中学世界」）、『ネギ一束』（明40・6　「中央公論」）、『蒲団』（明40・9　「新小説」）、『近代三十六文豪編輯に就いて』（明41・5　「文章世界　近代三十六文豪」）、『チエホフの「決闘」』（明43・7　「文章世界」）、『社会劇と印象派』（大3・3　「文章世界」）、『毒薬』（大5・1　「太陽」）、『近代の小説』（大12・2　近代文明社）

チェーホフ

【作品等との関連】

田山花袋記念文学館には花袋が架蔵したチェーホフの短篇集がある。それはRobert Edward Crozier LONGによるロシア語からの英訳で、ロンドンのダックワース社から刊行された『THE BLACK MONK（１９０３）』と『THE KISS（１９０８）』の二冊である。

さて、花袋架蔵の『THE BLACK MONK（１９０３）』には一つのエピソードがある。明治四〇年七月湯河原で静養中の国木田独歩から花袋は本を送るよう依頼され、長谷川天溪所有の『THE BLACK MONK』を独歩に送ったことを吉江孤雁と前田木城は連名の独歩追悼文で明かしている。実は記念館に収蔵された『THE BLACK MONK』の見返しには（HASEGAWA　１９０４）とあり、独歩も手にした長谷川天溪の蔵書だった。

一九〇四（明37）年チェーホフは結核で没した。天溪は同年一〇月に英文記事の引用と思われる『魯国作家チエホフ氏逝く』を書いている。文学関係の周辺ではチェーホフへの関心が高まり、その訃報とともに日本に到来した『THE BLACK MONK（１９０３）』からの重訳や作品が発表されるなどチェーホフの作品は瞬く間に普及する。例えば、正宗白鳥の『玉突屋』（明41）は発表当初、この本に収録された『SLEEPY HEAD』の影響が取り沙汰されたが、後に白鳥もそれを認めている。現在では花袋の『ネギ一束』にもその影響が指摘されているが、花袋は明治三九年に『短篇小説の話』でモーパッサンとチェーホフの類似性を言及している。だが花袋はモーパッサンとの類似性をチェーホフに見ながら、『近代三十六文豪編輯に就いて』では社会との関わりに「触れすぎる位実際に触れて居る」ロシア作家特有の特徴をチェーホフに見、共感は示してはいない。さらに明治四三年に刊行された小山内薫訳『決闘』を読んだ花袋は小説の不備を指摘する。それは心理描写の誇張と描写自体が説明に堕ち会話自体も説明的で「事件の筋を運ぶための「道具」になり、「人物を描くに当たって余り多く想像を用ゐ過ぎた為めだ」とし、小説家としてのチェーホフの作家的態度を批判するのである。

『決闘』は社会的な特権に生き、人妻と同棲し、借金を重ね遊び暮らす自堕落なラアエウスキイと彼に批判的なフオン・コオレンの対立を軸に物語が進行する。特徴的な点は会話（対話）により物語の進行と登場人物の内面が開示され、また心内語（独白）によるラアエウスキイの心境の変化が明かされる演劇的手法であろう。物語はラアエウスキイが決闘という未知の恐怖を感じることで自堕落な生き方の反省と自らの罪を自覚し、さらに決闘が済み共に生き残ると、ラアエウスキイの意識と生活は一変した。花袋は物語の急激な変化と語りや描写に不備を認め「誇張に失し、対照に失しすぎ」たと見たのである。

芸術家の姿勢についてチェーホフは友人スヴォーリン宛書簡で「あなたは、問題の解決と問題の正しい提起とを混同なさっておられる。芸術家に必要なのは後者だけです。『アンナ・カレーニナ』や『オネーギン』の中では、問題は一つも解決されていない。（略）ああいう作品が完全にあなたを満足させるのは、あらゆる問題が正しく提起されているからに他なりません。裁判所は問題を正しく提起せねばならない。解決するのは、一人ひとり自分の趣味を持った陪審員たちです。（1888・10・27）」と記すが、チェーホフはラアエウスキイやフオン・コオレンという人間の問題を提起した。その人生の意義は「陪審員」たる読者の判断に委ねられたのだ。それは花袋にはない芸術家の態度であった。

【参考文献】

小林一郎『田山花袋研究―館林時代―』（昭51・2　桜楓社）、アンリ・トロワイヤ『チェーホフ伝』（村上香住子訳　平4・1　中公文庫）、佐藤清郎『チェーホフの生涯』（昭41・2　筑摩書房）、佐藤清郎『わが心のチェーホフ』（平26・12　以文社）

（市川浩昭）

四　花袋略年譜

花袋略年譜

明治4年（1871）　**1歳**
旧暦12月13日、栃木県（明治九年からは群馬県）邑楽郡館林町1462番屋敷（外伴木）に、父田山鋿十郎、母てつの次男として生まれる。本名は録弥。

明治6年（1873）　**3歳**
父鋿十郎が田山家の家督を相続。

明治7年（1874）　**4歳**
父鋿十郎、前年末に単身上京し、1月23日に東京警視庁第5大区（下谷・上野・浅草の一部）の邏卒になり、下谷区坂本署に勤務。坂本署は現在の上野駅の北、下谷1丁目付近にあった。

明治8年（1875）　**5歳**
春頃、兄実弥登、姉いつが上京した。

明治9年（1876）　**6歳**
三月、弟富弥誕生。月末、祖父母を残して一家で上京し、父とともに御行松付近、現根岸4丁目に住んだ。姉いつが警視庁少警部で元会津藩士石井可汲長男の石井収の後妻となる。

明治10年（1877）　**7歳**
2月、西南戦争が起こり、父鋿十郎は石井収とともに警視庁別動隊に志願し、4月14日、熊本県益城軍飯田山で戦死（享年40）。8月、家族で館林に引き上げる。花袋は館林小学校東校初等六級に入学した。

明治13年（1880）　**10歳**
6月、初等1級に進み、12月中等6級に進む。兄実弥登は本郷弓町3丁目の包荒塾に入る。

明治14年（1881）　**11歳**
1月、栃木県足利町の薬種問屋小松屋に丁稚奉公に出るも、2か月足らずでやめた。2月に祖父穂弥太に伴われて上京し、岡谷繁実の紹介で農業書肆有隣堂の小僧となる。

明治15年（1882）　**12歳**
奉公先から暇を出され帰郷、館林小学校の中等四級に復学した。

明治16年（1883）　**13歳**
姉いつが肺結核のため歿した。学校で学ぶ外に珠算、漢学（吉田陋軒の休休草堂）、算術などを学んだ。

明治17年（1884）　**14歳**
三姉かつよ小倉兼次郎に嫁す。11月、高等6級に進む。高等六級に進む。

明治18年（1885）　**15歳**
8月、『穎才新誌』投稿の漢詩が初めて掲載された。その頃、友人の逢坂正男ら6人が「夜学会」をつくり、土曜毎に各人の家で勉強会を行った。

明治19年（1886）　**16歳**

4月、高等小学校に入学。7月、兄実弥登が修史館の書記となり、14日に一家をあげて上京し牛込区市ヶ谷富久町に住んだ。軍人志望だったので麹町中6番町の速成学館に学んだ。野島金八郎を知り、英語を学び、蔵書を借覧して西洋文学に触れ始めた。

明治20年(1887) **17歳**

7月、徒歩で館林に帰省した。『穎才新誌』に盛んに寄稿した。

明治21年(1888) **18歳**

4月、陸軍幼年学校を受験したが近視のため失敗した。神田仲猿楽町の日本英学館(後に明治会学館と改称)に入学し、長野県赤塩村の渡辺寅之助・武井米蔵・祢津栄輔と出会う。5月、祖父穂弥太歿。10月祖母いく歿。

明治22年(1889) **19歳**

桂園派の松浦辰男に入門して和歌を学ぶ。八月、館林に帰省し、初めて日光に遊ぶ。

明治23年(1890) **20歳**

3月、『穎才新誌』の誌友会で太田玉茗を知る。9月、日本法律学校に入学したが、数か月で退学。松浦門に入った松岡国男を知る。上野図書館に通い、西鶴などに親しむ。

明治24年(1891) **21歳**

3月、兄実弥登が修史局を罷免される。5月、嫂とみが子癇で死去。同月、尾崎紅葉を訪ねる。紅葉の紹介で江見水蔭を訪問し、成春社社員になる。

明治25年(1892) **22歳**

3月、「落花村」で初めて花袋の号を用いる。11月、「新桜川」で初めて原稿料7円50銭を受け取る。

明治26年(1893) **23歳**

4月、福島県の棚倉町に石井収を訪ね、都々古別《つつこわけ》神社の宮司の娘との婿養子縁組の見合いをするもまとまらず。8月、長野県三水村赤塩に祢津栄輔らを訪ねた。

明治27年(1894) **24歳**

6月、『文学界』に「北村透谷君を悼みて」の短歌を寄せる。10月、約1か月間東北の旅、高擶や山形の梵行寺、日光、館林をまわる。

明治28年(1895) **25歳**

4月　兄実弥登は東京帝国大学史料編纂助員となる。6月、水蔭の紹介で中央新聞社に入ったが、9月退社。

明治29年(1896) **26歳**

1月、文学界新年会に出席する。11月、太田玉茗とともに渋谷村に住む国木田独歩を訪ね、以後親交する。

明治30年(1897) **27歳**

4月、独歩、国男、玉茗らと『抒情詩』を刊行。同月3日、独歩とともに千葉県布佐に松岡国男を訪問。同月21日、独歩と日光照尊院に出かけ、6月2日まで滞在する。8月、草津温泉から浅間山を越える旅。

明治31年（1898）　**28歳**

1月、松浦辰男の紅葉会に出席。2月、三重県一身田の太田玉茗を訪問。その足で伊勢志摩、紀州、大和などを歴訪し5月に帰京した。8月27日、伊良湖にいる松岡国男を訪ねる。9月8日、木曾福島に滞在中の藤村を訪ねる。十日、安中にいる旧友の小林一意を訪ねる。

明治32年（1899）　**29歳**

1月、太田玉茗の妹里さと結婚。8月、母てつが腸癌で死去。9月、博文館編集局に入社した。

明治33年（1900）　**30歳**

4月、兄の実弥登が東大史料編纂院の辞令を受ける。10月、長女礼生れる。

明治34年（1901）　**31歳**

1月、江見水蔭宅での江水社新年会出席。6月、大橋乙羽死去。11月、大橋左平死去。

明治35年（1902）　**32歳**

5月、長男先蔵生れる。10月、羽生建福寺を初めて訪問し、以後羽生建福寺は花袋のホームグラウンドと化した。

明治36年（1903）　**33歳**

1月、『大日本地誌』の編集に従事し始める。10月、岡田ミチヨに条件付きで入門を許す手紙を書いた。

明治37年（1904）　**34歳**

3月、第二軍私設写真班として日露戦争に従軍が決定。5月に遼東半島に上陸し、緒戦を経て、9月19日に帰京した。その間、8月20日、流行性腸胃熱で兵站病院に入院した。5月、岡田ミチヨは浅井かく（里さの姉）宅に移る。

明治38年（1905）　**35歳**

5月、岡田ミチヨ帰郷し、9月に上京した。6月、藤村の紹介で鳴海要吉が学僕として住み込んだ。9月、白石実三が入門した。10月、永代静雄が上京し、ミチヨとの結婚問題起こる。

明治39年（1906）　**36歳**

1月、上京した岡田胖十郎に託し、ミチヨを帰郷させた。2月、坪内逍遥の紹介で前田晁来訪。3月、花袋主筆の「文章世界」創刊号発刊。7月、10月、幹事として川俣の吉川屋及び田中屋（『土手の家』のモデル）で龍土会を開催した。12月、代々幡村大字代々木の新築の家に越した。転居前には江間修が入門し、寄宿した。

明治40年（1907）　**37歳**

6月、西園寺公望宅の第1回雨声会に出席した。9月、「六月会」（「文章世界」誌友の会）例会の後、赤坂の待合で芸妓飯田代子を知る。代子は19歳、近江家の梅奴。11月、兄実弥登が結核で死去。

明治41年（1908）　**38歳**

2月、小栗風葉と共に茅ケ崎南湖院の国木田独歩を見舞う。4月、岡田ミチヨが再上京した。6月23日、独歩が歿した。茅ケ崎館で清めの会が続き、風葉や青果らと悶着があった。7月、九州旅行に行き、八代で父の墓参をした。代子は銀座の実業家に落籍された。9月、ミチヨは永代の子を懐妊した。

明治42年（1909）　**39歳**

1月、ミチヨを養女として入籍し、永代と結婚させた。3月、ミチヨは千鶴子を出産。4月、水野仙子が入門。12月、「一兵卒の銃殺」の取材で岩沼地方へ出掛けた。

明治43年（1910）　**40歳**

1月、千鶴子を玉茗の養女にする。8月、藤村の妻冬子の葬儀に参列。向島福家から小利として芸者に出た代子と再び馴染むようになった。

明治44年（1911）　**41歳**

6月、千鶴子が死去（満2歳3ヵ月）、通夜、葬式のため羽生へ行く。11月18日、代子と羽生へ行き、玉茗らと共に大黒屋に泊し、19日に帰京し向島の料亭入金《いりきん》に泊った。12月、代子に向島の芸者屋須摩屋を持たせ、代子の父母弟妹らも品川から転居させた。

明治45・大正元年（1912）　**42歳**

12月、博文館退社、社からの花袋への嫌がらせだという。自然主義文学の拠点を失った。さらに代子が一時力士四海波太郎（29歳）に逆上せあがったために、花袋の混迷始まる。

大正2年（1913）　**43歳**

1月7日須摩屋泊とあり、代子と縒りを戻したか。2月、信州の祢津栄輔を訪ね、共に越後へ旅行。鯨波、新潟（室長旅館）、小千谷を巡った。3月、藤村の送別会に出席。25日、鎌倉、国府津まで藤村を見送った。5月から10月まで日光照尊院に滞在。この間に、家族や玉茗、代子らが日光を訪れた。

大正3年（1914）　**44歳**

2月、西長岡温泉（長生館）に泊る。3月、「一兵卒の銃殺」の調査で仙台・岩沼・松島方面の旅。8月、代子、妹の光子と共に赤倉・親不知・新潟・佐渡への旅。

大正4年（1915）　**45歳**

1月、西長岡鉱泉、妻沼聖天山を巡る。8月、フランス滞在中の藤村の後援のため、藤村会を作った。

大正5年（1916）　**46歳**

1月、藤村会の集めた600フランを藤村に送った（藤村は4月末パリを発ち、ロンドンを経て7月4日に神戸着）。6月、富士見の帰去来荘に泊る。7月、再び富士見に行き、9月まで滞在。この間、柳田国男がネフスキーと共に来訪したり、代子や加能作次郎、家族が来たりした。9月15日、上京の途次、身延泊。

大正6年（1917）　**47歳**

1月末頃、群馬県邑楽郡永楽村赤岩の新田屋に初めて寄り、飯坂温泉から来ている鈴木モトを知る。以後、5回程訪れた。8月と12月、先蔵と瑞穂を連れて旅行に出た。

大正7年（1918）　**48歳**

1月から7月、新田屋、西長岡鉱泉、秩父、那須塩原、大津、竹生島などへの小旅行を繰り返し行った。8月、先蔵、瑞穂を伴い、東北横断の旅。須川温泉や北中の小田屋、蒲萄峠を経て赤倉温泉に至る。

大正8年（1919）　**49歳**

6月、水野仙子死去（享年36）、葬儀、追悼会に出席。この年、肺尖カタルを病み、酒煙草をやめた。

大正9年（1920）　**50歳**

1月20日、向島入金で藤村、作次郎、木城、実三らと歓談、代子も加わる。6月9日、鬼子母神境内の開泉閣で岩野泡鳴追悼会出席。11月、田山花袋徳田秋声誕生50年祝賀会が開催された。12月、木城や窪田空穂らと館林を巡る。

大正10年（1921）　**51歳**

1月、先蔵、瑞穂を連れて渥美半島、知多半島を旅行。2月、上野精養軒の島崎藤村氏誕辰50年祝賀記念会出席。

大正11年（1922）　**52歳**

1月、木城、空穂らと水郷や銚子方面の旅。7月、子供達を連れて九州宮崎方面旅行。12月末、滝田樗陰の家で芥川龍之介に会った。同席したのは、大町桂月、高島米峰ら。

大正12年（1923）　**53歳**

4月27日、南満州鉄道の招待で満州・朝鮮を旅行し、6月15日帰国。下関に迎えに出た代子と長門峡、温泉津《ゆのつ》、松江、隠岐、三朝《みささ》温泉、京都などを巡り、29日に帰京した。8月13日、里さと東北方面の旅行。松島、志戸平温泉、浅虫、弘前、大鰐、温海温泉、瀬波、新潟、会津を経て、22日に帰京。9月1日、関東大震災に遭遇し、徒歩で被災地を通り抜けて代子の無事を確認した。以後代子との交情深まり、庚申塚や碑文谷に妾宅を構えた。

大正13年（1924）　**54歳**

4月、随筆社の招待で、岡本一平、吉井勇、葛西善蔵、宇野浩二等と玉川に遊び、二子亀屋（旅館）で宴会。5月10日、小石川偕楽園での第14回新潮合評会に、久米正雄、里見弴らと参加。12月25日、田端の天然自笑軒で開かれた「源義朝」出版記念会出席。出席者は島崎藤村、徳田秋声、正宗白鳥らである。

大正14年（1925）　**55歳**

1月8日、偕楽園での第21回新潮合評会出席。10月30日、本郷赤門前喜福寺での滝田樗陰の葬儀参列。

大正15年・昭和元年（1926）　**56歳**

3月28日、東京放送局のラジオ番組「文芸講座」に出演。5月9日、三共エムプレスでの岩野泡鳴7年忌追悼会出席。10月、小杉未醒と耶馬渓、別府方面旅行。

昭和2年（1927）　**57歳**

4月6日、太田玉茗が糖尿病のため、小田原の海浜病院で死去（享年57）。6月、福岡日日新聞の招きで再び小杉未醒と九州方面旅行。7月27日、芥川龍之介の葬儀参列。8月、四国方面旅行。

昭和3年（1928）　**58歳**

6月9日、永田町山王台星ヶ岡茶寮での馬場孤蝶還暦祝い出席。9月から10月にかけて再度満州、朝鮮方面の旅に出た。ハルピンから興安嶺に入る長旅であった。12月27日、碑文谷の代子宅で脳溢血となり（長旅の疲れ）、虎の門の佐多病院に入院。左半身不随となる。

昭和4年（1929）　**59歳**

3月14日、佐多病院退院、以後通院。5月、喉から出血。喉頭癌の診断、放射線治療。9月、一時病勢は快方に向かう。11月11日、花袋翁全快祝の集いが日本橋偕楽園で開かれ、出席した。

昭和5年（1930）　**60歳**

4月、喉頭癌悪化した。5月8日、高熱になり、流動食も摂れなくなった。5月13日明け方から病状があらたまり、午後4時40分、自宅で死去。16日、自宅で葬儀〝藤村筆「田山花袋墓」の墓標の下に多摩墓地に土葬された。戒名「高樹院清誉残雪花袋居士」。

（伊狩　弘　作成）

五　索引

索　引

（作品の下の数字は解説番号）

あ行

か行

さ行

た行

な行

は行

あとがき

まず刊行が大幅に遅れたことを、執筆者の方々に深くお詫びしたい。企画から六年以上の歳月が流れた。その間、コロナ禍があった。また鼎書房元代表の加曽利達孝氏が帰らぬ人となった。幸い金子堅一郎氏が、仕事を引き継いでくださった。おふたりには、大変お世話になった。敬意と御礼を申し上げる。

編者三人は、かつて仙台で行っていた大正文学会という研究会のメンバーだった。中央から評論家を招いたり、市民を含め参加者が三十人を超えたこともあった。今、その会はない。この会の懇親会で、よく花袋は話題に上った。その延長線上に、今回の刊行がある。表紙の原画は、関野麻矢氏にお世話になった。

本事典が、田山花袋を読むとき、何らかの手引きとなるならば嬉しく思う。

（編者）

書　名　**田山花袋事物事典**

発行日　2024（令和 6）年 5 月 27 日　初版

編　者　五十嵐伸治（宮城学院女子大学講師）
伊 狩　 弘（宮城学院女子大学名誉教授）
千 葉 正 昭（元山形県立米沢女子短期大学教授）

発行者　金子堅一郎

発行所　鼎　書　房
〒 134-0083　東京都江戸川区中葛西 5-41-17-606
TEL/FAX 03-5878-0122
E-mail info@kanae-shobo.com
URL https://www.kanae-shobo.com/

印刷所　TOP 印刷　製本所　エイワ　カバーデザイン　西本紗和子

ISBN978-4-907282-89-9 C1593